Tudo que eu posso ver

MARCI LYN CURTIS

Tudo que eu posso ver

Tradução
Cláudia Mello Belhassof

1ª edição
Rio de Janeiro-RJ / São Paulo-SP, 2022

VERUS
EDITORA

Copidesque	**Revisão**
Mel Ribeiro	Cleide Salme

Título original
The One Thing

ISBN: 978-85-7686-480-6

Copyright © Marci Lyn Curtis, 2015
Publicado originalmente pela Hyperion, selo do Disney Book Group.
Direitos de tradução acordados com Taryn Fagerness Agency
e Sandra Bruna Agencia Literaria, SL.
Todos os direitos reservados.

Tradução © Verus Editora, 2022
Direitos reservados em língua portuguesa, no Brasil, por Verus Editora. Nenhuma parte desta obra pode ser reproduzida ou transmitida por qualquer forma e/ou quaisquer meios (eletrônico ou mecânico, incluindo fotocópia e gravação) ou arquivada em qualquer sistema ou banco de dados sem permissão escrita da editora.

Verus Editora Ltda.
Rua Argentina, 171, São Cristóvão, Rio de Janeiro/RJ, 20921-380
www.veruseditora.com.br

CIP-BRASIL. CATALOGAÇÃO NA FONTE
SINDICATO NACIONAL DOS EDITORES DE LIVROS, RJ

C987t

Curtis, Marci Lyn
    Tudo que eu posso ver / Marci Lyn Curtis ; tradução Cláudia Mello Belhassof. - 1. ed. - Rio de Janeiro : Verus, 2022.

    Tradução de: The one thing.
    ISBN 978-85-7686-480-6

    1. Ficção americana. I. Belhassof, Cláudia Mello. II. Título.

22-78267   CDD: 813
                       CDU: 82-3(73)

Gabriela Faray Ferreira Lopes - Bibliotecária - CRB-7/6643

Revisado conforme o novo acordo ortográfico.

Seja um leitor preferencial Record.
Cadastre-se no site www.record.com.br e receba
informações sobre nossos lançamentos e nossas promoções.

Atendimento e venda direta ao leitor:
sac@record.com.br

Para meus pais,
porque eles me deram a chance de sonhar

N ão sou fã de buquês. Não tenho nada contra flores, mas, depois que elas são arrancadas, reunidas e agrupadas, acho irritantes. Talvez até um pouco assustadoras. Nada diz tanto *Por favor, admire a minha beleza enquanto tenho uma morte longa e lenta* como um arranjo floral. Olhando para trás, percebo que talvez tenha sido um presságio o fato de Benjamin Milton estar parado ao lado de um buquê quando o conheci. Afinal eu estava cega fazia seis meses e não tinha encontrado um arranjo floral nem uma vez durante aquele período.

A maioria das pessoas que enxergam supõe que nós, pessoas cegas, não vemos nada além da escuridão. Mas na verdade elas estão erradas. Nós que não temos visão não vemos tudo preto. Nós não vemos nada mesmo. Basicamente, eu enxergo tanto quanto uma unha: absolutamente nada. Nem preto. Nem cinza. Nada. Então eu não tinha ideia da aparência do buquê quando me sentei na sala de espera do sr. Sturgis. Tudo que eu sabia era: um, essa coisa estava sobre o balcão da frente, onde eu a atropelei quando entrei; e dois, tinha um cheiro suspeito de senhorinhas afetadas, por isso achei que havia gardênias nela.

Como sempre, a sala de espera me deixava lado a lado com criminosos e delinquentes juvenis. Esperei uns bons trinta minutos, mais ou menos, antes de a recepcionista — Cari ou Staci ou alguma coisa que terminava com um *i* alegrinho — enfim me chamar. Eu nunca tinha visto o sr. Sturgis, meu oficial de liberdade condicional. Na minha cabeça, ele era assustadoramente alto e usava um rabo de cavalo fino, um par de sandálias masculinas surradas e tinha uma tatuagem desbotada com o símbolo da paz. Mas, de acordo com meu avô, ele era atarracado e careca e tinha o péssimo hábito de usar calças uns dois centímetros mais curtas do que devia. Esse é o lance de ser cega: você vê as pessoas como elas realmente são.

Quando entrei no escritório, o sr. Sturgis disse:

— Olá, srta. Margaret.

— Na verdade, eu prefiro Maggie. Lembra? — falei enquanto tateava até chegar ao meu assento de sempre, dobrando a bengala e a guardando na bolsa. Meu nome todo, Margaret, é o que se espera de alguém que tem trezentos anos. Ou que faz parte da linha sucessória do trono britânico.

— Então. Margaret — ele continuou enquanto eu balançava o pé no ritmo de uma música da Loose Cannons que estava na minha cabeça o dia todo. Dava para ouvi-lo mexendo em papéis. — A srta. Olive me disse que você terminou o serviço comunitário obrigatório. Nas palavras dela — ele pigarreou —, "Margaret é uma jovem inteligente com grande habilidade para parecer ocupada enquanto não faz absolutamente nada".

Um longo silêncio se seguiu. Acho que ele estava esperando que eu comentasse, mas não falei nada. Em vez disso, tirei um fiapo imaginário do meu short, o que era ridículo, porque, mesmo que *houvesse* um fiapo solto no short, eu não conseguiria vê-lo.

Depois de alguns instantes, ele continuou:

— Como está a escola?

— Espetacular — respondi. O último dia do meu segundo ano foi ontem. Então, sim, hoje a escola estava espetacular. Eu tinha dormido até meio-dia, comido um pacote de cookies das escoteiras, tomado um banho de três horas e me arrastado até o escritório do oficial de liberdade condicional.

— Quer falar sobre suas notas? — perguntou o sr. Sturgis, rabiscando nos papéis com uma caneta.

— Na verdade, não.

— Qual é sua média atual? — indagou ele, rindo. Ele e eu tínhamos chegado a um acordo silencioso alguns meses antes: eu seria magnificamente sarcástica, e ele acharia divertido. Além disso, descobri que era melhor falar o mínimo possível ao lidar com o sr. Sturgis. Se eu abrisse a porta da conversa, ele entraria como um furacão e me daria sermões infinitos sobre contribuir para a sociedade e equilibrar meu carma e essas coisas.

Dei de ombros.

— Uns dois-ponto-zero.

Teria sido uns dois-ponto-quatro se não fosse o meu professor de inglês, que me odiava desde que causei um pequeno incidente na aula dele vários meses atrás. Em minha defesa, eu estava arrasada com minha transferência súbita para a Escola Merchant para Cegos. Em parte porque eu não queria sair da South Hampton High, e em parte porque a Merchant era uma grande porcaria. A Merchant me mimava, me dava tapinhas nas costas, me dizia que ia ficar tudo bem. Mas não estava tudo bem. No mundo real? Eu estava tropeçando em meios-fios que nem sabia que existiam e achava impossível diferenciar uma nota de dez dólares de uma de vinte. E estava chegando à conclusão de que nunca mais ia fazer um gol.

Então, basicamente, a Merchant era uma droga. E talvez a pior coisa de lá fosse meu professor de inglês, o sr. Huff. Seu hálito tinha cheiro de umbigo, e ele falava uma—palavra—de—cada—vez—como—se—fôssemos—todos—incrivelmente—lentos. Doze anos antes, ele teve um episódio de câncer no testículo. Por isso, todo dia, na aula, ele comentava sobre ser um sobrevivente do câncer, e que ele sabia como era viver com uma adversidade, e como ele tinha superado obstáculos. E eu soltava suspiros enormes e revirava os olhos, esperando que ele entendesse.

E aí, um dia, no meio de uma das minhas demonstrações de suspiros-e-olhos-revirados, ele me surpreendeu dizendo:

— Maggie? Tem alguma coisa que você gostaria de dividir com a turma?

Agora, eu não deveria ser culpada pelo que aconteceu em seguida. Estava simplesmente respondendo com sinceridade à pergunta dele. Além do mais, eu poderia ter falado coisas muito piores. Estava pensando coisas muito piores.

— Na verdade, não consigo entender a relação entre o seu saco e a nossa visão — informei a ele, acenando com o braço para incluir todos os outros pobres coitados obrigados a ficar ali ouvindo o sr. Huff falar um dia chato após o outro.

Naturalmente, minha resposta me rendeu uma ida à sala do diretor, onde falei para ele o que eu pensava sobre o saco do sr. Huff. Quando me dei conta, eu estava passando as tardes na detenção, e o meu professor falava comigo com uma voz anasalada e me dava uma quantidade injustificável de notas ruins.

O sr. Sturgis me trouxe de volta ao presente.

— Como está sua mãe? — perguntou ele.

Minha cabeça deu um pulo.

— Por quê? Ela ligou para você?

— Não tenho notícias dela. Você está com problemas em casa?

— Não.

Ele me deu um suspiro de oficial de liberdade condicional — levemente desconfiado, levemente divertido, levemente irritado — e depois disse:

— Vejo você mês que vem. E, Margaret? Você é uma boa menina. Fique longe de encrencas.

O vovô Keith estava atrasado. Ele deveria me pegar no escritório do Sturgis às quatro da tarde em ponto, mas meu celular tinha acabado de apitar marcando quatro e meia. A falta de pontualidade do meu avô não era grande surpresa. Ele tinha um talento e tanto para chegar atrasado. Provavelmente porque seguia até os lugares a passos de lesma. Eu estava mexendo no meu celular, pensando se deveria acelerá-lo, quando a porta da sala de espera do sr. Sturgis, silenciosa como uma cripta, se abriu com uma campainha.

— Finalmente — falei, levantando-me e indo em direção à porta, sem me preocupar em usar a bengala, que eu tinha guardado na bolsa. Descobri quase no mesmo instante que algum gênio havia derramado uma substância desconhecida e muito escorregadia no chão e não tinha limpado. É óbvio que pisei naquilo.

Eu gostaria de dizer que caí com a dignidade e a graciosidade de uma garota cega de respeito — o tipo de garota que entende e aceita que, sim, existem perigos escondidos por aí e, sim, ela talvez leve uns tombos de vez em quando. Mas não. E o palavrão que saiu da minha boca quando atingi o piso foi extremamente alto, e tão denso que poderia ser aquecido e transformado em calda para panquecas.

Então meus olhos estavam bem fechados, e eu estava deitada de lado com o fedor daquele buquê ao meu redor, segurando minha cabeça como se fosse sair rolando pela sala de espera se eu a soltasse, quando ouvi uma voz de criança dizer:

— Esse foi o tombo mais fabuloso que eu já vi.

Nossa, valeu era o que eu queria dizer a ele. Mas eu tinha batido a cabeça em alguma coisa com uma quina e não estava raciocinando muito bem. Não consegui fazer as palavras saírem da minha boca. Elas deslizavam pela mente sem conseguir encontrar a saída.

— Você está bem? — ele perguntou. Mas não pareceu preocupado.

— Magnífica — consegui dizer depois de um instante e com alguma dificuldade, parecendo mais confusa que sarcástica.

O lado esquerdo da minha cabeça estava zumbindo. Enfiei um dedo no ouvido e sacudi. Não ajudou. Com um gemido, virei de barriga para cima.

— Precisa de ajuda para levantar? — perguntou ele.

Havia algo no jeito como ele falava — todo enérgico e animado, como se houvesse uma banda de mariachis saindo de sua boca — que me fez abrir os olhos. E foi aí que eu percebi que estava alucinando por causa da pancada na cabeça.

Porque eu conseguia vê-lo.

Fazia seis meses que a meningite bacteriana tinha roubado a minha visão, seis meses que eu não enxergava absolutamente nada. Claro que o que eu estava vendo era uma alucinação grosseira, mas estava *ali*. Eu devia bater com a cabeça mais vezes.

Um menino estava me olhando. Imaginei que ele devia ter oito ou nove anos, mas eu nunca tinha alucinado, então minhas habilidades de adivinhar-a-idade-da-alucinação podiam estar erradas. Ele era pequeno, com a pele dourada e magrelo, e usava uma bermuda de surfista uns três tamanhos maior que o dele, um boné de beisebol torto e um sorriso amplo e cheio de dentes.

Eu me sentei, oscilando um pouco. Meu cérebro estava meio bobo, e eu sentia uma dor de cabeça absurda.

— Você — comecei, balançando o dedo indicador para ele, mas o garoto franziu as sobrancelhas para mim, e eu perdi completamente o rumo do pensamento.

Olhei para o espaço ao redor dele. Eu não estava vendo só o garoto. Também via vários metros em volta dele, como se houvesse uma lâmpada cinza pálida emitindo o tipo de luz fraca que aparece ao amanhecer — quase uma ideia de luz, em vez de luz de verdade. Mas fazia tanto tempo que eu não via nada que ela parecia um holofote.

No chão, ao lado dos tênis dele, vi uma embalagem amassada de Skittles. Vermelha. A embalagem era vermelho-vivo. Meu Deus, como eu sentia falta do vermelho. Ao lado da embalagem, havia uma cadeira de plástico azul-claro com *CAI FORA* esculpido em letras garrafais. E acima da cadeira? Um raio suave e discreto de luz do sol de fim da tarde. Depois disso, tudo ficava mais e mais escuro, lentamente se dissipando no vácuo.

Mesmo para uma alucinação, era esquisito.

Olhei para o menino, percebendo de repente que ele se apoiava num par de muletas. Não do tipo que você coloca sob as axilas, mas aquelas curtas de alumínio que ficam presas nos antebraços. Estranhamente, elas pareciam ser uma parte integrante do garoto — se ele estivesse em pé ali sem elas, ia parecer que faltava algo vital nele, como um nariz ou uma orelha ou qualquer coisa do tipo. Ele estava sorrindo para mim com o canto da boca, com uma expressão entre diversão e descrença.

— Você está bêbada? — perguntou ele.

Eu nunca tinha conhecido uma alucinação, mas tinha quase certeza de que essa especificamente era um pouco folgada. Talvez todas elas fossem.

— Não estou bêbada — falei, indignada. — Estou contundida, o que explica a sua presença aqui. — Acenei o braço com um floreio, como se o apresentasse à situação.

Ele encheu as bochechas de ar e suspirou.

— Então você é maconheira. Porcaria. — Bem baixinho, ele acrescentou: — As bonitas sempre têm uma falha grave.

Estreitei os olhos para ele.

— Como é?

— Bom. O negócio é o seguinte: eu era totalmente apaixonado pela Jessica Baylor. Ela sentava do meu lado na aula de matemática. Ela era *linda*. Tipo, ela tinha cabelos brilhantes e olhos brilhantes e um sorriso brilhante. Mas aí ela me disse que odeia bolo, e eu sou contra odiadores-de-bolo. E aí veio a Hannah. Da banda. Ela tinha *peitos*. Eles eram magníficos. Só de pensar neles, os caras ficavam loucos... — Ele piscou uma vez. Com força. Como se estivesse usando as pálpebras para afastar a imagem do cérebro. — Mas o problema da Hannah é que eu a peguei jogando uma pedra num esquilo. Um esquilo, caramba. Aquilo não estava certo. E hoje, quando te vi, *oiê*, achei que você fosse perfeita. Aquele tombo? Uau. Simplesmente... uau. Mas aí descubro que você é maconheira. — Ele soprou outra lufada de ar. — É trágico.

Nossa. Eu devia ter batido a cabeça com bastante força, mesmo.

— Não sou maconheira — informei a ele, apesar de não saber por que estava defendendo a minha honra para uma jovem aparição semipervertida.

— Então por que você está me encarando assim? — perguntou ele. — Tipo, sem expressão e com olhos de pateta?

Encarando? Bem, acho que eu estava. Rapidamente me perguntei por que convenções sociais sem sentido se aplicavam a alucinações.

— Você teria que estar me encarando para saber que eu estava encarando você — falei. Ele não podia rebater com essa lógica.

Seu sorriso ficou maior, ocupando todo o rosto, e aí ele disse:

— Você estava me encarando primeiro, então foi você que começou. Sou só um espectador inocente registrando o fato de você encarar.

Bati com o dedo indicador no meu queixo. Nada como um bom argumento para desanuviar o cérebro. E, pela expressão dele, dava para ver que ele também tinha notado minha clareza mental melhorar, que tinha percebido que a teoria da maconheira estava fora da realidade.

— Na verdade — falei —, quando eu vi você pela primeira vez? Logo depois de cair? Você já estava me olhando, portanto foi você que me encarou primeiro. Por isso, o fato de eu encarar é apenas um subproduto de você me encarar.

Houve um longo silêncio, que depois se tornou um silêncio ainda mais longo. Por fim, ele sussurrou:

— Acho que acabei de encontrar minha próxima namorada.

Eu ri tão alto que soltei um ronco nada feminino. Evidentemente, eu me entendia bem com alucinações. Mas pessoas? Bem, eu era péssima com pessoas.

Um barulho agudo de saltos batendo no chão surgiu na sala. De algum lugar atrás de mim, a recepcionista disse:

— O quê...? Maggie? Por que você está sentada no chão? Você está bem?

— Ah, estou ótima — falei devagar, sem tirar os olhos do menino. — Nunca estive melhor. Levei um pequeno escorregão, seguido de um não-tão-pequeno tombo. Alguma coisa no chão está um pouco escorregadia.

Ela ficou bem calada por um instante, depois choramingou:

— Ah... não, não, não, não. Agora não.

Não sei qual era o problema dela, mas não me importei. Nesse momento, por algum motivo, a vida parecia *gostar* de mim.

— Benjamin Milton — repreendeu a recepcionista —, pare de flertar com a pobre menina. Você não vê que ela é muito velha para você?

O menino inspirou fundo e inflou as bochechas. Com um dedo indicador levantado, ele disse:

— Não estou flertando, exatamente. Não posso fazer nada se eu sou um pedaço sexy de carne masculina e...

Mas ela o interrompeu antes que ele conseguisse terminar a frase, as palavras saindo da sua boca com tanta rapidez que eu mal consegui entendê-las:

— Desculpa Ben mas escuta eu tenho que ir porque estou muito muito atrasada e tenho três minutos para pegar o meu filho ou a creche vai me cobrar e eu não posso pagar extra para eles senão não consigo pagar o aluguel então seja bonzinho e limpe essa coisa do chão antes que alguém quebre o pescoço. — Eu me encolhi quando um pano encardido voou do nada, vindo de trás de mim, e caiu em cima do ombro do menino. — Muito muito obrigada eu agradeço demais por isso! — Ela elevou a voz e disse: — SR. STURGIS, ESTOU SAINDO E SEU SOBRINHO ESTÁ AQUI E NÃO SE ESQUEÇA DE TRANCAR A PORTA! — Loira oxigenada, magra e de meia-idade, a mulher meio que andou, meio que correu pela minha bolha fraca de visão. Então desapareceu.

Durante vários segundos, eu me esqueci de respirar. Meus olhos voltaram para o menino em pé na minha frente. Eu me senti como se tivesse colidido com algo enorme e inflexível, e depois explodido em um milhão de pedacinhos. Fechei os olhos, tentando reunir o que tinha sobrado da minha sanidade. Quando voltei a abri-los, ele ainda estava lá.

Fiquei sentada ali por alguns segundos, boquiaberta com o menino. Ele veio na minha direção com as muletas e deu um largo sorriso, me mostrando todos os dentes da frente.

— Por que eu consigo te ver? — perguntei. Ele não respondeu à minha pergunta porque, na verdade, eu não falei em voz alta. Testei as palavras na mente, mas elas pareceram ridículas demais para serem ditas. Passei a mão pelo novo galo na minha cabeça, me perguntando se a queda tinha colocado algo de volta no lugar — se alguma engrenagem no meu cérebro tinha voltado para o local chamado VISÃO.

Será que isso era possível?

Engoli em seco e deixei meus olhos descerem. Eu não sabia o que estava esperando ver, mas certamente não era... *eu mesma*. A cegueira tinha me levado a duvidar da minha existência, me fez acreditar que eu tinha evaporado para o nada — o fantasma de uma pessoa. Minhas mãos estavam brancas como ossos, magras, parecendo frágeis, com um único calo no dedo indicador direito provocado pelo estudo de braille. Eu estava usando uma camiseta branca que anunciava minha atual mania e a melhor banda revelação de todos os tempos, a Loose Cannons, e o short que meus pais tinham comprado para mim havia alguns meses. Sempre achei que esse short fosse confortável e diferente, mas, quando o vi, percebi o motivo. Ele era grande demais, embolado demais em locais esquisitos, e muito parecido com algo que minha mãe usaria. As unhas dos meus pés ainda tinham alguns pontos de esmalte Azul Lago. Era meu preferido, quando eu conseguia enxergar. Ao lado do meu tornozelo direito, pouco acima do chinelo, estava a cicatriz que ganhei caindo de uma árvore quando estava no oitavo ano. Eu a encarei durante longos segundos, sentindo-me estranha, como se estivesse parada diante de uma grande tela, encantada com cada pixel.

É — *é* —, eu definitivamente conseguia ver.

Mas.

Por quê?

Me virando, olhei atrás de mim. Eu tinha mais ou menos uns trinta centímetros de visão borrada, porém, depois disso, tudo desbotava e sumia. Nada de sala de espera. Nada de cadeiras. Nada de... nada. Virei a cabeça de volta, olhando para uma poça de uma substância espumosa verde-clara que se esgueirava pelo não-tão-branco azulejo do chão. Sorvete de pistache, imaginei. Evidentemente, era nisso que eu tinha escorregado. Nunca fui fã de sorvete de pistache — frutas secas não tinham nada que se meter em algo macio e cremoso —, mas, considerando os atuais acontecimentos, talvez eu devesse comer um pote inteiro hoje à noite.

Porque, sério.

O menino, Ben, pigarreou, inclinou a cabeça para encarar o escritório do sr. Sturgis e meio que gritou:

— TIO KEVIN! Minha mãe pediu para eu vir aqui perguntar se você pode ir jantar hoje à noite, mas você está, tipo, obviamente ocupado trabalhando e tal, então eu vou levar a minha nova namorada em vez de você. — Tudo que o sr. Sturgis conseguiu dizer foi "Hum" antes de Ben interrompê-lo dizendo: — Não, tudo bem, porque eu quero que ela conheça a minha família.

— É... Tudo bem? — gritou o sr. Sturgis em resposta, claramente confuso.

— Não sou sua namorada — informei a ele numa voz baixa, mas ele apenas sorriu para mim como um perfeito lunático. Então, com o queixo levantado e a coluna reta e confiante, ele se abaixou até o chão com um braço, usando a cadeira *CAI FORA* como apoio. Suas pernas finas se dobraram fracas sob ele.

— E aí — disse ele, com um olho em mim e outro no sorvete de pistache que ele estava limpando do chão —, furto de loja?

Não respondi, porque a pergunta não fazia sentido. Além disso, sua cabeça estava um pouco inclinada, me dando uma visão completa do que estava escrito em seu boné torto: TUDO ISSO E COM CÉREBRO! Fiquei tão boba de ver as palavras escritas que as li várias vezes seguidas. Por fim, percebi que ele estava esperando um comentário ou uma resposta ou qualquer coisa — para algo que eu não conseguia me lembrar —, então eu disse:

— Hã. Como é?

— Por que você está no escritório do meu tio? — perguntou ele, virando-se para mim e me tirando a breve visão do que estava escrito no seu boné. — Você não parece uma assassina com machado nem uma traficante, por isso imaginei que fosse uma ladra. — Ele se inclinou na minha direção e baixou a voz até um sussurro. — O que você roubou?

— Nada — soltei rispidamente. Numa situação normal, eu teria respondido com alguma coisa inteligente e abusada, mas a cabeça latejando e a súbita melhora na minha visão estavam interferindo em meus processos de pensamento.

— Acho que você está escondendo algo de mim, linda — ele disse.

Bom, eu não sabia como responder. Principalmente porque achava impossível argumentar de maneira eficaz com alguém que tinha acabado de me chamar de linda. Mesmo que o elogio tivesse vindo de uma criança.

Ele parou de limpar o chão e esperou uma resposta para a pergunta sobre o furto. Endireitei a postura e disse:

— Eu não roubei loja nenhuma. Eu nem gosto de fazer compras. Eu... me envolvi em um trote na escola.

O sorriso dele se abriu, e ele deu uma gargalhada que tinha o som e a sensação de um ponto de exclamação no fim de uma frase.

— Adoro ter uma namorada cheia de segredos. Por favor... continue — disse ele.

— Não sou sua namorada. Sou velha demais para você — informei a ele.

— Sim, mas você *vai* ser minha namorada, então, tecnicamente, é a mesma coisa — ele disse, levantando as sobrancelhas para mim.

— Tecnicamente, não é. Tecnicamente você tem o que, uns nove anos?

— Dez — ele fungou, como se um ano fizesse muita diferença.

— Tecnicamente, você tem dez anos e eu tenho dezessete, e é bem provável que existam leis contra o namoro entre pessoas de dez e dezessete anos.

Ele me dispensou com um aceno e disse:

— Então. O trote na escola?

Havia alguma coisa nos seus olhos — uma seriedade, ou sinceridade, talvez — que eu estava começando a perceber, no mínimo porque faltava em mim. Foi essa qualidade, e apenas isso, que me fez contar a ele sobre o trote.

Foi mais ou menos assim: vários meses atrás, enquanto os professores e os alunos participavam de uma assembleia escolar, eu arrastei a estátua irritantemente enorme do fundador da nossa escola, Elias Merchant, que tinha uma cabeça irritantemente enorme, por alguns metros no corredor até o banheiro dos meninos. Eu a deixei na frente dos mictórios, para ser mais exata. Depois, mergulhei meus pés em tinta branca e formei um curto caminho de pegadas de onde a estátua ficava até o local para onde a levei. Então parecia que a estátua tinha andado até o banheiro e decidido ficar ali por um tempo. Tá bom, eu sabia que nenhum dos alunos ia ver minha arte, mas tinha certeza de que eles iam saber de tudo. E era melhor assim. As coisas que você imagina são sempre mais legais que a realidade. De qualquer maneira, foi muito divertido. Até eu ser pega, claro.

Quando terminei de explicar tudo isso para o Ben, seu rosto parecia que ia se partir ao meio com um sorriso. Ele caiu na gargalhada, num fluxo de risadas com pontos de exclamação longas e altas.

— Que máximo! — disse ele, usando a mesma cadeira para se apoiar e levantar. Depois que colocou os braços nas muletas e recuperou o equilíbrio, ele congelou, me observando com olhos estreitados. — Espera — disse ele. — Você estuda na Merchant? Não é uma escola para cegos?

Durante os últimos minutos, eu quase tinha esquecido que era cega. Eu me sentia tão... *normal*. Mais normal do que me senti em meses. Mas eu sabia: havia muita coisa que eu não podia ver, tantas coisas além do Ben e além de mim, e além do círculo obscuro ao nosso redor.

Eu ainda estava cega. No geral.

Depois de um silêncio notável, algumas palavras conseguiram sair da minha boca. Não eram eloquentes, mas eram palavras. E, nesse momento, não podia me dar ao luxo de ser exigente.

— Hum. É. A Merchant é uma escola para cegos.

As sobrancelhas dele se uniram.

— E por que você estuda lá?

Eu me levantei e limpei o traseiro, enrolando. Não fazia ideia do que dizer para o garoto. Finalmente, como eu não tinha neurônios disponíveis para criar uma mentirinha, falei a verdade.

— Porque eu sou cega.

Ele sorriu para mim sem acreditar.

— Nã-nã-ni-nã-não.

— Pode acreditar. Eu sou cega. — Para provar, peguei a bengala na bolsa e a desdobrei. — E, se isso não for prova suficiente, pergunte ao seu tio. — Fiz um pequeno gesto com as mãos. — Vá em frente.

Sem mover o restante do corpo, ele virou a cabeça na direção do escritório do sr. Sturgis e gritou:

— TIO KEVIN! A MENINA DE CABELO CACHEADO AQUI FORA. A QUE SE ENCRENCOU POR CAUSA DO TROTE NA ESCOLA. ELA É CEGA?

Ouvi uma tosse abafada e desconfortável do sr. Sturgis, depois um ruído afirmativo.

Ben se virou devagar na minha direção. Ele alterou o peso do corpo nas muletas, e sua expressão mudou para o que eu só poderia chamar de fascinada.

— Sou cega desde que tive meningite, uns seis meses atrás — expliquei. — Antes de escorregar aqui hoje, eu não via absolutamente nada. Mas, quando caí, devo ter soltado alguma coisa no meu cérebro. Porque eu consigo ver você, mas só você e algumas coisas ao seu redor. Fora disso, não tem... bom, nada. — Estreitei os olhos ao longo da linha do círculo embaçado que o cercava, onde a luz cinza enfraquecia, ainda perplexa pela forma como ela se transformava em vazio.

— Puta merda — sussurrou Ben. — É um milagre.

Abri a boca para argumentar com ele, mas a fechei na mesma hora. A verdade é que eu não sabia por que conseguia vê-lo. Eu não sabia absolutamente nada, na verdade. Não sabia se devia contar para alguém — o sr. Sturgis, meus pais, um professor, um médico.

Um psiquiatra.

Mordi a unha do polegar. Será que alguém ia acreditar em mim? Acho que não. Pela prática de contar mentiras convincentes normalmente desaprovada por adultos, meus pais — ou qualquer outra pessoa, na verdade — não davam muito crédito para as coisas que eu falava nos últimos tempos.

Nossa, nem eu tinha certeza se acreditava em mim mesma. Alguma coisa nisso não parecia verdade. E eu precisava me perguntar se estava tão desesperada para enxergar que acabei enlouquecendo, se meus neurônios tinham começado a se empolgar, criando... isso.

Estreitei os olhos para Ben, seu sorriso dentuço, seu cabelo loiro liso e suas muletas, e engoli em seco. Se eu fosse sincera comigo mesma — algo que eu costumava me esforçar para evitar —, a resposta seria um ressonante sim. Eu provavelmente tinha pirado.

Mas mesmo assim.

Eu não queria terminar numa ala psiquiátrica enquanto algum Egbert dissecava o meu cérebro. Então, até descobrir o que estava acontecendo, não ia contar a nenhuma outra alma que eu conseguia ver Benjamin Milton.

— Primeiro, você é novo demais para falar palavrão — falei para o Ben. — E, segundo, não é um milagre. Quando eu caí, bati a cabeça. Com força. Isso meio que sacudiu o meu cérebro e... hum... agora eu consigo ver você.

Ele não estava me escutando. Estava andando de um lado para o outro, dizendo:

— Puta merda puta merda puta merda puta merda. — Ele finalmente parou, deixou a cabeça cair para trás, encarou os céus e gritou: — PUTA MERDA, É UM MILAGRE!

Dei um passo à frente e coloquei a mão sobre a sua boca. Eu me inclinei até o ouvido dele e falei em voz baixa:

— Você precisa ficar de boca fechada até eu descobrir o que está acontecendo. Promete que não vai contar pra ninguém?

Ele fez que sim com a cabeça devagar, com os olhos arregalados. Minha mão saiu da sua boca. Ele murmurou:

— Está bem, Thera.

Thera?

— Na verdade, meu nome é Maggie. Maggie Sanders.

— Mas eu vou chamar você de Thera — sussurrou ele quase sem mexer os lábios. Seus olhos ainda pareciam bolas de boliche enormes enquanto ele me encarava.

Belisquei a ponte do nariz com o polegar e o dedo indicador. Eu não estava usando desodorante suficiente para esta conversa.

— Pra ser sincera, prefiro meu nome de verdade.

— O negócio é que — disse ele, ainda sussurrando — você se parece com a Thera. De *Twenty-One Stones*? Ela lança raios pelos dedos e luta contra dragões com armas mágicas.

Massageei a testa com a base da palma da mão.

— Do que você está falando?

— *Twenty-One Stones*? O melhor videogame do mundo?

Ah. Quer dizer que recebi o nome de uma heroína de videogame. Que elogio.

Fiquei parada ali, com os braços cruzados, enquanto ele me olhava como se eu fosse a melhor montanha-russa na história das montanhas-russas. Por fim, ele disse:

— Por favor, por favor, por favor, vem jantar na minha casa? Não vou contar à minha família sobre o negócio do milagre. Eu prometo. — Ele balançou a cabeça em direção à porta. — Podemos até dar uma carona para você. Minha mãe está aí fora. — Ele juntou as muletas e dobrou os punhos para que seus dedos formassem uma posição de *estou implorando*. — Por favor, Thera?

Normalmente eu não sairia com um garoto de dez anos, a menos que recebesse dinheiro para ser babá. Muito dinheiro. Mas eu estava desesperada para descobrir se Ben Milton era apenas alguma coisa que o meu cérebro tinha criado por conta própria ou se, depois de meses e meses de cegueira — e como numa cápsula de Tylenol com liberação prolongada —, alguma cobertura protetora dura tinha se dissolvido e a *maluquice* enfim tinha aparecido.

Ou se a minha visão estava voltando.

— Eu vou, sim — soltei. — Mas pare de me chamar de Thera.

Liguei para o meu avô antes de sairmos do prédio. Obviamente, a ligação caiu na caixa postal. Ele não era um cara de *celular*. Sua mensagem sempre me fazia sorrir: no início uma longa pausa, e eu o ouço batendo numas coisas, respirando no celular, e então ele diz:

— Hem — e a linha apita.

Hem era a palavra do meu avô. Era uma palavra multiuso que podia significar qualquer coisa que ele quisesse. Podia ser uma pergunta, uma declaração, uma palavra de reforço ou uma resposta. Nós que entendíamos o meu avô conseguíamos decifrar o que seu *hem* significava na conversa.

— Vô — falei ao celular. — Você tinha que me buscar, tipo, uma hora atrás. De qualquer maneira, vou jantar na casa... — Parei de repente, sem saber como categorizar o Ben. Ele mexeu a boca sem emitir som: *do meu novo namorado*. — ... de um amigo — falei, revirando os olhos para ele. — Eu ligo se precisar de carona para voltar. Então. Hum. Tá bom? Tchau.

Encarei meu celular depois de desligar, perplexa. Era algo que meus pais tinham inventado logo depois de eu perder a visão. Um presente de compaixão. Não era apenas um celular, mas uma voz computadorizada que gritava comigo toda vez que eu encostava numa tecla. Por isso eu o odiei no início, e me acostumar a ele foi meio parecido com tentar batizar um gato. Mas eu tinha conseguido. Mais ou menos.

Dei uma olhada nele antes de guardá-lo no bolso e me voltar para Ben. Ele estava a alguns passos de distância, ainda sorrindo como um idiota para mim. Sentindo-me como se estivesse pegando uma coisa que não era minha, eu disse:

— Vem, garoto. Vamos embora. E lembre-se: bico calado.

Ele soltou uma das mãos da muleta, virou uma chave invisível para trancar a boca e a jogou por cima do ombro antes de sairmos porta afora.

Quando perdi a visão, passei um tempo absurdo escondida no meu quarto, dormindo e ouvindo música. Isso não agradou aos meus pais. Assim, depois de uma boa semana que eu passei me recusando a sair do quarto e me recusando a ir para a escola e me recusando a fazer basicamente qualquer coisa, meus pais me arrancaram de lá com Hilda, uma especialista em orientação e mobilidade cujo objetivo principal era me ensinar a navegar pelo mundo, eu querendo ou não.

Hilda era ridiculamente intensa e tinha um bafo ridiculamente fedorento, além de ter um sotaque romeno que transformava os *V*s em *F*s, e isso era divertido de um jeito meio imaturo. Hilda e eu discordávamos em vários pontos importantes quando se tratava do meu treinamento, especificamente sobre a bengala branca comprida. Enquanto eu detestava a coisa, ela a adorava. Ela chamava de "extensão teórica dos meus dedos", e isso era uma coincidência, porque, sempre que eu usava a bengala, queria mostrar o dedo do meio.

Eu acreditava que bengalas eram feitas para pessoas velhas. Pessoas frágeis. Pessoas que não se importavam de anunciar sua cegueira enquanto caminhavam pela calçada. Eu não queria anunciar nada enquanto caminhava. Eu só queria *andar*. Assim, aceitei a bengala com grande desdém. Mesmo enquanto eu saía do escritório do sr. Sturgis, ela parecia pesada na minha mão, até incômoda, e eu lutava contra a vontade de dobrá-la e guardá-la de novo na bolsa.

Não vi a mãe do Ben — uma mulher cheinha de olhos brilhantes e cabelo claro usando brincos de pena e um uniforme que parecia de hospital — até estarmos quase em cima dela. Era desconcertante andar na pequena bolha de luz acinzentada do Ben, vendo apenas asfalto, portas de carro e lixo, e — *bum* — de repente havia uma mulher parada bem na minha frente, apoiada numa minivan amassada cor de vinho e falando ao celular. Mas ela estava ali, nítida como o dia. E ela, assim como o Ben, era tão linda e desesperadamente *real*. Tudo nela, dos tons calorosos na voz ao sorriso acolhedor, gritava para mim: *Eu gosto de fazer biscoitos e ir a reuniões de pais e professores!* Será que a minha mente poderia fabricar alguma coisa assim?

Sim. Não.

Talvez.

Ben nos apresentou.

— Mãe, esta é a Thera. Thera, minha mãe. — E aí ele acrescentou, de um jeito indelicado: — A Thera é cega.

Decidida a seguir o planejado, fiz o melhor possível para focar na orelha esquerda da mulher em vez de nos seus olhos enquanto ela guardava o celular no bolso da frente do uniforme. Seu rosto explodiu num sorriso, como se eu tivesse feito alguma coisa excepcional só por existir.

— Ah! Prazer em conhecê-la, Thera! — disse ela. E se jogou na minha direção, pegando-me desprevenida ao me dar um abraço apertado. Ela era macia e maleável, e eu afundei nela, como se ela fosse uma abraçadora sincera e eu, uma abraçada sincera, e isso estivesse realmente acontecendo.

Eu não sabia o que fazer com as minhas mãos, então acabei decidindo dar um tapinha envergonhado nas costas dela.

— É Maggie, na verdade. Meu nome é Maggie — falei no ombro dela.

Ela deu um passo para trás e pensou no que eu falei, com o rosto contraído e os brincos de pena balançando na brisa.

— Na verdade, você se parece mais com Thera.

Ben parecia muito feliz consigo mesmo. Ele disse para a mãe:

— Então. O tio Kevin está ocupado trabalhando hoje à noite, mas a Thera pode assumir o lugar dele à mesa, tudo bem?

Ela bateu palmas, como se alguém tivesse acabado de informar que ela havia ganhado uma minivan novinha e sem amassados. Uma que não desse a impressão de que ia cair para o lado se um passarinho pousasse na antena.

— Sim! Claro — disse ela.

Ben se balançou até a porta traseira do lado do passageiro e esperou a mãe destrancá-la. Mas eu fiquei enraizada onde estava, de repente apavorada ao olhar para mim mesma, para o ponto onde a borda externa da fraca luz cinza dissolvia o meu corpo, quase literalmente, ao meio. Apesar de turvo e desbotado, o lado esquerdo do meu corpo continuava igual, mas o direito... bem, ele sumia.

Nada disso fazia sentido.

Sequei as mãos no short. Talvez eu não quisesse entender isso agora. Talvez só quisesse deixar acontecer e ver aonde isso ia me levar. Minutos antes, quando eu estava sentada no escritório do Sturgis falando com Ben, eu me esqueci totalmente da minha cegueira. Meu sangue parecia gaseificado, todo leve e efervescente, e eu me sentia mais eu mesma do que em séculos.

Talvez, só por um tempinho, eu quisesse voltar a ser a *Maggie*.

Eu podia fazer isso. Ter um pouco da visão de volta, alucinando ou não, distraía tanto, animava tanto, que eu podia facilmente parar de pensar em todos os porquês por um tempo e apenas ser eu mesma. Depois de seis meses de nada, eu merecia isso.

Dando um grande passo na direção de Ben, eu me inclinei e sussurrei no ouvido dele:

— Lembre-se: mantenha a coisa da visão em segredo.

Ele bateu continência para mim.

— Não falarei de vosso segredo para ninguém — disse, todo sério.

Revirei os olhos.

* * *

A van chiou quando foi ligada. Depois que começou a andar, ela trepidava como se houvesse uma bola de gude solta rolando no motor. O estofamento estava coberto com uma camada grossa de pelos de animal. Além disso, gaiolas e caixas de transporte para animais estavam empilhadas por toda parte. A mãe do Ben explicou que ela trabalhava para um hospital veterinário local e, de vez em quando, tinha que pegar animais feridos nas ruas.

Os Milton viviam em Chester Beach, a uns quinze quarteirões, uma estrada comprida e um milhão de quilômetros de onde eu morava. Dois tipos de pessoas frequentavam Chester Beach: havia hippies e também havia hippies. Minha avó Karen fazia parte da categoria dos hippies. Quando estava viva, vovó costumava me arrancar da cama num horário que não era de Deus para cumprimentar o sol enquanto ele subia no horizonte sobre o mar. Como não sou exatamente uma pessoa matinal, eu resmungava durante toda a viagem de quinze minutos de carro e era calada pelo silêncio do sol surgindo sobre o mar e lançando amarelos e vermelhos e laranjas no céu. Portanto, eu sempre gostei de Chester Beach. Ela me lembrava da minha avó. Mesmo agora

— sentada numa minivan surrada com um garoto magrelo e dentuço, que apareceu para iluminar um raio de mais ou menos um metro, e sua mãe estranhamente afetuosa —, eu estava pensando na minha avó. Não por muito tempo, mas pensei nela.

O que eu conseguia ver do jardim dos Milton era cheio de ervas daninhas, desorganizado e malcuidado. A casa parecia afundar no alicerce, a lateral de tábuas de madeira coberta por uma única camada de tinta branca descascada e desgastada pelo clima. Na porta da frente, a aldrava de latão tinha sido arrancada e grudada com fita crepe. Apesar disso tudo, era um lugar confortável que não ecoou quando entrei pela porta da frente, bem diferente da minha casa, que, percebi desde que perdi a visão, bocejava na minha frente quando eu entrava.

O lugar tinha um cheiro suave de incenso. Uma enorme colagem de fotos dominava toda a entrada. Era lotada de fotos e mais fotos do Ben e de um garoto mais velho, bonito e de cabelo escuro.

— Este é o seu irmão? — sussurrei, apontando.

— É — respondeu Ben com um sorriso brilhante. — Mas eu sou melhor e mais inteligente. — Ele apontou com a cabeça para as fotos e baixou a voz. — Minha mãe é alucinada por fotos. Elas estão por toda parte.

Ele não estava exagerando. O lugar era um festival de fotos, a maioria meio ruim — um pouco borrada, mal centralizada ou qualquer coisa assim. Com toda essa prática, a gente poderia pensar que a mãe do Ben seria uma fotógrafa decente.

Ben me guiou pelo hall, passando por um piano vertical antigo e por um corredor que levava ao seu quarto. Na porta, ele tirou um dos braços da muleta e se equilibrou com um lado do corpo. Balançando a mão livre diante de si com um floreio, ele disse:

— Bem-vinda ao meu santuário secreto.

Pelo que eu podia ver, era o tipo de quarto que pertenceria a uma criança que passava tempo demais estudando. O espaço minúsculo era entulhado com modelos do sistema solar, pôsteres de Einstein, lembranças da NASA e livros até o teto.

— Ben? *Ben*. Fala que essas enciclopédias não são suas — eu disse, me agachando e estreitando os olhos para as lombadas alinhadas na estante. — Fala que você está guardando tudo no seu quarto até sua mãe vender para uma mulher enrugada de oitenta anos numa venda de garagem.

Ben me dispensou com um aceno da mão livre.

— Dã. Estão no meu quarto, não estão? É claro que são minhas.

Caí na gargalhada.

— Você não sabe que hoje em dia existe uma nova enciclopédia? É bem compacta e fácil de usar. Se chama internet — falei, me levantando e indo em direção ao guarda-roupa. Dá para saber muita coisa sobre uma pessoa pelo seu guarda-roupa. Por causa do alcance limitado da minha visão, só consegui ver o canto direito, que estava entulhado com uma pilha colossal de chapéus com diversas frases meio interessantes. Na base do Monte Santo Chapéu havia uma bola de futebol. Era do tipo que as crianças usam, de tamanho menor, não o padrão, mas mesmo assim era uma bola de futebol. Engoli em seco e virei de costas para ela.

— A internet é para os fracos — disse Ben. — Comecei a ler enciclopédias quando tinha oito anos.

Ri com desdém.

— Sério? Você lê por diversão? Uau. Isso é... é... um pouco patético.

Ele dispensou meu comentário com um resmungo.

— O que você lê, Thera?

Eu não estava preparada para essa pergunta. Eu tinha desistido dos livros. Braille dava muito trabalho, e eu não era muito boa nisso, então só lia com os dedos quando era absolutamente necessário. Normalmente na escola. Assim, as únicas palavras que eu encarava no momento eram no computador, onde eu passava horas tentando descobrir o local do próximo show da Loose Cannons. E isso nem contava, porque meu computador lia por mim. Por fim, respondi à pergunta como teria respondido seis meses atrás.

— Qualquer coisa divertida com final feliz — falei. — Odeio ler coisas deprimentes, mórbidas ou sórdidas. Para isso, já existe a vida.

Ele ergueu as sobrancelhas, tipo: *Então quer dizer que você é a senhorita sol e arco-íris?*

— Então você não lê livros sobre dragões?

Neguei com a cabeça.

— Feiticeiros?

Revirei os olhos.

— Misticismo? Astronautas?

Bufei.

— Uau, Thera. Você precisa arranjar uma vida — disse ele. Ben estava sorrindo quando falou.

— Diz o garoto que lê enciclopédias por diversão — observei.

— É divertido — ele retrucou, indignado. — Quando fiz a última cirurgia na coluna, eu fiquei, tipo, preso numa cama de hospital para sempre. Entediado. A única coisa que valia a pena na biblioteca do Memorial era o conjunto de enciclopédia. Então, li os *A*s por duas semanas seguidas. — Ele deu um sorriso cheio de dentes e apontou para a estante, para o primeiro livro do conjunto. Era bem grosso. — Existem muitos *A*s. Agora eu tenho meu próprio conjunto. E, exceto pelos *Q*s, que... — ele parou por meio segundo e seu sorriso desapareceu só um pouco, mas depois voltou e ele continuou: — ... eu não tenho, já cheguei até os *R*s. E as coisas estão começando a ficar interessantes, com o racha-taquara e Arkady Raikin.

— Será que eu quero saber o que são essas coisas? — perguntei, sem disfarçar que estava me divertindo.

— Racha-taquara é um pássaro com a cara engraçada...

— Quer dizer que ele é o Ben do reino dos pássaros?

Ele continuou como se não tivesse me ouvido.

— E Arkady Raikin? Você nunca ouviu falar dele? O comediante soviético?

— Não tive o prazer — falei de um jeito seco. Era o que eu precisava: um amigo de dez anos cuja média escolar era mil vezes maior que a minha.

Ele balançou a cabeça e estalou a língua.

— Thera, Thera, Thera. Você anda perdendo muita coisa.

Eu simplesmente fiz que sim com a cabeça. Era uma grande verdade.

5

Ben queria que eu conhecesse seu cachorro. Como cachorros não são exatamente a minha praia, falei para ele que as apresentações eram desnecessárias. Mas ele não ouviu. Então me deixou na frente das enciclopédias e saiu se balançando para buscar o cachorro no quintal. Ele levou minha visão junto, e o quarto desbotou até virar nada quando ele saiu para o corredor.

Eu sabia que havia um quarto cheio do tipo de coisa que um garoto inteligente de dez anos acha fascinante, mas me sentia como se tivesse sido abandonada sem nada além da bola de futebol que eu tinha visto dentro do armário do Ben. Tropeçando em sabe Deus o quê, batendo a canela em alguma coisa com quina dura e xingando de maneira criativa, enfim parei com uma das mãos no batente da porta do guarda-roupa. Encarei o vazio, vendo a bola de futebol bem demais na minha mente.

Meu celular ressuscitou tremendo no bolso traseiro. Assustada, eu me encolhi e inspirei, com o coração latejando no peito. Pegando o celular, atravessei o quarto de maneira atrapalhada e o guardei na bolsa. Era Clarissa Fenstermacher ligando, sem dúvida. Uma colega de turma da Merchant. Algumas semanas atrás, o sr. Huff tinha nos agrupado para trabalharmos juntas numa pesquisa de verão sobre o analfabetismo nos Estados Unidos, e Clarissa estava me caçando desde então. Eu estava fazendo o máximo para evitá-la.

Não ouvi o *tic tic tic* característico das unhas do cachorro se aproximando até o vira-lata me atropelar. O cachorro do Ben, Wally, era uma coisa amarela monstruosa e peluda que babou no Ben o tempo todo até a hora do jantar. Apesar de eu não ser especialista em cachorrologia, tive quase certeza de que era um labrador amarelo ou alguma variação. O que quer que fosse, ele latia para coisas aleatórias — canetas, tesouras, a bainha da bermuda do Ben — e depois nos seguiu até a sala de jantar, onde plantou a bunda enorme no chão aos pés do Ben e ofegou como se tivesse acabado de correr a maior maratona do mundo, roubando todo o ar bom e substituindo por ar de respiração de cachorro. Não é que eu odiasse cachorros, exatamente. Eu só preferiria que fossem menores, mais calmos e mais limpos. Com um rabo magro e comprido e um miado em vez de latido. Esse seria o cachorro perfeito.

A mãe do Ben tinha colocado um vestido azul esvoaçante que rodopiava quando ela andava e a fazia parecer uma cigana. Ela preparou enchiladas de quinoa. Ela pronunciava a palavra *quinoa* como "QUÍ-nua". Eu nunca tinha ouvido falar nesse negócio, e isso deve ter ficado claro no meu rosto, porque ela começou a explicar que quinoa era um "grão saudável".

Bem, geralmente eu me opunha a alimentos saudáveis. Na minha experiência, eles tinham gosto de terra ou de ar — de algo ruim ou de nada. Além disso, eu achava que os conservantes da minha dieta me manteriam viva por mais tempo, só pelo fato de serem, bom, conservantes.

Com um olho na mãe do Ben, girei disfarçadamente meu prato noventa graus, para que a enchilada ficasse na marca das doze horas. Era só um hábito desnecessário, mas fiz isso de qualquer maneira. As refeições tinham se tornado um desafio para mim desde que perdi a visão, e se a comida não estivesse exatamente na marca das doze horas, onde eu pudesse localizá-la com facilidade, tudo parecia errado.

De qualquer maneira, eu tinha dado a primeira garfada na enchilada saudável posicionada em doze horas — que, só para constar, nem se comparava a um pacote de Cheetos, mas era surpreendentemente gostosa — quando ouvi passos barulhentos se aproximando da sala de jantar. Com som alto e pesados, eles vinham de alguma área à esquerda da minha não visão. De repente, o irmão mais velho do Ben — o garoto bonito de pele cor de oliva que eu tinha visto em, ah, mais ou menos cinquenta milhões de fotos pela casa — surgiu do nada e se sentou bem na minha frente.

Se eu tivesse apenas uma palavra para descrevê-lo, seria *grande*. Não gordo. Só largo. Musculoso. Ele era alto, talvez um metro e oitenta, mais ou menos, e se elevava sobre o meu corpo de um metro e sessenta e quarenta e cinco quilos. Ele usava uma camiseta preta com gola V, calça jeans e umas botas enormes que, de algum jeito, conseguiam fazê-lo parecer ainda maior. Seu cabelo escuro era cortado numa bagunça universal — de um jeito que poderia ou não ser intencional, e de um jeito que me dava vontade de encarar os pequenos ângulos criados na sua cabeça. Ele me ignorou, colocou no prato uma porção tamanho masculino de enchiladas e caiu de boca.

Okay, eu estava totalmente consciente de que esta noite toda poderia ser algo que o meu cérebro tinha inventado, que havia uma possibilidade — bastante provável — de eu ainda estar deitada no chão do sr. Sturgis, sonhando ou alucinando, ou seja lá o que pessoas malucas fazem quando perdem a cabeça.

Mesmo assim.

Havia alguma coisa nesse cara, inventado ou não, que me deixava muito consciente de todas as minhas imperfeições físicas. Eu era baixinha demais, com um rosto entediante demais, desgrenhada demais. Eu não tinha penteado o cabelo a tarde toda e tinha certeza de que, nesse momento, ele se parecia com os pelos da axila de um homem. Além disso, eu estava usando esse short largo de mãe, uma camiseta surrada da Loose Cannons e os chinelos mais velhos que a humanidade já viu. Eu era uma bagunça total.

— O Mason, esta é a Thera — disse Ben para o irmão como uma apresentação, apontando solenemente para mim.

Sem nem olhar na minha direção, Mason levantou a cabeça num cumprimento rápido.

— Oi — disse ele, e o som das vogais saiu rolando de um jeito macio e profundo da sua língua.

Estranho. Ele era um cara tão grande e de ombros tão largos que eu esperava que sua voz fosse grave. Apesar disso, alguma coisa no seu tom era um pouco familiar, mas não consegui saber de onde. Eu estava repetindo aquilo em minha mente, identificando o timbre, quando percebi que não tinha respondido. Encarando a área acima da cabeça dele, como uma garota cega, falei:

— Oi. Na verdade, meu nome é Maggie.

Quando seus olhos enfim vieram na minha direção, analisando meu cabelo emaranhado e minha camiseta emaranhada da Loose Cannons e tudo meu emaranhado, percebi um flash de algo que não fui capaz de identificar. Raiva, talvez? Eu não tinha certeza. Mas eu sabia o seguinte: era a primeira expressão verdadeira dele desde que se sentou à mesa. Meio segundo depois, ela tinha desaparecido e foi substituída por certa frieza.

Se eu fosse uma mulher insegura, teria me contorcido na cadeira. Corado. Mas não. Com o queixo erguido, devolvi sua atitude de um jeito despreocupado e casual e dei uma mordida na minha enchilada. Não sei qual era o problema dele, mas não me importei.

— Onde você estuda, Maggie? — perguntou a sra. Milton enquanto eu fingia ter dificuldade de tirar um amontoado do recheio da enchilada. Havia algo esquisito ali, uma coisa marrom misturada com a quinoa. Carne ou cogumelos.

— Escola Merchant para Cegos — respondeu Ben com a voz alta, exagerando no anúncio da minha falta de visão. Depois, ele me cutucou com o pé. Esse garoto era discreto.

— Merchant — repeti, só porque deveria ter saído da minha boca desde o início.

— O Mason estuda na Brighton — disse a sra. Milton, animada.

Numa conversa normal e educada, esse seria o momento em que Mason acrescentaria alguma coisa. Mas ele não fez isso. Eu o via na minha visão periférica, ignorando minha presença com absoluta indiferença.

Bom, eu nunca tinha sido muito habilidosa em controlar o meu temperamento. Ainda mais em situações que envolviam machos arrogantes. Assim, virei a cabeça e o encarei. Direto nos olhos. Mason cruzou os braços e se recostou na cadeira, mantendo um olhar cético para mim durante o restante da refeição.

Tamborilei os dedos na mesa acompanhando o ritmo do *ping-ping--ping* da torneira da cozinha. Tudo bem. Tanto faz. Ele provavelmente nem era de verdade.

Mason só disse algumas palavras depois disso: *creme azedo* e *ahã* e *não*. Toda vez que ele falava, eu percebia a maneira aveludada como as vogais rolavam da sua língua. E, toda vez que ele falava, eu me irritava por perceber a maneira aveludada como as vogais rolavam da sua língua. Porque estava claro que esse cara era um idiota egocêntrico.

Eu estava sentada ali, batucando a canção de uma torneira agressiva e comendo minha enchilada de quinoa-e-talvez-carne-ou-talvez-cogumelos, quando Ben disse para a mãe:

— Então, no treino de natação ontem à noite? Eu fui foda. — Ele olhou para o irmão em busca de confirmação. — Não fui, Mason?

Mason fez um ruído afirmativo, e a sra. Milton lançou um olhar de desaprovação para Ben e disse:

— Benjamin Thomas Milton. Cuidado com a língua.

Ben inspirou fundo e inflou as bochechas, fazendo o rosto ficar quase todo redondo. Então se inclinou na direção da mãe, com as palmas apoiadas na mesa.

— Desculpa — disse ele. — É que eu quebrei meu recorde do ano passado. Aquele péssimo, do nado de costas. E agora fiquei apenas alguns segundos atrás de todo mundo.

— Você nada? — perguntei, sem acreditar.

Ele endireitou a coluna.

— Faço parte da equipe de natação do Clube Aquático North Bay. Os Golfinhos.

— O Benjamin tem espinha bífida — a mãe dele explicou. — Ele nasceu com isso. A metade inferior das pernas dele é praticamente paralisada, mas a parte superior do corpo é forte. Ele faz parte da equipe de natação desde os três anos.

— Uau, estou impressionada — falei com a voz mais baixa do que pretendia.

A mãe do Ben sorriu.

— Ele com certeza herdou a capacidade atlética do pai. Eu mal consigo levar o cachorro para passear sem tropeçar. Mas o pai do Ben? Era um grande atleta. — O modo como ela disse *era* me deixou com a nítida impressão de que o sr. Milton não estava mais vivo.

Houve alguns segundos de um grande silêncio, em que Ben se contorceu na cadeira e Mason pigarreou, depois a sra. Milton disse:

— Ah, eu quase me esqueci... — Ela se levantou num pulo e saiu apressada para alguma área não específica da minha não visão, deixando a frase no ar. Mas Ben e Mason pareciam saber o que estava por vir. Houve dois resmungos, e o mais alto veio de Mason, que deixou o garfo de lado e esfregou a testa com a palma da mão. Antes que eu percebesse o que estava acontecendo, a mãe do Ben apareceu de novo no meu campo de visão segurando uma câmera. Um flash estourou no nosso rosto.

— Mãe — reclamou Mason. Só uma palavra: *mãe*.

A sra. Milton lançou um olhar para ele.

— É uma noite especial — disse ela. — Temos visita. E enchiladas. A vida passa muito rápido. Se eu não registrá-la, bem... — Sua voz diminuiu e sua expressão ficou nostálgica. Por fim, ela respirou fundo, deu um sorriso meio forçado e disse: — Quero me lembrar de hoje à noite.

6

Depois do jantar, Ben e eu fomos para o quarto dele, fechamos a porta e jogamos videogame. Por acaso, eu realmente me parecia um pouco com Thera, a assassina de dragões fodona em *Twenty-One Stones*. Mas ela sem dúvida era a mais bonita de nós duas, apesar de ser uma animação. Sim, ela tinha meu cabelo cacheado castanho-avermelhado e, sim, ela tinha minha pele clara, mas seu nariz era fofinho, de botão, enquanto o meu era gordo e nem um pouco feminino. E ela tinha peitos, enquanto eu ainda estava esperando os meus crescerem e virarem alguma coisa de respeito.

O cachorro do Ben apoiou o focinho na perna dele, as narinas se mexendo, e o encarava sem piscar enquanto jogávamos *Twenty-One Stones*, o que, na minha opinião, era um pouco estranho. Depois de vários minutos disso, apontei o polegar na direção do vira-lata e disse:

— Qual é a do cachorro?

Ben falava comigo do jeito inconsistente e instável que as crianças falam enquanto jogam videogame.

— ATIRA LOGO PORQUE AÍ VEM A SERPE. ATIRA NELA. NÃO COM AS BOLAS DE FOGO. Quem? O Wally? Ele é meu cachorro. Dã. Eu sou, tipo, a pessoa preferida dele. ESPERA, NÃO ENTRA AÍ. A GENTE VAI MORRER!

— Você não acha que o jeito como ele está te encarando é um pouco estranho?

Ben revirou os olhos.

— O Wally era um cachorro abandonado que algum babaca deixou na clínica veterinária onde a minha mãe trabalha. Então ela trouxe ele para casa. Ele é totalmente... VIRA. ELE VAI TE INCINERAR! ... meu cachorro desde então.

— Bom, ele devia estar fazendo coisas de cachorro, tipo latir, correr pelo quintal, perseguir gatos e coisas assim — murmurei baixinho, com um olho no Wally.

— Ele faz isso também. BATE NO DRAGÃO ENTRE OS OLHOS. É ISSO QUE MATA ELE! — Mudando de assunto, ele disse: — Então. Preciso saber tudo sobre você, começando com o mais importante: qual é o seu Lance?

— Meu Lance?

— É. Todo mundo tem um Lance.

— Que tipo de Lance?

— Você sabe, tipo, qual é o Lance que te deixa mais feliz? CUIDADO, ATRÁS DE VOCÊ! Qual é o Lance que faz com que você seja *você*? Seu Lance. Meu Lance é nadar. Tipo, óbvio.

— Tudo bem, então. Essa é fácil. Meu Lance é o futebol — falei com um tom de finalização. Eu era fantástica no futebol: a corrida pelo campo, o drible com a parte interna do pé, os gols.

Ele pensou por um instante e depois disse:

— Quando foi a última vez que você jogou futebol?

— Tipo, seis meses atrás, talvez? Pouco antes de eu perder a visão — falei, meio que na defensiva.

— Então isso não é o seu Lance. Não mais.

Dei de ombros, tentando não absorver suas palavras a ponto de me incomodarem. Mas elas entraram mesmo assim, pelas rachaduras largas e irregulares que a cegueira tinha deixado em mim. Elas deixaram meu estômago contraído e minha boca seca.

— Tudo bem, então eu não tenho um Lance — falei, na esperança de que ele deixasse o assunto de lado.

Mas ele não fez isso. Ele largou o controle e me encarou, horrorizado. Na tela, seu personagem foi incinerado por um dragão roxo.

— Thera. Todo mundo tem que ter um Lance.

— Mas eu não tenho — argumentei. Minha vida era tão tomada pelo futebol que eu não tinha muito tempo para mais nada. Juro que tentei outras coisas. Acampamento de ioga no verão. Clube de esqui. Uma década de aulas de piano. Mas, por inúmeros motivos, nada disso me prendeu como o futebol.

— E a Loose Cannons? — disse ele, apontando para a minha camiseta. — Eles são seu Lance?

— A Loose Cannons é uma banda — expliquei. — Eles não podem ser o meu Lance.

— Por que não? Eles fazem você feliz? — perguntou ele.

— Ah, sim — respondi. — Acho que sim. É minha banda preferida. Parece que eles me entendem. Mas isso não faz com que sejam o meu Lance.

— Você já foi a um show deles?

Revirei os olhos.

— Não. — Em vez de fazer shows convencionais, a Loose Cannons tocava de improviso em locais totalmente aleatórios, como no shopping, no banco ou qualquer coisa assim, e depois postava na internet. Cinco meses atrás, quando explodiram no cenário musical depois de subir o primeiro show no YouTube, eles conseguiram um milhão de curtidas. No segundo show? Três milhões. Mas, por mais famosos que fossem agora, o único jeito de ver um show deles era descobrir as pistas ocultas online da banda sobre onde e quando eles iam tocar, algo que eu estava tentando fazer, e fracassando, havia meses. — Ver a Loose Cannons ao vivo é quase impossível.

Ben balançou a cabeça e pegou o controle. Seu personagem na tela pulou na mesma hora e começou a correr por uma caverna. Meu personagem o seguiu.

— Thera — disse Ben —, ver a Loose Cannons é totalmente possível.

— Claro. Ahã. Tá certo.

— Mulher. Suas palavras me ferem profundamente. Você já viu os caras... um deles, pelo menos. Meu irmão é o vocalista. Alô-ô? Mason Milton?

Mason Milton.

Foi aí que a realidade caiu sobre mim como um cobertor de lã sufocante. Eu só podia estar alucinando. Eu tinha passado boa parte dos últimos meses desejando a minha visão ou desejando a Loose Cannons.

Claro que eu ia juntar as duas coisas quando ficasse louca.

Claro que sim.

Para completar, o Mason Milton que eu tinha conhecido hoje à noite era parecido demais com o que eu tinha imaginado ao longo dos últimos meses. Bufei e deixei a cabeça cair para trás. Beleza. *Beleza*. Era hora de acordar, ou seja lá o que acontece quando gente maluca percebe que está maluca.

Mas eu não fiz isso. Só fiquei sentada ali e continuei a ser louca.

Meia hora depois, a sra. Milton bateu na porta do Ben e informou de um jeito agradável que ia levá-lo para o treino de natação em "exatamente quarenta e dois minutos" e ele precisava encontrar a sunga "e ir ao banheiro, porque a piscina não é privada".

Ben pareceu um pouco envergonhado.

— Mãe. Tenho muito tempo. Podemos até deixar a Thera em casa no caminho. Ela mora em... — Ele virou para mim. — Onde você mora?

— Bedford Estates — falei, e suas sobrancelhas deram um salto.

— Bedford Estates — ele informou à mãe. — Temos muito tempo.

Só depois que nos amontoamos no banco traseiro da minivan dos Milton, saímos da garagem e eu dei instruções à mãe do Ben para chegar à minha casa é que ele se aproximou e sussurrou no meu ouvido:

— Você mora mesmo em Bedford Estates?

— Ahã.

Nossa casa era igual às outras de Bedford Estates, absurdamente enorme e meio espalhafatosa. Mudamos para lá quando eu tinha quatro anos, e mesmo muito nova eu já achava o lugar enorme e meio espalhafatoso. Por isso eu passava a maior parte do tempo no meu quarto, que ficava no andar de cima. Era um quarto de sonho que dava para o grande bordo no nosso jardim. O teto era inclinado e tinha algumas estrelas-que-brilham-no-escuro coladas, e tinha um recuo em frente à janela, o lugar perfeito para ler. Mil lembranças moravam ali agora, todas em animação suspensa: fotos de amigos em um quadro de cortiça, uma bola de futebol meio vazia num canto, livros empilhados na mesa de cabeceira. Eu só tinha entrado nele uma vez depois que a meningite tirou minha visão, e parecia pertencer a outra pessoa. Alguém com possibilidades. Por isso, eu ficava no andar de baixo, no quarto-caixote funcional que meus pais tinham arrumado para mim antes de eu voltar do hospital.

Quando paramos na frente da garagem, Ben inclinou o pescoço pela janela para ver a minha casa. Ele deu um assobio longo e baixo.

— Legal — disse, arrastando a palavra como se estivesse falando de um truque de skate ou de um novo videogame.

E aí silêncio. Ben e sua mãe estavam esperando que eu saísse do carro.

Engoli em seco. Esse era o momento: o fim. O sonho das últimas horas tinha passado por mim como um trem de carga, num borrão de normalidade. Todos aqueles minutos e segundos agora tinham desaparecido, e eu sentia que os tinha desperdiçado. Eu não estava preparada para deixá-los acabar. Engoli em seco de novo, dessa vez mais alto, e olhei ao redor, analisando a parte de trás da cabeça da sra. Milton, as pernas finas do Ben e os assentos de vinil rachados.

— Hum. Thera? Vou me atrasar para o treino de natação — anunciou Ben.

Eu me encolhi.

— Certo — falei, puxando a maçaneta da porta e saindo da van com as pernas trêmulas. Com uma última dolorosa olhada para as cores, as texturas e a *vida*, eu me despedi.

7

As primeiras palavras do vovô Keith naquela noite foram direcionadas a um leilão de carros na TV:

— Dodge Ram 1968. Uma bela porcaria. — (Tecnicamente, a primeira coisa que ele disse foi: — Seu pai acabou de ligar. Ele quer saber por onde você andou a tarde toda e por que não está atendendo o celular. — Mas essa conversinha era o tipo de coisa com a qual eu não queria lidar naquele momento, então o comentário "uma bela porcaria" foi a primeira coisa à qual prestei atenção.)

Eu estava largada no sofá, num emaranhado de pernas e cabelos e confusão. Meu gato, Louie, o felino mais preguiçoso do cosmos felino, era um bolo enorme de pelo dorminhoco ao meu lado. Meu avô tinha confiscado a poltrona superestofada e superusada do meu pai, algo que ele fazia toda noite antes de meu pai chegar do trabalho. Se eu não conhecesse os dois, poderia jurar que ele estava se vingando de todo o trabalho que meu pai deu quando criança. Mas meu pai era o cara mais desinteressante do planeta, então a única coisa que meu avô poderia vingar seria o tédio infinito de todos esses anos.

Meu avô monopolizava a TV e protegia o controle remoto com a própria vida. Então, eu estava condenada a ouvir o leilão de carros. Eu não estava prestando atenção. Eu estava... bem, eu não sabia o que estava fazendo. Tentando me convencer de que o que aconteceu hoje era real, talvez?

Mas eu não conseguia.

Quanto mais eu pensava, mais absurdo tudo parecia. Quer dizer, sério. Bater a cabeça e, de repente, recuperar parte da visão? Mason Milton *por acaso* ser irmão do Ben? Claro que eu tinha inventado tudo aquilo.

Só que.

Onde eu tinha estado a tarde toda, se não estava na casa dos Milton? Como eu tinha vindo para casa depois de sair do escritório do sr. Sturgis?

— Vô — falei de repente. — Por acaso você viu a van que me deixou aqui?

— Van? Não. Por quê? — perguntou ele, cheio de suspeita.

— Nada — falei. Sequei a palma das mãos no sofá e procurei mudar de assunto. — Então. O que você fez hoje?

— Fui ao funeral de Manny Grayson. — Meu avô era obcecado por funerais: que tipo de caixão as pessoas escolhiam, o que estava escrito na lápide e coisas assim.

— Quem é Manny Grayson? — perguntei.

— Um amigo do Hank... Fui como acompanhante.

Franzi o nariz.

— Acompanhante... num funeral?

Meu avô me ignorou.

— Tocaram polca durante o serviço. — Ele bufou. — Polca. Hem. Quem toca essa porcaria?

Estremeci por dentro. Eu tocava — ou melhor, *tinha* tocado. Não porque eu queria, mas porque meu ex-professor de piano, o sr. Hawthorne, gostava de músicas ruins. O problema é que eu era fisicamente incapaz de extrair esses sons empoeirados de um piano. Por isso eu não o fazia. Eu improvisava as peças de maneira espetacular, pegando seus concertos e mazurcas e misturando tudo, espalhando as notas como folhas ao vento. Mas minha criatividade não voava com o sr. Hawthorne, e, depois de quase uma década discutindo com ele por causa de teorias rígidas de piano, eu perdi o interesse e desisti. Não sei qual dos dois ficou mais aliviado.

Às sete e meia em ponto, minha mãe entrou em casa. Eu sabia disso não porque sabia a hora, mas porque conhecia minha mãe. Ela era muito metódica. Ela me deu um cumprimento apressado — só passou a mão no topo da minha cabeça — e se jogou no braço do sofá, suspirando muito.

Balancei os pés e os coloquei no chão. Meu gato se jogou no carpete com as patas esticadas.

— Oi, mãe. Como foi o seu dia?

— Exaustivo — disse ela. Sua resposta costumeira hoje em dia. Especialmente quando queria evitar uma conversa sobre seu trabalho como treinadora do time de futebol feminino na Universidade de Connecticut. Pigarreando, ela mudou de assunto. — A Hilda me ligou hoje para marcar uma hora com você. Disse que deixou várias mensagens de voz e você não retornou. — Como não respondi, ela continuou. — De qualquer maneira, ela disse que vai estar aqui amanhã às onze horas.

— Da *manhã*? Tenho planos. — Na verdade, eu não tinha. Mas eu poderia ter planos, se quisesse.

Apesar de eu não ter habilidade de negociação, sou ótima quando se trata de mentir. Porém minha mãe conhecia o meu talento. Quase pude ouvir suas sobrancelhas se erguendo.

— Que planos?

— Coisas.

— Bem, mude as suas coisas — disse ela, cansada. E aí seu celular tocou: sua treinadora assistente. Com um resmungo, ela se levantou e se afastou, falando sobre passes, chutes a gol e disputas por pênaltis.

No seu tempo, minha mãe tinha jogado futebol na seleção feminina. Ela era volante, a mais rápida no campo, e tínhamos uma caixa de DVDs velhos para provar. Quando eu era muito nova, costumava me esgueirar até o porão tarde da noite, ligar a TV sem som e me aconchegar embaixo de uma manta para assisti-los. Naquela época, ela era minha heroína. Minha maior e mais importante lembrança dela é de quando eu tinha cinco anos. Era outono, e o céu estava muito azul e sem nuvens, quase azul demais para ser verdade. O time da minha mãe estava jogando contra a Noruega nas quartas de final da Copa do Mundo Feminina, e os Estados Unidos eram os anfitriões. Os comentaristas consideravam a Noruega a favorita naquele ano, mas minha mãe provou que eles estavam errados. Ela marcou o único gol do jogo. Quando o apito final soou, ela correu para a lateral do campo a toda a velocidade — um borrão de suor e sorriso com rabo de cavalo —, me colocou nos ombros e desfilou comigo pelo campo. Nunca vou esquecer como me senti nos ombros dela: forte, bonita, inteligente.

No estacionamento do estádio, naquela mesma noite, um delinquente se jogou em cima dela, pegou sua bolsa e saiu em disparada. Sim, meu pai estava ao lado dela. E, sim, ele ficou ali parado como um idiota completo enquanto o cara se afastava. Minha mãe, no entanto, disparou atrás do cara, gritando com toda a força dos pulmões. Não levou muito tempo para alcançá-lo. Ela o pegou pelo braço, puxou a bolsa e falou por entre os dentes, bem na cara dele:

— Sua mãe deve ter tanto *orgulho*. — Em seguida, ela o golpeou com a bolsa na lateral da cabeça e saiu batendo os pés.

Naquela noite, para mim, ela foi enorme, maior que a própria vida. Mágica, até. Sua confiança e energia no campo se espalhavam em tudo que ela tocava. Era como se ela pudesse fazer qualquer coisa, ser qualquer coisa, conquistar qualquer coisa que desejasse, e eu não queria nada além de ser igual a ela. Mas aí, alguns dias depois, pouco antes das semifinais, ela rompeu o tendão de aquiles. Eu me lembro nitidamente dos seus lábios pressionados quando disseram que ela nunca mais ia poder jogar futebol profissionalmente. Ela sempre foi tão forte e centrada que eu não esperava que a lesão mudasse quem ela era. E foi por isso que as semanas seguintes foram tão estranhas. Ela ficou... distante. Dura. Havia algo melancólico e profundo nas suas feições. Ela se recusava a ver as amigas, se escondia no quarto, passava o dia todo de pijama. De repente, ela era uma pessoa que eu não conhecia, e isso me apavorou. Meu pai me garantiu que ela ia ficar bem, que só estava passando por um tipo de luto. Uma grande parte dela — os sonhos, os talentos e as forças — tinha morrido.

Mas tudo isso mudou quando eu fiz seis anos e comecei a jogar futebol. Eu não tinha talento natural, como ela. Eu passava longas e árduas horas no quintal, batendo a bola na porta da garagem e treinando o trabalho com os pés.

— Você está fazendo errado — ela me disse um dia da varanda dos fundos, enquanto eu treinava minha finalização num gol improvisado. Quando olhei para ela, com os cabelos espalhados e as roupas amassadas, percebi alguma coisa diferente em seus olhos: uma esperança ou um desejo ou uma necessidade.

Cocei uma picada de mosquito na clavícula.

— Você pode me ajudar? — perguntei.

E só precisou disso.

O comportamento da minha mãe começou a melhorar assim que ela desceu os degraus naquele dia, e minha habilidade no futebol também. Com o treinamento incansável da minha mãe, eu me tornei imbatível com a bola de futebol entre os pés, marcando oito, nove, dez gols a cada jogo. Eu amava ver a expressão no rosto dela quando eu fazia um gol. Era o mesmo rosto que eu costumava adorar: olhos brilhantes, explosivo e cheio de energia. Mesmo naquela época eu já sabia: eu era sua segunda chance. Conseguia me imaginar suada, sorridente e de rabo de cavalo, correndo pelo campo em direção a ela depois do último apito na final da Copa do Mundo. Para comemorar com ela. Para dar a ela o que lhe foi roubado. Para lhe dar a vida que ela havia perdido.

Mas seis meses e cinco dias atrás, tudo isso mudou. E ela perdeu seu sonho de novo.

Eu não me lembrava de muita coisa daquela primeira semana no hospital, mas lembrava do que era importante. Eu me lembrava do ritmo constante dos aparelhos apitando atrás de mim. Eu me lembrava do cheiro denso de doença que pairava no ar. Eu me lembrava de como sentia minha cabeça — como se tivesse sido rachada ao meio com uma machadinha enferrujada. Mas, acima de tudo, eu me lembro de ouvir sem querer uma conversa que não era para os meus ouvidos.

— Você acha que ela já sabe? — perguntou uma enfermeira enquanto ajeitava o meu lençol.

Alguma coisa que soou como um equipamento pesado rolou pelo chão. Senti o cheiro do hálito de café no meu rosto quando outra enfermeira disse:

— Que ela está cega?

— Não. Que a mãe dela saiu da cidade.

Suspiro pesado.

— Ela não sabe muita coisa neste momento.

— Que tipo de mãe simplesmente viaja quando a filha está no hospital? Que tipo de mãe *faz* isso?

Não acreditei, no início, que minha mãe tinha viajado. Mas, durante vários dias seguidos, enquanto eu ficava ali deitada no torpor dos medicamentos, tentava ouvir a minha mãe, esperava sentir seu perfume ou senti-la pegar a minha mão e sussurrar que ia ficar tudo bem. Mas ela não fez isso.

Meu pai estava lá, com muita frequência — uma presença sólida e protetora ao meu lado, implorando a Deus bem baixinho. Isso era tão típico dele. A reza. Ele era tão pé no chão e centrado que a maioria das pessoas nunca imaginaria que ele rezava o tempo todo. Mas eu me lembrava disso com muita clareza do tempo que passei no hospital — meu pai rezando por mim, pela minha mãe.

Pelo final feliz.

E ele conseguiu. Quase.

Quando enfim comecei a despertar, minha mãe apareceu do nada reclamando com os médicos que eu precisava de mais remédio para dor e resmungando por causa da temperatura do quarto, e me fazendo pensar se eu tinha imaginado tudo aquilo. E, quando recebi alta do hospital, achei que talvez tivesse.

8

Eu estava sentada na frente do computador quando a campainha tocou na manhã seguinte. Ignorei. Eu tinha desistido de abrir a porta. Era um tiro no escuro. Podia ser o papa. Podia ser um assassino em série. Eu não tinha como saber, não tinha um olho mágico para ver quem era. E, de qualquer maneira, desde que saí da cama, eu estava vidrada no site da Loose Cannons, onde descobri que a banda tinha tocado ontem à noite no topo de um prédio abandonado em Bridgeport.

E eu tinha perdido.

A maior diferença entre o meu computador e o de uma pessoa que enxerga era que o meu estava equipado com softwares que convertiam em voz o que estava na tela — tipo, todo link, todo texto, todo tudo. Em outras palavras, eu tinha levado um tempo exaustivo para abrir as abas do site usando atalhos do teclado para encontrar... basicamente nada.

Os boatos diziam que as pistas sobre o horário e o local dos shows da banda ficavam escondidas em algum lugar do site, apesar de eu nunca ter conseguido encontrar uma. Hoje, achei um post curto da banda agradecendo aos fãs que tinham ido ao show — nada oculto ali. Algumas citações do jornal da semana passada que mostravam a banda — idem. E o link para o vídeo do show no YouTube.

A campainha tocou de novo.

Cliquei no link e "Lucidity", a primeira música do show de ontem à noite, invadiu o meu quarto. Com um suspiro, desci até a seção de comentários do vídeo. Os fãs mais radicais infestavam essa área para se vangloriar indecentemente de terem ido aos shows. Hoje não foi exceção. Havia o post de uma superfã que se denominava Pink Pistol alardeando que tinha conseguido o autógrafo do Mason depois do show. Outro de Tommy X, que dizia que o show tinha sido "alucinante". Depois disso, possivelmente meia dúzia de posts de idiotas sem cérebro como eu implorando a Pink Pistol e Tommy X que divulgassem como tinham encontrado a pista.

A campainha tocou de novo.

Desci até a resposta de Tommy X: "Para manter o mistério, não posso entregar o Grande Segredo. Mas posso dizer o seguinte: você tem que procurar além da superfície".

Eu me recostei na cadeira, expirando irritada. Eu tinha passado meses vasculhando o site da banda. Meses. Eu o conhecia de trás para a frente e de frente para trás. Se houvesse uma pista, na superfície ou não, eu deveria ter encontrado há muito tempo.

A campainha tocou de novo.

E de novo.

E de novo.

Xinguei baixinho, levantei num pulo e fui batendo os pés até a porta da frente. Meus modos sempre ficavam alguns passos atrás da minha boca, então abri a porta em toda a minha glória — cabelo como se um esquilo tivesse corrido por ele; pijama como se um sem-teto o tivesse usado por um mês; expressão como se estivesse à beira de dizer um palavrão — e soltei:

— Não falo inglês. — E bati a porta com violência.

Houve silêncio por um ou dois instantes, depois ouvi uma explosão familiar de fortes consoantes romenas:

— Nem eu.

Abri a porta.

— Hilda — sussurrei. — Eu esqueci da nossa sessão.

— Aff — disse ela, me empurrando para passar.

Durante a primeira sessão, logo depois de eu ter perdido a visão, Hilda entrou na nossa casa como um furacão, ordenando meus pais a mudarem os móveis de lugar, gritando para eles reorganizarem a cozinha e recomendando que eles danificassem os armários com etiquetas em braille, e tudo isso foi muito divertido. Mas depois ela começou comigo, e nosso relacionamento foi ladeira abaixo.

— Coloque os sapatos e pegue a bengala — disse Hilda com rispidez. — Hoje nós vamos sair.

— Sair? Por quê?

— Para aprender.

Acenei com a mão para dispensá-la.

— Estou bem feliz aqui dentro, na verdade.

— *Pfff.* Você não pode ficar aqui dentro pelo resto da vida.

Ah, eu podia, sim. Dentro da nossa casa, eu era uma estrela do rock. Eu sabia por onde andar, em qual gaveta estava o que, de quem eram os passos ecoando na entrada. Eu nem precisava da minha bengala. Mas lá fora? Bom. Era completamente diferente. E eu não tinha a menor vontade de levar o show para uma turnê.

— Na verdade, eu me tornei uma pessoa que se pode chamar de caseira.

Hilda resmungou.

— Para fora.

Essa mulher conseguia estragar uma manhã como Hitler podia estragar um bigode.

Com um suspiro alto, eu me arrastei até o meu quarto e me vesti. Vários minutos depois, me larguei no sofá com os sapatos na mão e disse:

— Hum. O que vamos fazer lá fora?

— Aprender a andar nas calçadas.

Eu me encolhi.

— Quer dizer que nós vamos andar de um lado para o outro na calçada para as pessoas poderem me olhar bem antes de me atropelar?

Ela resmungou.

— Podemos ir até a casa de uma amiga, não? Se você tiver uma amiga aqui perto.

Uma amiga.

As palavras deixaram um gosto amargo na minha boca. Minhas "amigas", cuja maioria era do time de futebol, cuja maioria tinha me tratado como um caso de caridade quando perdi a visão, faziam parte do meu passado, não do meu presente. Até minhas duas amigas mais próximas, Sophie e Lauren, tinham se afastado de mim, ficando em algum lugar longe do alcance, em segundo plano, como se esperassem um grande milagre acontecer.

Mas não aconteceu.

E, nesse meio-tempo, eu tive que reaprender a ser uma pessoa: como me vestir, comer, tomar banho, identificar objetos. Eu tive que descobrir como dar esses primeiros passos para o vazio desconhecido. E, sinceramente, meus primeiros sucessos foram vergonhosos demais para compartilhar com Sophie e Lauren: "Olha, gente, hoje eu aprendi a usar um garfo sem acertar o rosto". Então, em vez disso, eu compartilhava as minhas realizações com Hilda, mas só porque era ela que estava ali me obrigando a buscá-las.

— Pronta? — resmungou Hilda.

— Não muito.

— Você não pode se esconder na sua casa pelo resto da vida.

— Na verdade, eu meio que posso.

Dava para ouvi-la andando de um lado para o outro na minha frente, uma coisa que ela fazia quando eu a irritava. Por fim, ela soltou:

— Me diga: onde você se vê daqui a dez anos?

Uma vozinha na minha cabeça — a mesma voz que me incitava a dizer coisas meio inadequadas, mas potencialmente divertidas — estava me encorajando a perguntar se isso era uma pegadinha. Mas decidi não perguntar. Apesar de não poder provar, eu tinha quase certeza de que Hilda era a pessoa mais tensa do planeta.

Entendendo minha pausa como confusão, ela disse:

— Sua vida. Como você imagina a sua vida?

Deslizei o dedão do pé no carpete. Eu não queria pensar no meu futuro até algum momento no futuro. Ou, talvez, algum momento depois da minha morte. Enrolando, falei:

— Você quer dizer, tipo, família, carreira e essas coisas?

Ela soltou um hálito fedorento no meu rosto.

— Sim. Família. Carreira. Essas coisas. Seu *futuro*.

Acenei com a palma da mão para ela, desprezando o assunto.

— Não preciso me preocupar com isso por muito tempo.

Ela pigarreou com força suficiente para a garganta sangrar.

— Humpf. Você precisa começar a planejar agora. — E aí ela continuou falando sobre a Universidade Estadual do Missouri, que tinha sido escolhida como a melhor faculdade para cegos, que eu poderia ter uma carreira e um marido e filhos, e que eu poderia usar o transporte público para ir ao trabalho e fazer coisas na rua, e tal e tal e tal, e eu percebi que não queria ouvir mais nada, porque só conseguia pensar: *De jeito nenhum eu posso viver assim.*

9

Eu tinha deixado o celular no quarto enquanto estava na rua tropeçando em hidrantes perigosos e, quando o peguei na minha cama, descobri que tinha dez chamadas perdidas e dois recados na caixa postal, tudo do mesmo número. Com o celular na mão, segui direto pelo corredor e saí pela porta deslizante de vidro. Sentando-me nos degraus de madeira do nosso deque, ouvi as mensagens.

A primeira:

— Thera. É o Ben.

Ben.

Minha mão começou a tremer tanto que eu mal conseguia segurar o celular enquanto o ouvia:

— Sabe, Ben Milton? Seu namorado? Aquele bonito e charmoso? Então, uma palavra para você: Doritos. — Ele fez uma pausa dramática, depois continuou. — O negócio é o seguinte, Thera: acabei de ter um daqueles momentos "arrá". Daqueles que a Oprah sempre fala. Acabei de perceber que Doritos é o salgadinho perfeito. — Ouvi um som de mastigação do lado de lá, como se Ben estivesse matando um saco de Doritos no meu ouvido. — A quantidade certa de sal — disse ele. — Sabor intenso. Combina perfeitamente com água, leite, suco ou refrigerante. E, se eu não escovar os dentes depois de comer, posso sentir o sabor durante umas dez horas. O que é melhor do que um salgadinho na sua boca por dez horas? Nada. Isso mesmo: nada. É uma maldita perfeição. Acredito que a obra-prima conhecida como o poderoso Doritos pode ser o seu Lance. Você tem que comer um pacote agora mesmo. Na verdade, não. Não apenas coma o salgadinho; coma enquanto honra sua excelência. Por favor, me ligue assim que possível. Tchau.

Fiquei sentada ali por muito tempo depois que a mensagem terminou, tentando me impedir de ficar esperançosa demais. Mas a personalidade do Ben tinha praticamente saído do celular e me sacudido pelos ombros.

Ele era real.

Mas isso não significa que eu o vi.

Roí a unha do polegar enquanto ouvia a segunda mensagem na caixa postal.

— Thera. Você devia arrumar um bloqueio de privacidade para o número do seu celular, porque qualquer imbecil pode encontrar online. Não que eu seja um imbecil. Eu provavelmente sou a pessoa menos imbecil que conheço. — Ele fez uma pausa, como se estivesse esperando eu interferir e defender sua honra. — Enfim, eu estava pensando se você sabe quando o pelo da axila começa a crescer nos homens. Acho que eu tenho uma doença na axila, porque não tenho nenhum pelo. Nem. Um. Zinho. Aliás, PARA UMA NAMORADA, VOCÊ É PÉSSIMA EM RETORNAR LIGAÇÕES. É isso.

Calma, alertei a mim mesma enquanto salvava o número dele no celular. *Isso não significa nada. Ainda não.*

Liguei para ele. Ben atendeu depois de um único toque.

— Thera, meu amor! — ele basicamente gritou.

— Ben! — gritei de volta, sorrindo como uma lunática.

— Você experimentou os Doritos? — perguntou ele.

— Não tive oportunidade — respondi. Eu me sentia como se tivesse encontrado outra fração de mim mesma, uma parte que tinha sido arrancada e descartada meses atrás.

Ele suspirou no celular.

— Thera. Isso é sério. Você não tem um Lance. Você não pode andar por aí sem um Lance. Não é natural. Você vai começar a mancar ou tossir ou sei lá. — Quando caí na gargalhada, Ben gritou comigo: — Não estou brincando, Thera. Isso é sério. As pessoas precisam ter Lances. Caramba, até o Mason tem um Lance.

Mason. Bom. Isso calou a minha boca.

Eu me levantei num salto e andei pelo deque, meus chinelos batendo num ritmo alegre, *pec pec pec*, que não combinava nem um pouco com a súbita reviravolta no meu estômago. Se Ben era real, Mason era...

— Então... — Ben continuou, mastigando mais Doritos: — Eu estava pensando comigo mesmo hoje de manhã: *Thera ia adorar ver você nadar hoje.*

— Eu ia? — Claro que sim. A verdade é que eu tinha ganhado algumas úlceras desde que me despedi de Ben, acreditando que ontem tinha sido um tipo de fantasia elaborada, algo que eu tinha desejado e desejado até que meu cérebro enfim cedeu e acreditou. Eu precisava entender o que estava acontecendo. Precisava descobrir se havia uma chance de talvez, apenas talvez, minha visão estar voltando. Eu precisava de respostas.

— Ahã. Você ia — disse Ben. — É às duas da tarde, no Clube Aquático North Bay. Vejo você lá. — E desligou.

* * *

Eu conhecia um pouco o Clube Aquático North Bay. Fiz algumas aulas de natação lá quando tinha catorze anos e minha mãe estava convencida de que eu precisava variar minhas atividades aeróbicas para me preparar para a temporada de futebol. Meu instrutor era um cara de meia-idade enorme e rechonchudo, parecido com um saco de lixo cheio de nozes, e tinha uma expressão azeda, mas surpresa, grudada de maneira permanente no rosto — como se tivesse acabado de tomar um gole do que ele achava que era Sprite, mas, para seu espanto, descobriu que era suco de toranja.

No primeiro dia de aula, ele cometeu o erro de me ensinar a boiar de costas. Dali em diante, eu desisti. Por que me debater, tentar respirar, me esforçar para melhorar minhas já excelentes habilidades no futebol, se eu podia deitar de costas e boiar tranquilamente? E eu boiei durante toda aquela primeira aula de natação e em todas as aulas de natação que se seguiram. Era um fantástico desperdício dos duzentos dólares da minha mãe.

Agora, quando meu avô parou a caminhonete na frente do Clube Aquático North Bay, tentei impedir meus olhos de rastrearem a área em busca de um pontinho de visão, mas fracassei. Não vi nada e, enquanto meu avô saía da caminhonete e me guiava pelo prédio até a piscina, fui ficando cada vez mais tensa.

Eu estava maluca.

Eles iam me enfiar em um prédio branco indefinido com todos os outros loucos, e eu ia acabar me balançando para a frente e para trás numa sala de atividades enquanto bebia suco de caixinha e fazia bonecas de crochê mecanicamente e...

— Quer que eu leve você até a arquibancada? — perguntou meu avô.

Nesse momento, Ben apareceu numa piscada. Se a multidão o tinha escondido ou eu não estava no ângulo certo para vê-lo, não sei dizer. Eu só sabia que, de repente, ele estava lá: andando pela borda da piscina azul-cobalto do clube, o concreto sob seus pés descalços, com um menino cabeludo ao seu lado, rindo de uma piada desconhecida.

Puxei a respiração.

— Você está bem, criança? — perguntou meu avô.

— Estou bem — murmurei. E era verdade. Eu estava bem. Eu estava perfeitamente sã.

Eu sentia minha mão suada no cotovelo do meu avô, e ouvia o ritmo constante dos pés dos espectadores batendo nas arquibancadas, e sentia o cheiro de cloro e protetor solar com aroma de manteiga de cacau. E conseguia ver o Ben. Todas essas coisas estavam acontecendo ao mesmo tempo. E eu estava totalmente sã.

— Mags — meu avô disse bem alto. E, pela impaciência no seu tom, tive a sensação de que não era a primeira vez que ele chamava o meu nome. — Quer que eu leve você até a arquibancada?

Acenei e me despedi dele, ficando onde eu estava, onde quer que fosse o lugar *onde eu estava*, enquanto a ficha caía. Se eu estava mesmo vendo o Ben — vendo de verdade —, quem podia dizer que eu não conseguiria enxergar em outras circunstâncias? A esperança se expandiu no meu peito como um balão de ar quente.

Eu poderia recuperar o campo de futebol.

E as minhas amigas.

Minha escola.

Minha vida.

De repente, alguma coisa com cheiro de cola e de biscoito doce que batia na minha cintura me atingiu na coxa e disse:

— Você vai sair da minha frente em algum momento deste século? — Parecia uma menininha. Uma menininha abusada. Para responder, peguei minha bengala no bolso traseiro e a desdobrei com um movimento. — Ah. Tudo bem. Entendi. Quer dizer que você é cega — disse ela com a língua presa, a teimosia ainda envolvendo o tom da sua voz.

— Sou.

— Por que você não tem um cão-guia? — desafiou ela.

— Quem disse que eu preciso de um? — perguntei, com um olho na piscina onde Ben estava torcendo pela prova do momento.

— *Eu* disse — argumentou ela. — Pessoas cegas têm cachorros. Por que você não tem um?

Massageando a testa com os nós dos dedos, falei:

— Porque eu não gosto de cachorro.

— Como assim você não gosta de cachorro?

Eu estava tentada a ignorá-la. Tudo em mim me pedia para me aproximar do Ben, me aproximar da minha visão.

— Eles babam, são peludos e latem — respondi, tentando encontrar o olhar do Ben.

Ela resmungou baixinho.

— Onde estão seus óculos escuros?

Evidentemente, o senso comum não era tão comum assim. Será que ela não estava vendo que havia coisas mais importantes acontecendo ali?

— Nem todas as pessoas com deficiência visual usam óculos escuros — falei para ela. A verdade é que usar óculos escuros é uma escolha pessoal. Alguns de nós usam porque têm íris descoloridas ou distorcidas, enquanto outros são sensíveis à luz independentemente da deficiência visual. Nada disso precisava ser compartilhado com essa menina.

Ela disse:

— Achei que pessoas cegas eram legais. Você não é muito legal.

Bom. Essa era a coisa mais correta que ela havia dito até agora.

Ben olhou para cima e me viu. Ele ficou tão radiante que parecia que ia romper um músculo do sorriso, depois veio na nossa direção, minha visão fantasmagórica vindo atrás dele como um rabo de cometa, até ele parar na minha frente.

E, num piscar de olhos, me senti inteira outra vez. Eu não conseguia parar de sorrir.

Ben estava usando uma sunga azul-cinzenta, um sorriso cheio de dentes e — inclinado para o lado no seu cabelo loiro úmido — um boné de beisebol que dizia AS VOZES NA MINHA CABEÇA ESTÃO ME DIZENDO QUE VOCÊ É UM ALIENÍGENA!

— Thera! — gritou ele. O menino parecia uma cegonha magrela de sunga, só joelhos e cotovelos e essas coisas.

— Ben! — gritei em resposta, depois deixei meu olhar baixar. Eu me vi olhando para o rosto teimoso de uma menina, talvez de uns seis ou sete anos, imaginei, que tinha um exército de sardas, mas apenas um dente da frente. Ela estava de cara feia, usando um short jeans amassado, uma camiseta branca com corações estampados e uma tiara roxa brilhante. De maneira suspeita, ela franziu os lábios para mim durante meio segundo e eu desviei o olhar, percebendo que a encarava como uma pessoa que enxerga.

Ela saltou na direção do Ben e o abraçou na cintura — com as muletas e tudo.

— Ben! — gritou ela.

— Oi, Samantha — disse ele.

Ela piscou para ele.

— Você vai brincar comigo? Porfavorporfavorporfavorporfavor? Estou tão entediada.

— Claro que eu vou brincar com você. Mais tarde — disse Ben. E apontou com a cabeça na minha direção. — Neste momento, estou meio ocupado com a Thera.

Ela se virou e me olhou fixamente. Dei um sorriso inocente para o ombro dela. E ela saiu, voltando para o lugar de onde tinha vindo. Provavelmente, para o colo de Satã.

10

Ben me apresentou ao seu melhor amigo e colega de equipe, Teddy — um garoto baixinho com cabelo volumoso usando uma sunga idêntica à do Ben. Não pude deixar de notar que o lado direito do rosto de Teddy era coberto de cicatrizes enrugadas com aparência de borracha, e elas eram ao mesmo tempo repulsivas e atrativas. Eu gostaria de dizer que não era o tipo de pessoa que as encararia, mas, bom, eu não conseguia parar de olhar. Elas eram tão... presentes. Por fim, ele virou a cabeça de leve e seu cabelo de esfregão as cobriu um pouco, me livrando do meu não dilema moral.

— Quando conheci o Teddy, ele estava de bunda pra cima numa cama de hospital — Ben me informou depois de nos apresentar —, tirando pele do traseiro para fazer enxerto na queimadura do rosto.

Como eu deveria responder a isso? Dei mais uma olhada para o Teddy, que parecia perfeitamente à vontade com o assunto.

— Ah. Bom. Isso é... hum... interessante — falei por fim. E aí, naturalmente, me permiti dar uma olhada rápida para o rosto dele de novo para inspecionar a pele, que, por acaso, não parecia a pele da bunda de uma criança.

Ben continuou falando:

— Ele dividia o quarto comigo, quarto dois dois dois no Memorial. Eu estava lá para fazer uns exames e me sentia entediado até a droga da minha alma.

— Ben. Não xinga — comentei, mas os dois continuaram tagarelando como se eu não tivesse dito nada. Eles ficaram se provocando por causa da bunda branca do Teddy: ele dizia que era mais bonita que o rosto do Ben, e Ben dizia que era mais branca que os dentes brancos de um urso-polar branco, e aí por diante.

Então, finalmente, Teddy disse:

— Cara. Admite. O único motivo para você decidir ser meu melhor amigo foi para poder me chamar de "cara de bunda" sem se meter em encrenca. — Eu ri tanto que comecei a fazer ruídos agudos de golfinho.

Então um anúncio bem alto sobre uma prova que ia acontecer, e Ben disse:

— Tenho que correr, Thera. — Ele apontou com a cabeça para a piscina. — É hora de carpe o meu diem.

— O que você sabe sobre carpe diem? — falei por trás de uma risada.

— Tudo. Li sobre o assunto nos Cs.

Eu ri de novo. Parecia a risada de ponto de exclamação do Ben, e isso era meio estranho, mas meio maneiro.

— Estarei na água em cinco minutos — disse Ben. Ele bateu continência para mim, Teddy se despediu e os dois se afastaram, desaparecendo numa multidão de meninos de sunga.

* * *

As primeiras palavras que a mãe do Ben me falou naquela tarde foram:

— Cuidado, tem cocô de cachorro no meu uniforme. — E isso foi perturbador, porque ela falou durante mais um dos seus abraços surpresa. Na verdade, ela não estava com cheiro de cocô de cachorro. Estava com cheiro suave de incenso, menta e gentileza.

Assim que se afastou de mim, ela me conduziu até um conjunto de arquibancadas de metal, ao lado — para minha total e absoluta humilhação — do Mason. Pelo modo como eu tinha aparecido na casa dele na noite passada usando uma camiseta da Loose Cannons, fingindo mal a minha cegueira, imaginei que ele pensasse que eu era uma fã lunática que tinha dado um jeito de entrar na vida dele fingindo ser cega para que o irmão mais novo dele sentisse pena de mim. E isso era humilhante, apesar de não ser verdade.

Tá bom, talvez a parte de fã lunática fosse verdadeira. Quer dizer, se por acaso hoje eu encontrasse uma pista que me ajudasse a saber onde seria o próximo show da Loose Cannons... bem, digamos que eu não ficaria chateada.

De qualquer maneira, Mason não reagiu quando eu disse oi. Na verdade, apaga isso; ele reagiu se afastando de mim na mesma hora, possivelmente se amontoando ao lado de uma mulher, porque ouvi um "Ah!" surpreso quando ele se mexeu.

Joguei conversa fora com a sra. Milton, com os meus sentidos voltados para Mason (mas sem parecer estar com os meus sentidos voltados para Mason). Eu quase sentia a irritação escorrendo pelos seus poros, ouvia suas respirações entrecortadas e raivosas.

Sinceramente.

Claro, ele tinha se tornado um tipo de celebridade instantânea havia pouco tempo, mas não era muito arrogante ele acreditar que eu tinha vindo à natação só para ficar perto dele? Fiquei enfurecida em silêncio, batendo o pé no ritmo das braçadas dos nadadores cortando a água. A aversão do Mason a mim era enlouquecedora, frustrante e... bom, meio fascinante. Ele de fato acreditava que eu era uma fã maluca ou apenas achava que eu tinha uma aparência horrível? Com certeza um pouco de cada. Eu não me maquiava mais. Eram muitos frascos pequenos e muitos tubos pequenos e muitas oportunidades de me transformar numa palhaça.

Qualquer que fosse o motivo, Mason se recusava a falar comigo. No entanto, fez brincadeiras com outra espectadora e ofereceu a mão para o que parecia uma menininha com dificuldade de subir na arquibancada.

— Opa — disse Mason, e eu senti a arquibancada se erguer um pouco quando ele se levantou. Havia algo genuíno na voz dele. Alguma coisa autêntica. Isso fez com que eu me sentisse estranha por algum motivo: magoada ou confusa ou exposta. Eu não sabia bem o que era, só que era muito intenso.

Resmunguei baixinho por deixá-lo me atingir. Mason não era apenas um idiota egocêntrico completo — era um idiota egocêntrico completo que obviamente acreditava que eu o idolatrava. E ele estava muito errado. Claro, eu adorava as músicas dele. E, sim, eu provavelmente daria meu rim direito para saber o local do próximo show da banda dele. E é evidente que eu achava que ele tinha uma voz maravilhosa. Mas isso não significava que eu o *venerava*, não significava que eu faria coisas ridículas só para ficar perto dele.

A sra. Milton me cutucou com o cotovelo.

— A prova do Ben deve começar a qualquer instante.

— É? — falei, secretamente olhando para Ben. Ele estava em pé ao lado da piscina, se sacudindo de tanto rir das caretas que Teddy fazia para ele. — Ele sempre gostou de nadar? — perguntei, me abaixando para coçar a panturrilha. Na pressa, encostei sem querer o braço no do Mason. Foi um toque mínimo e só durou uma fração de segundo, mas alguma coisa dentro de mim se agitou quando um raio de eletricidade reverberou entre nós. Eu me afastei num pulo e cruzei os braços sobre o peito.

— Na verdade — disse a sra. Milton, com a voz um pouco cautelosa —, alguns meses atrás, o Ben meio que ficou com pânico da natação por causa de uma briga com outra criança do time.
Senti minha boca se abrir.
— O Ben teve uma *briga*? Sério?
A sra. Milton murmurou:
— Era uma garota.
— Ah.
— O Ben tinha uma queda muito grande por ela — explicou a sra. Milton —, e você sabe como ele fica quando gosta de alguém. Ele se desdobra, mesmo que a outra pessoa não esteja nem um pouco interessada. Ele guardou a mesada durante meses para comprar um jogo de videogame para ela.
— *Twenty-One Stones*? — perguntei. De repente, eu não queria mais ouvir o resto da história.
— Esse mesmo — confirmou a sra. Milton. — Então, quando ele deu o jogo a ela, a menina não reagiu do jeito que ele esperava. — Apesar de suas palavras serem casuais, dava para perceber uma intensa proteção maternal disfarçada no seu tom.
— O que ela fez?
— Jogou no lixo e chamou o Ben de... — Ela parou, se recompôs e tentou de novo. — Ela o chamou de "retardado idiota". Ele ficou arrasado.
Senti uma pontada aguda no fundo do peito, um nó na garganta. E sussurrei:
— Ela ainda está na equipe? Essa garota?
— Não — disse a sra. Milton com um suspiro. — O treinador tem uma política rígida sobre as crianças tratarem umas às outras com respeito. — Ela me deu um tapinha solidário na perna. — Ah, não fique chateada, querida. As crianças da escola o prepararam para esse tipo de coisa. Ele é gentil, confiável, um alvo fácil. E, de qualquer maneira, ele tem o Teddy, e agora você, alguém que entende qual é a sensação quando a vida dá uma rasteira na gente.

Fiz que sim com um aceno duro de cabeça e, com os olhos fechados, tentei me recompor. Ao meu lado, Mason estava imóvel como uma pedra, mas eu poderia jurar que sentia sua respiração no meu rosto. Eu poderia jurar que ele estava me olhando, que seus olhos estavam em mim. Ele estava me encarando?

Inclinei a cabeça, deixando o cabelo cobrir meu rosto por alguns segundos. Depois, ergui o queixo. Eu ainda sentia os olhos dele em mim — queimando como o sol do deserto. Contorci as mãos no meu colo. Por que ele estava me encarando?

Tentando afastar o pensamento do Mason, olhei além do nada, para onde Ben estava se preparando para a prova de natação. Ele agora estava sentado num banco de madeira ao lado da piscina, tão cheio de sorrisos que eles simplesmente escapavam. Ele pegou um par de óculos vermelhos de natação que amassava um pouco o seu rosto, como aqueles espelhos que distorcem o queixo e fazem sua cabeça parecer gorda nos lugares errados. Levantando um punho no ar, ele torcia por alguém na piscina. Havia alguma coisa no jeito como ele sorria que me enchia de um avassalador afeto protetor. Algumas pessoas têm tantas camadas que você mal vê quem elas são. Mas, quando olhava para Ben, eu via tudo que o tornava *ele*.

Por que qualquer pessoa magoaria alguém como ele de propósito?

Quando anunciaram a prova seguinte, Ben se aproximou da água. Houve uma longa pausa enquanto ele subia no bloco de largada. Ele se movia de maneira lenta e deliberada, como para curtir o momento. Quando enfim chegou em cima do bloco, ficou parado ali por um bom tempo. Apoiado nas proteções metálicas do bloco e tirando as muletas, ele vasculhou a multidão até nos encontrar. E aí ele sorriu.

Instintivamente, eu também sorri e comecei a levantar a mão para ele, mas parei no meio do aceno e passei os dedos no cabelo.

Tarde demais. Aparentemente, Mason já tinha visto. Ele fez um som irritado no fundo da garganta.

Eu senti que deveria disfarçar, então, com o olhar voltado para a piscina e toda a inocência que consegui reunir, falei:
— Tudo bem com você, Mason?
Ele soltou um "sim" através do que pareciam ser dentes cerrados. Bom. Pelo menos ele tinha falado comigo.

Ben, sem perceber meu movimento idiota, esticou os dedos dos pés na direção da água e se inclinou sobre a borda. Prendi a respiração. Ao meu lado, a câmera da sra. Milton disparou a tirar fotos, uma atrás da outra, numa rápida sequência.

Houve um estouro alto, um monstruoso som de água e as arquibancadas irromperam em torcida. Na água, Ben não parecia ser parcialmente paralisado. Ele parecia forte e confiante como qualquer outra criança, mas insanamente diferente. Conforme a prova seguia, eu vi trechos de nadadores o ultrapassando. Apesar de Ben se mover de maneira lenta e deliberada, ele tinha uma vantagem clara sobre outro nadador, um menino gorducho que estava nos seus calcanhares. Quando Ben fez a virada na ponta oposta da piscina para a volta final, ele olhou para trás. E aí, aos poucos, diminuiu o ritmo, deixando o menino chegar nele.

Eu não consegui acreditar. Ele estava deixando o menino ganhar dele de propósito.

Isso não deveria me surpreender. Não mesmo. Ben simplesmente... tinha um bom coração. Diretor da Sociedade Nacional de Leitores da Enciclopédia Britânica, presidente do Departamento de Sorrisos Dentuços Constantes, líder em Deixar o Gordinho Ganhar.

Quem era eu? Eu não sabia.

II

Quando eu me permiti acolher a esperança de que poderia recuperar a visão, a ideia me dominou. Naquela noite, minha mente saltou entre as maneiras como minha vida voltaria ao normal se minha visão voltasse completamente, como eu reconquistaria o campo de futebol, os corredores da minha antiga escola, as tardes com Sophie e Lauren. Como meus problemas com minha mãe se resolveriam.

As dúvidas também se manifestaram. Eu me preocupava de a minha recém-descoberta visão ser temporária, passageira. Que talvez a natureza percebesse seu erro e me devolvesse a cegueira total. Que, se eu não corresse para descobrir todos os motivos, maneiras e locais, minha pequena ilha de visão, assim como a explicação para ela, desapareceria com a mesma rapidez que tinha surgido.

Meu melhor palpite era de que a batida na minha cabeça tinha sido o catalisador. Mas eu não estava morrendo de vontade de testar essa teoria. Bater no meu crânio com um martelo para obter mais um centímetro de visão? Não, obrigada. Com a minha sorte, eu ia me levar de volta à cegueira total. Além do mais, eu não conseguia afastar a sensação de que estava deixando passar alguma coisa crucial. Eu me sentia estranhamente como se fosse uma mariposa presa em um abajur, me debatendo ao redor da luz, mas sem ver o quadro geral.

Quando entrei na sala de estar, onde meu pai e meu avô estavam ouvindo um álbum antigo dos Beatles e compartilhando teorias da conspiração sobre a morte de John Lennon, eu estava arrasada. Eu me sentia compelida a ver o Ben de novo, o que me deixava culpada porque ele era apenas um garoto de dez anos com bom coração, que não merecia ser usado só para eu poder enxergar, e isso me deixava frustrada porque, nesse momento, eu *não conseguia ver* nadinha de nada, e isso me deixava com vontade de ver o Ben de novo, e isso me deixava culpada por querer ver o Ben de novo, e isso me fez perceber por que eu normalmente ignorava meus malditos sentimentos. Suspirei baixinho e enterrei o rosto numa almofada do sofá.

— Qual é o problema, querida? — perguntou meu pai.

Eu estava prestes a contar a verdade para ele — sério, eu estava —, mas as palavras pareciam doidas demais para fazer sentido ao saírem da minha boca, então acabei respondendo que estava tudo bem, que eu estava com dor de cabeça, aí fui para o meu quarto e fechei a porta.

Andei um pouco de um lado para o outro. Sentei um pouco na beira da cama. Ouvi um pouco de rádio. Então me levantei, me sentei na frente do computador e entrei no site do dr. Darren.

Essa não era a primeira vez que eu recorria ao dr. Darren. Eu sempre tive uma tendência para o lado hipocondríaco na escala de bem-estar. No quarto ano, por um tempo, eu tive um câncer imaginário no polegar. E depois uma doença no tornozelo que consumia a minha carne. No fim do ensino fundamental, eu adquiri um toque de tuberculose inventada que, por causa do meu histórico de desventuras médicas, meus pais não levaram a sério. Então fiz o que a maioria dos paranoicos que sofrem de quase-tuberculose faria: entrei no site *Pergunte ao dr. Darren* e pedi conselhos.

Pelo que eu me lembrava da foto dele no site, o dr. Darren era um homem grisalho de pele calejada com sobrancelhas compridas e rebeldes que devem ter se cansado de ficar deitadas retas, porque se destacavam na sua testa. Ele tinha um jeito forte e direto de responder às perguntas — um tipo de abordagem convincente que sempre me ajudava a eliminar as preocupações. E era disso que eu precisava nesse momento.

Levei uma eternidade para navegar pelo site. Quando enfim localizei a seção de perguntas e respostas, meus dedos flutuaram sobre as teclas por um instante, antes de eu digitar a pergunta: "Olá, dr. Darren. Eu queria saber se é possível uma pessoa cega recuperar a visão depois de um trauma na cabeça".

Roí a unha do polegar enquanto esperava.

E esperava.

E esperava.

Pulando da cadeira, andei de um lado para o outro na frente da minha escrivaninha, balançando as mãos e tentando ao máximo não ficar otimista demais. Finalmente: um pequeno toque de mensagem chegando. Me joguei na cadeira e desci a tela para encontrar a resposta: "Boa noite, Maggie. Sinto muito, mas a resposta é não".

Passei a mão na nuca por um instante e digitei minha resposta: "Nem mesmo parte da visão?"

Dr. Darren: "Parte da visão?"

Eu: "Só ao redor de uma pessoa. Tipo, se eu batesse a cabeça e depois conseguisse ver alguém".

Dr. Darren: "Se você bateu a cabeça e de repente está vendo coisas, você sofreu uma lesão cerebral traumática e está alucinando. Ou..." — o leitor de tela fez uma pausa tão longa que eu me levantei de novo e cruzei os braços — "... você tem um transtorno psiquiátrico".

Desabei na minha cama e joguei o antebraço sobre os olhos. Isso era exatamente o que eu temia que acontecesse se eu falasse com alguém em busca de respostas. Eu estava sozinha.

12

O corredor de higiene feminina da Target não era o melhor lugar para ser abandonada. Meu avô estava em alguma parte da loja. Ele me largou nesse corredor murmurando que "o tipo de coisa" que eu estava procurando estava bem na minha frente. E me informou que voltaria logo, que precisava de material de pesca e outra coisa que parecia "cortador de unha", mas eu não tinha certeza. Suas palavras costumavam sair um pouco abafadas, por isso metade das vezes eu não sabia o que ele estava dizendo.

Ao contrário, era difícil não ouvir as palavras do meu outro avô, Brian — que eu chamava de Avô Repete, porque tudo que ele falava saía duas vezes da boca ("Como foi a escola? Como foi a escola?"). Meu Avô Repete morava na Califórnia e não tinha jeito de avô porque era alto, magro e raramente falava palavrão. Para ser avô, precisa ser velho, mal-humorado, careca, teimoso e gordo, como meu avô Keith. Ou, no mínimo, tinha que ser pançudo, com tendência a reclamar de pessoas que dirigem rápido demais e afinidade com a frase "que vá para o inferno". Mas essa era a minha opinião.

O vovô Keith era o meu melhor amigo desde que perdi a visão. Ele me oferecia coisas que as meninas da minha idade não poderiam. Um: ele não sentia pena de mim; e dois: ele não me tratava diferente porque eu não conseguia ver. Eu não podia dizer a mesma coisa das minhas antigas amigas.

Enfim, meia hora mais cedo, meu avô tinha entrado no meu quarto:

— Vou até a Target. Precisa de alguma coisa? — Naquele momento, eu estava acampada na internet havia umas boas três horas, primeiro tentando descobrir o Grande Segredo, como Tommy X tinha sugerido, olhando "além da superfície" (ou seja, voltando até o primeiro post oficial da banda para procurar pistas), e, depois de não encontrar nada, escutando meu leitor de tela recitar entradas de uma enciclopédia online. Eu tinha começado com os *D*s, e não com os *A*s, em homenagem à Dead Eddies. Muito tempo atrás, a Dead Eddies foi a banda que me fez gostar de música. Quer dizer, a música deles, que por coincidência se chamava "The Beginning of It All", "o começo de tudo", foi responsável por mudar a minha vida. Por isso: os *D*s, por respeito. Ou seja, eu estava xingando Tommy X e ouvindo os *D*s quando meu avô entrou no meu quarto e fez a pergunta sobre a Target. É claro que eu estava precisando muito de umas coisas de menina. E é claro que meu avô não ia entrar no corredor feminino por mim. Por isso, eu tive que ir com ele.

Meu avô dirigia uma picape Ford tão velha que provavelmente tinha levado Moisés à igreja. Mas ele se recusava a trocá-la. Dizia que as coisas velhas eram mais resistentes que as novas. O que de certa forma era bom, porque a habilidade de dirigir do meu avô estava um pouco duvidosa. No ano passado, ele provocou um pequeno acidente na barbearia. Quando chegou ao estacionamento do local, ele pisou no acelerador em vez de no freio. Esse corte de cabelo ficou bem caro.

— Minha mãe está trabalhando? — perguntei ao vovô enquanto saíamos da garagem.

— Ahã — ele respondeu. — Saiu de madrugada e disse que ia trabalhar até tarde hoje.

Meu peito deu um nó por reflexo, como sempre acontecia quando minha mãe passava muito tempo longe de casa. Isso era infantil e paranoico, mas, desde que ela desapareceu quando eu estava no hospital, eu não sabia se seria agora que ela não voltaria para casa, se a minha cegueira a tinha afugentado para sempre. Pigarreei e falei:

— E meu pai?

— Saiu para o trabalho às cinco e meia. — Isso não me surpreendeu. Meu pai acordava com as galinhas para ir ao trabalho em Manhattan. Ele era advogado de propriedade intelectual. O que quer que fosse isso. Ele tinha me explicado dedicadamente um dia, e eu dedicadamente esqueci.

Levei apenas alguns minutos no banco de passageiro do meu avô para começar a bocejar. Logo que perdi a visão, eu passava muito tempo bocejando e, por isso, passava muito tempo pensando por que estava bocejando, o que me fazia bocejar ainda mais. Precisei que um médico explicasse esse fenômeno: eu estava bocejando por causa da súbita falta de estímulo visual. Meu cérebro achava que não havia nada acontecendo, por isso imaginava que era noite. Em outras palavras, minha vida era tão entediante que meu cérebro achava que era hora de dormir.

Concluí que agora eu estava bocejando porque tudo que meu avô falava era sobre o clima, como estava o clima e como não estava o clima. E depois disso ele me atualizou sobre seu joelho frouxo, que, para aqueles que não falam Bobagens Pré-Históricas, não é um joelho solto, mas um joelho que trava de vez em quando. Por fim, ele disse:

— Então. Por que você está andando com o menino aleijado? Meio novo para você, na minha opinião.

Meu avô não tinha censura para os pensamentos. Ele só abria a boca e falava. Mandava ver. Nem um pingo de politicamente correto.

— Vô — repreendi, de repente me tornando a pessoa com moral da relação. — Ele não é aleijado, ele tem espinha bífida. E, quanto à idade, na verdade ele é bem maduro.

Meu avô pigarreou alto.

— Ouvi dizer que ele é péssimo na natação.

— Quem falou isso? — perguntei, me sentindo estranhamente protetora em relação ao Ben.

— O Hank. — Hank era amigo do meu avô. Os dois se encontravam todo dia de manhã, sem falta, para tomar café e comer donuts.

Beliscando a ponte do meu nariz, falei:

— Como o Hank sabe sobre a habilidade de nadar do Ben? — Mas eu já sabia a resposta para essa pergunta. Hank era o fofoqueiro da cidade.

— O filho do carteiro do Hank contou para ele — disse meu avô, e eu revirei os olhos. — A família toda tem problemas. O filho mais velho? Mason? Um esquentadinho. Suspenso da escola uns anos atrás. Depois que o pai dele morreu. Faz parte de uma banda local chamada Squeaky Guns.

— Loose Cannons — resmunguei, não gostando de me lembrar do Mason.

Fiquei calada pelo restante da viagem. E agora, abandonada na Target, Mason Milton ainda estava na minha cabeça. O que significava que eu estava em pé ali como uma completa idiota. Soltando uma monstruosa lufada de ar, estendi a mão para cima, mas calculei mal a localização das prateleiras e derrubei o que parecia ser mil caixas da Grande Muralha de Absorventes. Eu me abaixei para pegá-las, resmungando baixinho. Era cedo demais para o meu avô me largar aqui. Hilda ainda não tinha me ensinado a passear por lojas. Caramba, eu mal tinha conseguido andar na calçada ontem sem quebrar a cara.

Passos viraram no corredor atrás de mim. E a voz de uma menina:

— Uau. Isso é... Uau. Quer ajuda para pegar? — Houve uma pausa constrangedora enquanto eu decidia se devia recusar a ajuda,

uma pausa longa o suficiente para ela perceber que me conhecia.
— *Maggie?* — disse ela, claramente surpresa.
Bom, se eu fosse observadora, já teria reconhecido a voz da Sophie. Deus sabe que eu tinha escutado essa voz um milhão de vezes no campo de futebol do ensino médio e um milhão de vezes antes disso. Ela me trouxe lembranças de normalidade. Lembranças de festas do pijama e risadas e acampamentos de verão.
Sophie e eu nos conhecíamos pelo que parecia uma eternidade, mas eu tinha quase certeza de que tínhamos sete anos quando fomos apresentadas. Foi durante o primeiro treino de futebol para uma liga mista, onde todas as grandes amizades nascem. Naquele dia, um dos nossos colegas de time, Trevor Wilson — um garoto com cabelo emaranhado e olhar preguiçoso que se espalhou pelo corpo —, ficou derrubando Sophie. Ele e os amigos achavam isso engraçado. Um jogo. Mas eu, não. Eu tenho um problema com valentões. Eles me deixam furiosa. Então, depois que ele a derrubou meia dúzia de vezes, fui atrás dele e lhe dei um tapinha no ombro. Quando ele virou, dei uma joelhada na virilha dele. Esse foi o fim das derrubadas e o início de Sophie e eu.
Sophie era extremamente alta e extremamente ruiva, e tinha uns dedos esguios que ela batia no queixo quando estava tentando descobrir alguma coisa. Eu sabia disso porque a vi fazendo, ah, umas mil vezes no campo de futebol quando nossas jogadas davam errado. Eu suspeitava de que ela estava batendo os dedos no queixo agora. E era exatamente por isso que eu sentia uma necessidade urgente de fugir.
— Oi, Sophie — falei.
— Hum, oi — disse ela.
Uma pausa dolorosamente longa.
O único som era a música preferida do meu pai, da banda Foreigner, saindo dos alto-falantes acima de nós. Eu foquei nela, batendo desesperadamente o pé no ritmo.

Ela soltou:

— Meu Deus, eu não vejo você desde... Quer dizer, eu não vejo você há uma eternidade. Você está ótima. — Esse era o lance da Sophie. Ela era simpática. Por isso eu gostava dela. Um tempo atrás, eu tinha dito isso a ela. E ela me disse que gostava de mim porque eu não era simpática. Nunca vou saber se isso foi um elogio ou um insulto.

— Obrigada. Você também — brinquei. Ela ficou em silêncio por tempo demais antes de rir. E sua risada foi estridente. Toda errada.

Ficamos paradas ali por um tempo num silêncio difícil enquanto os muros da conversa se fechavam. Mudei o apoio do corpo. Nunca fui boa de conversa fiada. Sempre foi meio sofrido para mim. Eu me sentia como se estivesse tentando passar uma pedra por um funil. E, no geral, tudo que saía do meu funil era o tipo de poeira que me fazia sufocar. Além disso, falar com a Sophie não parecia natural. Não que fosse natural conversar com alguém ultimamente. Exceto com o Ben, é claro. Em resumo, era o seguinte: minha falta de visão deixava as pessoas desconfortáveis. Envergonhadas.

Constrangidas.

Sophie continuou, com a voz abafada enquanto pegava as caixas para mim.

— Hum — disse ela, a voz um pouco trêmula. — Nós não fomos mais as mesmas sem você.

"Nós" significava "o time de futebol". Todas éramos amigas. Normalmente, quando se está num time de futebol, existe uma ou duas jogadoras que são menininhas demais ou falsas demais ou fofoqueiras demais ou irritantes demais, mas eu gostava de todo mundo no meu time. Quando saí do hospital, minhas amigas me disseram que queriam ficar ao meu lado enquanto eu me adaptava à súbita cegueira. Éramos um time, pelo amor de Deus. Uma por todas e todas por uma e todas essas bobagens. Mas, sem a visão, minha amizade ficou desequilibrada. Ficou desagradável. Todo mundo sentiu isso. Só que eu era a única com coragem suficiente para fazer alguma coisa. Comecei a dispensar as ligações, as tentativas de visita e os convites para encontros, alegando estar ocupada demais para elas.

Tudo bem, fui eu que me afastei das minhas amizades. Mas foi muito fácil. E agora, enquanto eu encarava Sophie na loja, senti um nó denso e amargo no fundo da garganta. Agora eu me perguntava por que Sophie tinha desistido de mim com tanta rapidez. Agora eu não conseguia evitar de pensar: por que ela havia parado de tentar? Eu tive que tentar andar, navegar pelos corredores da nova escola, abrir caminho pelo vazio. Eu só não quis tentar com os amigos.

— A Lauren vai surtar quando eu disser que me encontrei com você — disse Sophie.

Precisei me concentrar para não revirar os olhos. Lauren tinha sido a mais fácil de me afastar — quase como se ela tivesse ficado aliviada.

Silêncio.

Mais silêncio.

A música do Foreigner mudou para um desastre do Kenny G. De repente, parecia que a minha respiração estava me sufocando.

Sophie pigarreou.

— Então... minha mãe está me esperando no carro. Eu tenho que ir. Mas foi bom ver você.

— Você também — murmurei. — Hum. Antes de você ir...

— Sim?

Meu Deus, isso era humilhante.

Levantei a caixa.

— Este é o super plus?

Houve uma pausa, e imaginei que ela estivesse lendo a caixa. E depois:

— Hum. É. É, sim.

Nós nos despedimos, e eu fui para o fim do corredor. Enquanto esperava o meu avô, estreitei os olhos e girei a cabeça para todo lado, e basicamente desejei recuperar a visão, tentei enxergar alguma coisa — qualquer coisa. Eu estava tão concentrada que me encolhi quando um babaca se aproximou de mim e falou no meu ouvido:

— Você é cega?

Eu o ignorei descaradamente. Eu era mestre em ignorar pessoas. Era um dos meus passatempos. Além do mais, era uma das poucas vantagens de ser cega. Em geral, desconhecidos só falam com você uma vez antes de desistirem, achando que você também é surda. Ou lenta demais para criar uma resposta coerente.

— Você é cega? — ele perguntou de novo, dessa vez mais alto, sua respiração no meu rosto. Ele fedia a cigarro velho, péssimo inglês e um quarto de século de fracasso.

Virei a cabeça para o outro lado e bati a bengala no chão, dando a entender que eu tinha coisas melhores a fazer do que falar com ele. Eu não tinha certeza do que eram essas coisas.

Ele continuou falando:

— Sabe, você é bem gostosa para uma garota cega.

Esse cara era o exemplo perfeito de por que existem instruções em embalagem de xampu.

— Nossa. Obrigada — falei.

— Por nada.

Meu avô apareceu nesse exato segundo e me salvou, falando numa voz baixa e grave:

— Eu posso ser velho, mas sou forte. — E, num piscar de olhos, o cara desapareceu.

13

Naquela noite, fui para o quintal, até a cadeira Adirondack surrada no deque dos fundos. Às vezes eu ia para lá à noite, quando a casa parecia desequilibrada demais para me manter firme e quando o clima estava agradável, para escutar música ou simplesmente ouvir os grilos. Essa noite, eu ouvia o irrigador do vizinho chiando quando me larguei na cadeira e cruzei uma perna embaixo de mim. O ar estava grudento e prometia chuva, mas eu tinha passado tempo demais em casa com o ar-condicionado forte hoje à tarde, tempo demais tentando me impedir de ligar para Ben e me convidar para entrar na sua vida de novo. E, apesar de terem se passado várias horas desde que encontrei Sophie por acaso na loja, eu ainda me sentia como se estivesse tropeçando em todos os fios soltos da nossa amizade fracassada.

Então: o deque, onde eu podia respirar.

Eu não usava mais fones de ouvido — eles roubavam demais a minha audição —, então, quando liguei o iPod, a música "Transcendence", da Loose Cannons, saiu pelo minúsculo alto-falante sem fio no meu colo.

Meu corpo inteiro expirou.

A música da Loose Cannons tinha sido a cola que me manteve firme nos últimos meses, a única coisa que ainda fazia sentido para mim. Fechei os olhos, cantando num sussurro a letra até o fim da música, o solo de teclado. Então pressionei os dedos na minha coxa no ritmo das notas. Apesar de eu não me sentar diante de um piano havia alguns anos, eu ainda conseguia capturar as notas no ar e posicioná-las onde ficariam no teclado.

A porta deslizante de vidro se abriu e soprou uma rajada de ar--condicionado e a minha mãe, que evidentemente tinha acabado de chegar do trabalho.

— Você se importa de diminuir o som? — perguntou ela, andando como um fantasma pelo deque usando o que soava como seus sapatos padrão de treinadora com sola de borracha.

Eu quase me levantei e saí fugindo para o meu quarto. Estar sozinha no deque com minha mãe provocava todo tipo de lembranças dolorosas — de repente lá estava eu, deitada de novo naquela cama de hospital, meio morta, cega havia pouco tempo e arrasada, querendo saber aonde ela tinha ido. Pensando se ela iria voltar.

Afastei as lembranças.

— O que você tá fazendo? — perguntei, diminuindo a música e apoiando os pés nas tábuas de madeira. Houve um tempo em que eu não conseguia andar descalça pelo deque sem que entrasse pelo menos uma dúzia de farpas, mas os anos tinham deixado as tábuas mais lisas, e agora elas eram macias e suaves sob os meus pés.

— Regando — ela respondeu, cansada, e sua voz agora vinha do outro lado do deque. Tínhamos uma samambaia de oito mil anos que morava ali todo verão, a única coisa que minha mãe tinha conseguido fazer crescer. Era gigantesca e espalhada, o tipo de criatura que poderia engolir uma criança pequena. Em setembro, ela a levava de volta para sua casa de inverno, na janela da varanda. Ela suspirou. — A samambaia parece caída.

— Talvez ela precise ser molhada duas vezes por dia — sugeri, como se fosse especialista em samambaias. A última vez que peguei num regador foi anos atrás, para afogar uma aranha. Em um sonho que eu tive.

— Talvez — disse ela de um jeito vago.

Silêncio.

Mais silêncio.

São conversas como essa que fazem uma pessoa ter vontade de ficar numa fila no departamento de trânsito.

Pigarreei.

— Parece que vai chover — falei.

— É. Um pouco — disse ela.

Isso resumia praticamente 99,9% das nossas conversas desde que perdi a visão. A gente se falava, mas nunca dizia nada. Nossas trocas nunca foram assim quando eu conseguia ver — cheias de buracos. Costumávamos enfiar bolas de futebol em cada lacuna, então conseguíamos seguir para quase qualquer lugar. Agora, toda vez que eu dava um passo, caía numa cratera.

Claro, minha mãe acabou voltando do lugar para onde tinha ido quando eu estava no hospital, e talvez até tenha tentado compensar isso do jeito dela. Ficou toda preocupada comigo quando vim para casa, trabalhando com Hilda para deixar a casa segura para cegos e me ajudando com o novo computador e coisas assim. Mas aí ela saiu porta afora na ponta dos pés e voltou ao trabalho.

E o silêncio se instalou.

Nenhuma de nós jamais mencionou seu desaparecimento. E não falamos sobre sua volta rápida ao trabalho. Simplesmente nos ajustamos a uma nova rotina. Meu pai foi quem trabalhou de casa por alguns meses enquanto eu me adaptava em casa e na Merchant. Tê-lo ali deveria me acalmar, mas ele passava grande parte do tempo me seguindo de quarto em quarto e tagarelando, algo que ele só tinha feito uma vez, quando minha avó estava doente. Meu avô levava para casa pacotes e mais pacotes de cookies da Big Dough, minha padaria preferida no centro da cidade. Todo mundo fez o melhor para preencher as lacunas. Mesmo assim, passei os primeiros meses de cegueira sozinha, deslizando as mãos pelas paredes do meu novo quarto-caixote, procurando uma porta que não existia.

* * *

Na manhã seguinte, meu pai me encontrou na cozinha, curvada sobre uma tigela de Cap'n Crunch, meu cereal preferido por pura preguiça. Como a caixa era baixa e larga, era mais fácil diferenciá-la das outras na prateleira.

— Bom dia, querida — disse meu pai, alegre.

— Dia — murmurei de volta, sem saber o que ele tinha de tão bom. Acordar num horário abominavelmente cedo não era algo que eu costumava fazer durante as férias de verão. Na verdade, eu gostava tanto de dormir que era a primeira coisa em que eu pensava quando acordava. Mas, nas últimas noites, meu sono foi picotado, agitado, e eu sabia o motivo. Fazia alguns dias que eu não via nada.

Eu tinha muita esperança de que a minha visão fosse voltar conforme o tempo passasse, de que uma hora eu ia ver alguma outra coisa — qualquer outra coisa. Mas, depois de uns dias de nada além da minha cegueira tateante, comecei a achar que eu estava afundando em água lamacenta.

E eu odiava isso. Odiava ter algum tipo de esperança jogado sobre mim e depois descobrir que ela poderia ser pesada o suficiente para me afundar. Por isso, na noite passada, eu tinha cedido e mandado uma mensagem para o Ben, me convidando para ir à casa dele. Eu não estava orgulhosa de usar o menino. Mas, nesse ponto, estava até começando a duvidar de que o tinha visto. Nesse ponto, estava começando a entrar em pânico.

— Café? — perguntou meu pai enquanto passava pisoteando.

— Meu Deus, sim.

Desajeitado e de fala mansa, meu pai tinha a graciosidade de um pé-grande. Era o tipo de cara que cresceu jogando como *reserva* do reserva do lateral direito no time de beisebol. Um homem de verdade. O interessante é que os pais dele lhe deram dois nomes do meio — Melvin e Samuel —, mas pareciam mais uma discussão que os meus avós tiveram enquanto meu pai estava no útero.

— Você acordou cedo — disse ele, batendo as portas dos armários. Apesar de nossa cozinha ter sido meticulosamente mapeada, organizada e desfigurada com etiquetas em braille, ele ainda se atrapalhava para encontrar os itens mais simples. Tipo creme e açúcar. Com grande força de vontade, resisti a levantar, dar quatro passos à esquerda medidos com perfeição e pegar o açúcar no armário: segunda prateleira de baixo para cima. O fato é que eu o deixava fazer isso por mim porque ele achava que precisava. — Você tem sessão com a Hilda hoje de manhã? — perguntou ele.

— Não. Amanhã ao meio-dia — respondi, fazendo uma anotação mental para cancelar o compromisso. Ontem ela havia me informado que nossa próxima aula envolveria Como Atravessar uma Rua, algo que, por mais fascinante que parecesse, teria que esperar até o inferno congelar.

Meu pai disse:

— Você recebeu coisas pelo correio ontem. Estão em cima do micro-ondas.

— Tipo, correio de verdade?

Ele colocou uma xícara de café na minha frente. O vapor de avelã flutuou até o meu rosto. O tom do meu pai era casual forçado quando ele disse:

— Uns DVDs de algumas faculdades.

— Devem ter vindo por engano. Não entrei em contato com nenhuma faculdade.

— Sua mãe fez isso por você, depois de pesquisar os melhores programas para alunos com deficiência. — Era típico da minha mãe. Ela teve oportunidade de me contar isso ontem à noite no deque, mas não disse nada. — A Cal Poly parece ótima. A Estadual do Missouri também.

Alguns meses atrás, eu achava que tinha a desculpa perfeita para não enviar pedidos de matrícula para faculdades: eu era a delinquente juvenil que tinha desfigurado a Merchant. Mas aí meu orientador me informou que o trote era apenas uma contravenção — algo que muitas faculdades iam ignorar se eu explicasse a situação com sinceridade e arrependimento durante o processo de matrícula.

Suspirei e disse:

— Eu não quero ir para essas faculdades.

— Para onde você quer ir?

Lugar nenhum.

— Não sei.

No ano passado, os olheiros das faculdades não me deixavam em paz. Até ligavam uma vez por mês para perguntar se eu já tinha escolhido uma universidade. Naquela época, não havia dúvida. Eu iria para a UConn. Eu ia aproveitar os últimos quatro anos jogando para minha mãe, depois iria direto para o time nacional. Mas agora a faculdade parecia um sonho distante. Totalmente inalcançável. Falei:

— Hoje estou ocupada, talvez eu dê uma olhada nisso amanhã ou depois.

Eu quase senti suas sobrancelhas se erguerem.

— Você tem planos?

— Vou visitar uma pessoa.

— Sério? Quem? — perguntou, cheio de esperança.

Tomei um gole de café para evitar a pergunta. O que ele queria mesmo saber era se eu tinha a intenção de sair com Clarissa Fenstermacher.

Desde o meu escorregão com a Velha Lei, meus pais estavam me empurrando para sair mais com ela. Clarissa, que era cega de nascença, tinha uma "atitude adorável" e era o tipo de pessoa que me ajudaria a "aceitar minha cegueira". Então, eu não queria sair com ela.

— Ninguém que você conheça — falei, disfarçando. Verdade seja dita, eu nunca tinha me interessado pelos alunos da Merchant, especialmente Clarissa, cuja conversa implacavelmente animada de copo-meio-cheio me dava vontade de poder desligar os ouvidos. — O que você está fazendo acordado tão cedo no fim de semana? Trabalhando num caso importante?

Ouvi sua respiração falhar um pouco. Ouvi a xícara de café bater com força na bancada. Depois, ouvi a mentira sair de sua boca:

— Só preciso resolver umas coisas na rua, na verdade.

Uma pontada aguda atingiu o meu peito.

A única coisa que meu pai e eu tínhamos em comum era o amor pela música. Ele era obcecado por rock clássico, o que, combinado com sua fascinação por vinis antigos e seu entusiasmo por uma boa barganha, fazia com que as vendas de garagem fossem sua maior fraqueza. Ele aparecia ao lado da minha cama bem cedo nas manhãs de sábado — uma sombra enorme emoldurada pela luz do corredor — e dizia, com uma paixão não muito encantadora de manhã, mas sempre contagiante:

— Trinta vendas de garagem hoje! Trinta! E quinze delas dizem ter vinis! — E, minutos depois, eu saía da cama e me vestia. Explorar vendas de garagem em busca de álbuns antigos era a única coisa que fazíamos juntos, a única parte dele que era totalmente minha.

E agora não existia mais.

Eu não sabia como tudo tinha acabado, se ele tinha parado de me chamar para ir com ele ou se recusei muitas vezes, só sabia que tinha terminado.

Meu pai pigarreou.

— Então. É melhor eu ir. Vejo você hoje à noite?

Fiz que sim com a cabeça e — apesar de estar acordada há algumas horas, ter me vestido e tomado o café da manhã — voltei para a cama.

14

Fiquei estranhamente calada durante o resto da manhã. Claro que houve um palavrão criativo quando bati o dedão do pé no batente de uma porta, e a cantoria de três músicas da Loose Cannons enquanto eu tomava banho, e o pedido para meu avô me deixar na casa do Ben, mas, fora isso, silêncio total. Isto é, até eu chegar à casa do Ben. Porque, no instante em que retornei à minha pequena nuvem de visão, voltei a ser eu mesma.

Então, Ben e eu estávamos lado a lado, muleta-a-bengala, preparando pizzas de muffin na bancada da cozinha da casa dos Milton, e Ben estava tirando palavras da minha boca com um jogo de "O que você prefere?", que, para todos os efeitos, era apenas um bombardeio ridículo de perguntas que me obrigava a escolher entre duas ações hipotéticas desagradáveis ("O que você prefere: descer por um escorregador feito de lâmina de barbear ou martelar sete pregos na língua?"). O tempo todo, eu estava fazendo o máximo para não olhar para Mason, que estava largado numa cadeira da mesa da cozinha dedilhando acordes aleatórios na guitarra. O que quer dizer que eu estava totalmente olhando para ele. Em minha defesa, uma hora antes, quando entrei na casa, descobri que meu minúsculo círculo de visão tinha se expandido desde a última vez que vi Ben. Imagina se eu não ia curtir olhar para tudo ao meu redor.

Incluindo Mason.

Por mais que eu odiasse admitir, Mason não era bonito de um jeito convencional, mas de um jeito interessante. Não sei se era intencional, mas seu cabelo escuro tinha uma aparência bagunçada, como se ele estivesse suando e passasse a mão no cabelo e ele ficasse daquele jeito, espetado em ângulos incríveis por toda a cabeça. Seu rosto era em tons de oliva, com ângulos retos que uma garota nunca poderia ignorar. Tentei categorizá-lo, mas não consegui. Ele tinha o peito largo de um levantador de peso, os olhos escuros de um emo, o cabelo de um ator. Nada se encaixava, mas — de um jeito irritante — tudo se encaixava.

Percebendo que meu cérebro tinha ido em uma direção ousada e desconhecida, desviei deliberadamente o olhar do Mason e encarei o espaço ao redor do Ben. Que, lembrei a mim mesma, era o motivo da minha ida até ali. Encontrar respostas.

A escuridão que cercava Ben quando o conheci tinha desaparecido. Agora, ele brilhava pelo ambiente num suave raio de sol, e a vibrante luz, apesar de ser mais forte ao redor dele, se espalhava pelas paredes da cozinha e para o cômodo ao lado antes de se esvair até o nada. Eu não perdia a esperança de minha visão continuar a aumentar até uma hora eu ver tudo.

E me preocupava que ela desaparecesse do mesmo jeito misterioso que surgiu.

Suspirei baixinho encarando os meus pés. Anos atrás, sempre que o meu time de futebol estava perdendo, minha treinadora nos reunia e dizia num tom intenso e sabichão:

— O universo está conspirando a seu favor, então vão lá e joguem com vontade. — Ela roubou a primeira parte dessa fala de um escritor chamado Paulo Coelho, e a segunda era só uma tentativa grosseira de nos animar. Apesar disso, funcionava na maioria das vezes: assim que parávamos de pensar na situação e simplesmente jogávamos, acabávamos vencendo.

E agora, parada na cozinha dos Milton, percebi que, quanto mais eu buscava respostas para a minha visão, mais essas respostas se esquivavam, escapando pelos meus dedos, insignificantes como enfeites. Se eu deixasse tudo de lado, se apenas relaxasse, curtisse minha visão e esperasse as respostas virem por conta própria, tudo ia dar certo.

O universo está conspirando a meu favor.

E eu tinha um pedacinho de visão para provar.

Expirei e a tensão no pescoço e nos ombros se dissolveu instantaneamente.

— Thera — disse Ben, me chamando de volta para o jogo. — Eu perguntei se você prefere acordar nua num coliseu lotado ou tirar meleca do nariz de um cachorro. Também perguntei se você quer mais molho. Além disso, também perguntei se você pode pegar o queijo na gaveta da direita na geladeira.

— Não sei, sim e claro — respondi enquanto virava em direção à geladeira.

Eu tinha relativa certeza de que Mason tinha vindo até a cozinha para conseguir um assento na primeira fileira do Show da Maggie Fingindo Ser Cega, então me movimentei em direção à geladeira de modo lento e sem graça. Mesmo assim, enquanto eu fingia dificuldade ao procurar o queijo ralado na geladeira, ele parou de tocar guitarra por um momento, soltou uma lufada de ar irritada e resmungou alguma coisa indecifrável bem baixinho. Com o queijo finalmente na mão, bati a porta da geladeira e lancei um olhar desagradável na direção onde ele estava. O que não me ajudou muito, mas fez com que eu me sentisse melhor.

Eu queria que Mason fosse mais parecido com a excêntrica sra. Milton, que esquecia que eu era cega metade do tempo. Que achava perfeitamente normal uma garota de dezessete anos andar com seu filho mais novo. Que não investigava cada movimento meu. Que me deixava à vontade. Como ela me deixava tranquila, eu raramente cometia erros perto dela. Eu tinha me tornado mestre em desviar os olhos enquanto falava com ela, em usar minha bengala como um suporte ridículo, em tropeçar de vez em quando para ser mais realista. Mas Mason? Bom, era outra história. E agora, enquanto voltava até Ben, eu estava fazendo um grande esforço para desviar os olhos dos pés descalços do Mason, esticados na frente dele. Eram largos e monstruosos, e seus dedos se arqueavam para cima cada vez que ele tocava um acorde complicado. Havia alguma coisa no movimento que era irritantemente complexa.

— Alô? Terra para Thera? Pela zilionésima vez: você prefere acordar nua num coliseu lotado ou tirar meleca do nariz de um cachorro? — perguntou Ben, me levando de volta para o jogo. — E, antes que você pergunte, a resposta é não.

— O que eu ia perguntar?

— Se você pode pular essa pergunta. Não pode. Nua ou meleca? — disse ele, se equilibrando em uma muleta e pegando o queijo da minha mão.

Talvez Mason estivesse cansado de ouvir a mesma pergunta. Talvez ele tivesse opiniões fortes quando se trata de meleca de cachorro. Mas, por algum motivo, ele escolheu esse momento para dar sua própria resposta à pergunta do Ben:

— Nu.

Instantaneamente, duas coisas aconteceram comigo: uma, fui afastada de qualquer pensamento racional; e a outra, meu rosto ardeu como se tivesse cinco sofisticados tons de vermelho-vivo. Por sorte, Ben tinha virado para encarar Mason, então não percebeu.

— Você prefere ficar nu a tirar meleca de cachorro? Sério? — perguntou ele ao irmão.

Mason lançou um olhar cômico para Ben, repleto de significados implícitos que só se consegue depois de uma década andando no banco traseiro do carro durante as férias de família, e disse:

— Claro. Você, por outro lado, ia preferir a meleca de cachorro, por causa daquela marca de nascença enorme que tem na bunda.

— Isso foi seguido de uma briga que começou com Ben se jogando em cima do Mason e terminou com risos, gritos e socos no chão da cozinha.

— Parem com isso, vocês dois — repreendeu a sra. Milton de maneira suave. Usando um par de sandálias Birkenstock e um vestido que parecia ser feito com um saco de aniagem, ela entrou na cozinha com meia dúzia de sacolas de pano com compras penduradas nos braços.

Os dois irmãos se levantaram com cara de culpados.

— Só estamos brincando, mãe — balbuciou Mason. E depois ele a cumprimentou com um beijo na testa.

E, enquanto Mason pegava as sacolas de compras dos braços dela, vi alguma coisa genuína nos olhos dele, alguma coisa sincera. Algo que me fez questionar todas as opiniões que eu já tinha com relação a ele. Algo que me provocou um breve e forte pensamento: *Mason é uma boa pessoa.*

Engoli em seco.

Na verdade, todos os Milton eram, principalmente Ben. De quem, no momento, eu estava me aproveitando. Era doloroso admitir isso, mesmo em pensamento — como cascalho raspando na parte interna da minha cabeça.

— Hum. Thera? — disse Ben. — Acho que o seu celular estava tocando.

Eu nem tinha escutado.

Eu me afastei da minha visão e segui pelo corredor para consultar a caixa postal do celular. Fazendo a curva para o quarto do Ben, fiquei parada ali um instante — mais do que devia, na verdade —, respirando e tentando me recompor. Então fechei a porta e deslizei as mãos pela superfície de madeira, procurando o gancho onde eu tinha pendurado a minha bolsa. Ela não estava mais lá, tinha sido substituída por uma toalha molhada.

Estranho.

— Thera — disse Ben, parecendo estar com a boca cheia, suas muletas rangendo pelo corredor na minha direção —, você tem que experimentar isso aqui com molho rancheiro. É um absurdo.

Graças a Ben, minha visão surgiu nos limites do quarto e veio como um fantasma na minha direção, atravessando as paredes enquanto ele se aproximava pelo corredor.

Eu não estava no quarto do Ben.

Eu estava no quarto do Mason.

Congelei quando minha visão passeou pelo ambiente, em direção à parede que o separava do quarto do Ben. Apesar de minha visão diminuir nas bordas exteriores curvas, eu conseguia ver metade da área.

E era desconcertante.

Surpreendentemente pequeno e arrumado, parecia o quarto de um adulto. Não havia pilhas de roupas sujas. Nenhum pôster de mulheres seminuas. Nenhuma edição da revista *Sports Illustrated*. O ambiente era pontuado por três móveis de mogno com aparência robusta: uma cama bem arrumada, uma cômoda e uma escrivaninha. Uma fotografia do Mason com o pai — emoldurada em mogno, naturalmente — era a única coisa que enfeitava as paredes. Pelas milhares de fotos espalhadas pela casa, eu sabia que o sr. Milton, com olhos e cabelos escuros, parecia uma versão mais velha do Mason, e sabia que ele costumava usar short esportivo e camiseta da UConn. Mas nenhuma das fotos que eu vira era como aquela. A foto tinha sido tirada anos atrás, pela idade do Mason — ele tinha uns três ou quatro anos, no máximo. Mason estava apoiado no colo do pai, os dois sentados nas tábuas de madeira de um píer, os pés descalços pendurados na direção da água. Mason sorria para a câmera, mas o pai estava inclinado para beijar o topo da cabeça do filho, suas emoções sacudidas como dados e esparramadas pela cena — aceitação, dedicação, reverência.

Meus olhos ficaram borrados de lágrimas e eu desviei o olhar, respirei de maneira trêmula e tentei me recompor olhando ao redor. No geral, o quarto do Mason parecia um quarto de hotel: excessivamente arrumado e excessivamente limpo. Apesar disso, por algum motivo, eu conseguia imaginá-lo ali, debruçado sobre um notebook com as sobrancelhas unidas em reflexão e os dedos se movendo obstinados pelo teclado. Dava para vê-lo entrando no quarto depois de tomar banho, com a toalha enrolada na cintura, os ombros salpicados com gotículas de água e o cabelo ainda molhado espetado em curiosas direções.

Resmunguci baixinho. Mesmo quando não estava por perto, Mason me fazia sentir uma versão idiota de mim mesma.

— Thera? — Ben saiu do quarto dele. — Aonde você foi?

Não respondi. Enquanto eu encarava as coisas empilhadas de forma organizada sobre a escrivaninha do Mason, um pensamento me atingiu com tanta força que eu quase tropecei para o lado. *E se Mason tiver uma lista dos locais dos shows aqui?* Depois de meses obcecada pela Loose Cannons, cheguei a isto: eu no quarto do Mason, olhando para os papéis na sua escrivaninha, sabendo que, sem dúvida, eu estava mais perto do que nunca de descobrir um dos segredos mais bem guardados da música.

À primeira vista, não vi nada relacionado à Loose Cannons. Um talão de cheques preso com um clipe a uma pilha de contas, todas endereçadas à sra. Milton, e todas abertas com cuidado, usando uma faca ou um abridor de cartas. Uma agenda diária de couro marrom-escuro que detalhava os treinos de natação do Ben e a escala de trabalho da sra. Milton. Uma pilha de panfletos brilhosos — Salto de paraquedas à noite, Funcionamento básico de paraquedas, Salto de paraquedas em Connecticut e Noções de paraquedas. Uma única folha de papel na qual Mason tinha deixado um poema pela metade: "November".

Espera. Não era um poema. Uma música:

Inverno e primavera acabaram/ mas o vento implacável nunca para de tocar aquela canção/ e eu volto a novembro toda vez que ele sopra. É, meu pai nunca quis partir/ e, por mais forte que ele fosse, nunca ia saber/ que eu voltaria a novembro toda vez que ele sopra. Eu sei eu sei eu sei/ é sempre novembro/ eu sei eu sei eu sei/ é sempre novembro. Claro que a lembrança dele se desbota/ mas eu sei que não serei livre nunca/ porque eu volto a novembro toda vez que ele sopra/ eu volto a novembro toda vez que ele sopra/ eu volto a novembro toda vez que ele sopra.

Era uma dor tão abismal que escapou do papel e se instalou no meu peito, esmagando meu coração e meus pulmões. Eu não sei o que causou isso — o sofrimento na letra, o modo como a fotografia do sr. Milton tinha me atingido ou só o choque de estar parada no quarto do Mason, na esperança de encontrar algum tipo de pista que desvendasse os segredos da Loose Cannons —, mas de repente me senti tonta. Fechei os olhos e lamentei baixinho. Eu estava abalada demais para ouvir a porta da frente se abrir, para prestar atenção aos passos que vinham pelo corredor ou para perceber as vozes que se aproximavam. Até ouvir a maçaneta da porta girar. E aí, de repente, minha mente voltou a si.

E eu entrei em pânico.

Meus olhos se abriram com a porta. Mason e mais três garotos entraram no quarto, rindo e empurrando uns aos outros. Eles pararam de repente quando me viram. O choque atravessou o rosto do Mason. E foi rapidamente substituído por desprezo. Ele deu um passo intimidador na minha direção.

— Que *diabos* você está fazendo aqui?

15

Meu coração martelava no peito, e eu fiquei parada ali por vários terríveis segundos, congelada e muda, rezando para o chão se abrir e me engolir. Enquanto isso, três garotos desconhecidos, todos mais ou menos da minha idade, se adiantaram e me analisavam com diversos graus de interesse. À minha esquerda, um garoto de ombros magros cheio de piercings sorria de maneira presunçosa, as sobrancelhas arqueadas até o cabelo. Pouco atrás dele, um garoto atarracado de rosto vermelho que se mexia inquieto para a frente e para trás. O menino mais alto — um cara magricela e tatuado que girava um par de baquetas entre os dedos — me olhava como se eu fosse um Mustang 1968 envenenado. Sem prestar atenção aos movimentos dos amigos, Mason só ficou parado ali, me olhando furioso enquanto a raiva escapava dele como uma fumaça densa e sufocante.

— Eu me perdi — falei por fim. O que era cem por cento verdade.
— Você se perdeu — ele repetiu.

Engoli em seco.

— Foi o que eu disse.

Mason não respondeu. Ele só ficou parado ali, me prendendo no lugar com os olhos. O Tatuado, ignorando abertamente a hostilidade do Mason, coçou o peito com as baquetas, apontou para mim com o queixo e disse:

— Cara. Você está escondendo a nova namorada da gente?

Mason fechou os olhos, e eu tive a estranha sensação de que ele estava tentando segurar algum tipo de emoção conflitante. Ele inspirou devagar e a guitarra, que estava pendurada por uma alça no ombro dele, foi para a frente enquanto seu peito se enchia. Ao expirar, com os olhos ainda fechados, ele disse:

— Ela não é minha namorada. Esta é a Maggie, amiga do Ben. Ela é cega. — Suas palavras foram pensadas demais, baixas demais e pronunciadas demais, e tive a impressão de que ele fez aspas no ar quando falou "amiga do Ben" e "cega". O que me deixou furiosa. Por que Mason sempre tinha que pensar o pior de mim? Por que ele *nunca* podia me dar o benefício da dúvida?

Concentrei meu olhar na direção do Tatuado e, forçando um sorriso e fazendo o máximo para não falar por entre os dentes, cumprimentei o garoto:

— Prazer em te conhecer. E você é...? — Eu sabia que os olhos do Mason agora estavam abertos, porque sentia o calor que emanava deles. E não estava nem aí. Eu não conseguia me lembrar da última vez que senti esse tipo de indignação saindo de mim... talvez anos atrás, brigando com minha mãe? E isso me deixava perigosamente fora de controle.

O Tatuado, estranhamente parecendo se divertir com a animosidade no quarto, deu um sorriso presunçoso e falou:

— David Slater. Prazer em conhecê-la, milady. — Ele balançou a palma da mão diante de si e fez uma reverência de maneira teatral, como se fosse tão importante que até uma cega poderia vê-lo.

O garoto dos piercings revirou os olhos para David. Pigarreando, estendeu os dois braços, como se fosse um presente ou algo assim, e anunciou grandiosamente:

— O mais importante é que eu sou Carlos Santiago, virtuoso dos teclados. — Ele deu um soco no ombro do menino tímido. — E este é Gavin Alexander.

Membros da Loose Cannons. Reconheci os nomes, apesar de, na verdade, nunca os ter visto.

Acenei a cabeça como um cumprimento chocado.

Mason jogou a guitarra sobre a cama. As cordas fizeram um barulho dissonante quando atingiram o travesseiro. E depois ele disse duas palavras, e apenas duas palavras. Elas foram direcionadas a mim através de lábios pressionados:

— Sai daqui.

Foi aí que eu soube que ia contar a verdade para ele.

Agora.

Eu não aguentava mais. Eu não aguentava suas acusações, não aguentava sua atitude de santo e não aguentava seu tom sarcástico. Pelo amor de Deus, eu tinha passado os últimos meses aprendendo a ser uma pessoa de novo. Aprendendo a combinar as roupas, a servir meu próprio leite, a encontrar o caminho até o meu próprio quarto. Eu tive que descobrir como *viver*. E Mason? Ele tinha tudo e não dava a mínima.

Eu me endireitei, me inclinei para a frente, apontei o dedo indicador na direção dele e falei, num tom baixo e ameaçador:

— Você acha que sabe o que está acontecendo, seu filhodaputa arrogante e egocêntrico? Você *não tem a. menor. ideia.*

Ele agarrou a minha mão e se inclinou na minha direção, me desafiando a continuar. Estávamos muito próximos um do outro —

a poucos centímetros. A energia ricocheteava violentamente entre nós, e havia alguma coisa queimando por trás dos seus olhos cor de âmbar, algo que eu nunca tinha visto, dor e fúria.

— Aí está você, Thera! Você se perdeu? — Ben berrou da porta, quebrando o feitiço quando entrou no quarto. — Ah, oi, pessoal.

Mason me soltou, e nós dois demos passos desengonçados para longe um do outro.

Houve um silêncio constrangedor, que passou a ser um silêncio dolorosamente constrangedor. David pigarreou, os cantos da boca se curvaram para cima e ele ofereceu o punho para o Ben, dizendo:

— Oi, cara.

Ben, com muletas e tudo, socou desajeitado o punho do David, depois disse para Mason:

— Por favor, me diz que a banda não veio aqui para ensaiar.

Mason suspirou, pressionando a testa.

— Os vizinhos do Gavin reclamaram do barulho na semana passada, então, sim, vamos ensaiar aqui hoje.

Ben ergueu o queixo.

— Estou oficialmente reclamando do barulho — proclamou ele, e Mason o ridicularizou. Ben se aproximou do irmão. — Não, sério. A Thera e eu íamos ver-e-ou-ouvir um filme hoje à noite, e vocês são barulhentos e irritantes demais quando ensaiam.

Carlos se encolheu.

— Essa foi dura.

Mason fechou os olhos por um instante.

— Bom, você vai ter que lidar com isso hoje. Não temos outra opção. O Carlos mora longe demais, a mãe do Gavin tem uma reunião do clube do livro e a casa do David é pequena demais. — E ficou parado ali, com os braços cruzados, esperando a gente sair do quarto.

* * *

Ouvi as vozes altas dos membros da banda do Mason assim que saí para o corredor: "Cara, que diabos foi *aquilo*?" e "Qual é a história de vocês?" e coisas assim. Portanto, disparei pelo corredor antes de ouvir a explicação do Mason. Seria muito otimista, a ponto de ser tolice, acreditar que Mason não ia dizer a eles que eu era uma fã patética procurando informações sobre os shows, e eu não ia aguentar ficar para testemunhar isso. Claro, há alguns instantes eu estava prestes a gritar a verdade para ele, mas agora — enquanto seguia Ben até a cozinha, onde ele foi defender seu pedido junto à sra. Milton — percebi que dizer a verdade ao Mason teria sido um erro trágico. Teria parecido uma mentira desesperada vindo de mim nesse momento, uma mentira na qual ele não teria acreditado.

Que inferno, eu mesma mal acreditava nisso.

Soltei um suspiro pensando na letra de música que eu tinha visto no quarto do Mason. Acho que eu não podia culpá-lo por desconfiar de mim. Não mesmo. Ele ainda estava abalado pela perda do pai, e isso claramente o deixara ferido, desconfiado, esgotado. E eu sabia que, mais que tudo, ele só estava tentando proteger o irmão, que tinha sido maltratado e magoado no passado. Ainda assim, ele não tinha o direito de me tratar tão mal. De soar tão condescendente. De fazer com que eu me sentisse tão pequena. Eu me joguei numa cadeira da cozinha ao lado da mãe do Ben e massageei o epicentro de uma dor de cabeça que estava crescendo entre minhas sobrancelhas.

— Mãe — choramingou Ben para a sra. Milton, que estava inclinada sobre uma pilha recente de fotos e uma xícara de chá com cheiro de folha —, esta casa também é minha, não é? Tenho tanto direito de estar aqui quanto o Mason.

A sra. Milton não respondeu de imediato. Essa era uma das coisas que eu gostava nela. Ela não era o tipo de mãe que cuspia respostas prontas. Ela se recostou na cadeira e olhou reflexiva para Ben durante vários segundos, depois disse:

— Eu entendo que você possa estar se sentindo sem importância. — Ela pensou na situação por mais algum tempo, tomando um gole de chá e franzindo o nariz por causa do vapor. — Mas não é grave a ponto de você ter que sair de casa, é?

— Ah, não. É o *princípio*, mãe — disse Ben, impotente. — Por que eu tenho que cancelar meus planos só porque o Mason quer ensaiar sua porcaria de música aqui?

Nossa. Nunca pensei que ia ver esse dia. O Santo Ben estava com ciúme.

A sra. Milton concordou com a cabeça, como se entendesse completamente o problema do Ben.

— Sim. Claro. O princípio. — Passando um dedo na borda da xícara, ela disse: — Você não quer que seu irmão tenha sucesso?

Ben deixou a cabeça cair para trás de um jeito dramático e encarou o teto.

— Talvez — ele resmungou.

— O Mason não tem apoiado você nas *suas* atividades? — disse ela, observando Ben com atenção. — Ele não dirigiu para te levar e trazer dos treinos de natação? Não sacrificou muitas tardes para ir às suas reuniões?

Ben se endireitou, dando a impressão de que estava engolindo várias palavras inadequadas. Por fim, equilibrando o peso nas muletas e deixando os pés se balançarem para a frente e para trás, ele murmurou:

— Talvez.

Ela tomou outro gole de chá e sorriu com gentileza.

— Então, tenho certeza de que você entende.

Os lábios do Ben se contorceram, mas ele não disse nada.

Ela sorriu.

— Está combinado: vou deixar a Maggie em casa e vocês podem ver o filme amanhã.

16

Como eu não consegui dormir naquela noite, desci até o porão e ouvi um dos antigos DVDs de futebol da minha mãe. O maior motivo da minha insônia era Mason — eu suspeitava de que ele já havia contado a todo mundo ao seu redor que eu era uma fraude —, mas em parte também era porque eu tinha plena consciência do meu quarto no andar de cima. Não sabia se era por causa do meu confronto com Mason ou pelas emoções contra as quais eu estava lutando, mas, quando me deitei na cama naquela noite, senti meu antigo quarto se assomando sobre mim, sombrio e ameaçador.

De qualquer maneira, como a casa tinha sido inteira detalhada, organizada e protegida para cegos, eu sabia exatamente onde encontrar os DVDs — no armário embaixo da TV. Antes, eu sempre os assistia no mudo, muito preocupada com a possibilidade de acordar minha mãe. Eu não queria lembrá-la do passado que ela havia enterrado. Mas agora o mudo não era nem uma opção para mim.

Não que isso importasse. Eu me sentia tão desconectada da minha mãe nos últimos meses, tão excluída da sua lista de prioridades, tão rebelde, que aumentei o volume mais alto que o necessário, querendo que ela me descobrisse ali.

Nos primeiros minutos, eu não tinha ideia de qual DVD havia escolhido. Tudo que eu ouvia eram os sons que acompanhavam os jogos de futebol profissional — o barulho da multidão, os apitos, as vuvuzelas. Mas aí: a voz do meu pai.

Meu pai costumava se transformar numa pessoa totalmente diferente em jogos de futebol. Entre sua arbitragem de poltrona e seus constantes gritos, ele era irritante o suficiente para incomodar um raio de cinquenta assentos. Era um lado dele que eu adorava ver, um lado do qual eu sentia muita falta desde que parei de jogar futebol, e ouvi-lo agora me fez sentir horrível e empolgada, tudo ao mesmo tempo.

O jogo era antigo, internacional. Provavelmente na Espanha, considerando o idioma do narrador. Consegui ouvir uma voz baixinha, minha voz — meu Deus, eu devia ser muito pequena — dizer:

— A mamãe é rápida, não é, papai?

— Ela é incrível — disse meu pai num tom de admiração.

— Quando eu crescer, também vou ser incrível — prometi.

Meu peito se apertou. Eu sempre acreditei que poderia ser incrível. Que a magia da minha mãe passaria para mim. Que eu era invencível. E eu fui, pelo menos por um tempo. Suspirando, puxei uma manta sobre mim, levando-a até o queixo, e, sentindo-me pequena, arruinada e frágil, lembrei do meu último jogo de futebol.

Era novembro, no segundo ano da escola. Estávamos jogando contra nossas rivais, a McDonnell Prep, uma escola particular chique fora da cidade. Eu e as meninas do meu time jogávamos juntas desde pequenas, quando brincávamos de jogar, então nos movimentávamos juntas quase sem pensar, como parte da mesma engrenagem. E, naquela noite, fomos incríveis. Ganhamos de lavada, o que é bem entediante para os espectadores — vinte a dois no apito final. Depois, Sophie, Lauren e eu saímos do estádio numa alegria absurda, vagando pelo estacionamento por muito mais tempo que o necessário, aproveitando os últimos segundos da temporada de futebol.

Sophie tinha acabado de tirar a carteira de motorista, e os pais deram a ela um Chrysler preto monstruoso que nós três chamávamos de Bertha. A qualidade mais interessante de Bertha era seu capô gigantesco. E, naquela noite, nós nos espalhamos sobre ele de um jeito nada feminino que é perfeitamente aceitável quando se está suada e suja e se acabou de dar uma surra num bando de arrogantes da McDonnell Prep. O ar do fim de novembro tinha uma brisa que prometia o inverno, mas o sol tinha acabado de se pôr, então o capô ainda estava quente.

Lauren se sentou, pendurou as pernas na lateral do carro e olhou para mim.

— Então me conta, Sanders. Onde você aprendeu aquele chute de bicicleta? Nunca vi nada assim. — Ela bateu com a palma da mão na testa, com os olhos esbugalhados. Magra e atraente, Lauren sempre fazia umas caretas malucas, o que me deixava meio incomodada, e tinha uma franja loira comprida que caía em seus olhos, o que me deixava meio incomodada, e tinha belos seios, o que me deixava meio incomodada. Apesar disso, eu gostava dela. Ela era empolgada e cheia de vida.

Dei de ombros, olhando para as primeiras estrelas da noite, envergonhada e, apesar disso, muito animada com a reação dela. Mas sempre foi assim com a Lauren. Ela sempre estava obcecada com alguma coisa — o abdome do Nick Jonas, a música mais recente do Maroon 5 ou, atualmente, eu. Nos últimos tempos, eu tinha alcançado um novo nível no futebol. Isso me chocou quase tanto quanto às outras pessoas. Eu não sabia como tinha feito aquilo, só que parei de pensar no que estava fazendo no campo e comecei a reagir. Tomando um longo gole de Gatorade, falei:

— Não sei. Acho que simplesmente aconteceu. — Eu tinha atravessado na frente do gol e visto a bola vindo na minha direção, em câmera lenta, como se estivesse no ar esperando por mim. Saltei e chutei em duas etapas: para cima e para baixo. Era um ritmo, só isso, as últimas duas notas num acorde musical. Para o meu corpo, fez todo o sentido. Foi intuitivo.

Sophie, que sempre soube ignorar as bobagens de uma conversa, me deu um esbarrão com o ombro e disse:

— Você devia ter visto a sua mãe. Ela ficou *louca*.

Meus olhos dispararam para os dela.

— É?

Ela sorriu e fez que sim com a cabeça, e alguma coisa enorme, agradável e perfeita cresceu no meu peito. De repente, eu mal podia esperar para chegar em casa, mal podia esperar para me sentar com minha mãe no balcão da cozinha e dissecar o jogo compartilhando um pote de sorvete e uma colher. O futebol era a maior e melhor parte de nós. Ele nos unia em uma única pessoa, uma pessoa mais forte. Maggie-e-mãe.

Cantarolei uma canção da Dead Eddies que escapava pela janela aberta do carro da Sophie enquanto Lauren vasculhava a mochila, pegando um brilho labial francês que parecia caro. Ela passou o brilho generosamente nos lábios, pressionando-os quando terminou. A mãe da Lauren trabalhava na seção de maquiagem da Nordstrom e não tinha o menor problema em furtar cosméticos da loja. E Lauren não tinha o menor problema em furtar cosméticos do banheiro da mãe.

Sophie encarou enfaticamente os lábios da Lauren e soltou um enorme suspiro. Em seguida, girou as chaves do carro no dedo indicador. Giro, *plec*. Giro, *plec*. Ela era nossa autonomeada figura materna. Com Sophie, eu sempre deixava tudo passar. Ela merecia um pouco de tolerância. Ela era a melhor das melhores, minha rocha, um boletim nota dez em forma de gente. Tinha direito a ter uma ou duas falhas de personalidade.

Enquanto Sophie era ridiculamente séria e Lauren era ridiculamente sociável, eu ficava entre as duas, com notas apenas boas o suficiente para serem consideradas medíocres e a boca comunicativa o suficiente para ser divertida. O que, até onde eu sabia, era uma boa estratégia. Claro, eu não tinha um longo rastro de ex-namorados — contando Dillon Young, do quinto ano, chegaria a um número quase respeitável de cinco —, mas eu era uma deusa do futebol, e era isso que importava.

— Vocês acreditam — disse Lauren, mudando de assunto — que só temos mais uma temporada de futebol até...

— Não fala! — gritei. — Você vai estragar o momento. Lembra? Acabamos de *arrasar* com a McDonnell Prep.

— Eu sei, mas é que...

Levantei a palma da mão para impedi-la de novo. Apesar de faltar um ano e meio, Lauren já estava ficando emotiva com a perspectiva da formatura. Com a separação do nosso time. Com o fato de irmos cada uma para um lado. Ela sempre foi emotiva — oscilando entre o melhor do bom humor e o pior do mau humor —, mas estava tratando nossa futura formatura com o mesmo tipo de pânico geralmente reservado para tratamentos de canal. Já eu mal podia esperar para me formar. Passar para o futebol da faculdade. Para o futebol nacional.

Eu me sentia imbatível. Como um milagre.

E agora, encolhida sob uma manta em meu porão cheio de pó, com os joelhos encolhidos até o queixo, lembrei que coloquei as duas mãos nos ombros da Lauren naquela noite e a olhei nos olhos com confiança. Lembrei que ela estava com cheiro de chiclete de melancia e sérum de tratamento labial vermelho. Acima de tudo, lembrei que disse a ela:

— Vai dar tudo certo, sabe.

No fim, essa tinha sido a maior mentira que já contei a ela.

17

Para uma mulher que tinha dificuldade para pronunciar "meio-dia", Hilda sabia como se materializar na minha porta exatamente ao meio-dia. Em ponto. Como o desastre com Mason tinha ofuscado quase todos os outros aspectos da minha vida, eu me esqueci de cancelar a sessão com ela e acabei passando uma tarde adorável aprendendo Como Localizar a Rua Certa e Como Atravessar Cruzamentos. As duas coisas pareciam tão fáceis e naturais quanto entrar e sair de um teleférico com um recém-nascido em um braço e uma caixa de ovos no outro.

Assim, depois de mais ou menos uma hora, meu cérebro entrou em recesso e eu comecei a pensar se a minha treinadora de futebol da U12 ainda tinha pneus na cintura, se os dentes da Hilda algum dia tinham visto um dentista e se biscoitos recheados de creme de amendoim eram melhores que os recheados de goiabada. Então,

Hilda, que claramente tinha percebido que eu estava viajando, perguntou com uma voz mal-humorada:

— Diga, Maggie, onde estamos?

Tudo que eu sabia era: um, estávamos andando há tempo suficiente para minha mão começar a suar no cotovelo da Hilda; e dois, Hilda estava tagarelando sobre "subir no meio-fio" ou "pisar no meio-fio" ou "contornar o meio-fio". Definitivamente, tinha a ver com pisar e meio-fio. Então eu disse:

— É... Acho que estamos ao lado de um meio-fio?

Ela soltou uma lufada de hálito romeno no meu rosto e disse:

— Me fale dos arredores.

Bom, eu tinha passado muito tempo com Hilda nos últimos meses e tinha aprendido que a maneira mais fácil de fazê-la calar a boca era dizer o que ela queria ouvir. Por isso falei, séria:

— Tem sons de tráfego na nossa frente, então devemos estar viradas para uma rua movimentada.

Ela murmurou uma série de palavras estrangeiras bem baixinho.

— Mais.

Balancei o pé no ritmo fraco de uma bandeira tremulando em algum lugar à minha direita, misturando o ritmo com a música que estava na minha cabeça. Quando perdi a visão, achei que meus outros sentidos ficariam instantaneamente mais aguçados. Mas isso não aconteceu. Foi Hilda quem me mostrou como prestar atenção no mundo ao meu redor, foi Hilda quem me ensinou a obter pistas do ambiente.

— Estamos entre dois prédios? — falei por fim, depois de perceber a brisa afunilada na minha pele. Acenei com os dois braços, como um guarda de trânsito. — Tem uma bandeira tremulando ali e, hum, cheiro de batata frita? Quer dizer que estamos no centro da cidade, tipo, entre o tribunal e um McDonald's?

— Uff — foi tudo que ela disse em resposta, o que poderia significar duas coisas: eu estava muito certa ou muito errada.

* * *

As primeiras palavras do Ben para mim quando atendi o celular naquela noite não foram "E aí?", "Oi, tudo bem?" nem nada remotamente perto do normal. Foram "Os peixes-bois". Era estranho como ele conseguia me fazer sorrir com apenas duas palavras.

— Ben. Do que você está falando? — perguntei, dando uma girada lenta na cadeira da minha escrivaninha enquanto cantarolava sem som a letra de "Eternal Implosion", a nova música da Loose Cannons que tocava no rádio.

Um grande suspiro, e depois:

— Thera. O negócio é o seguinte. Tem alguma coisa muito errada com o plano diretor do universo, e ela se chama peixe-boi.

Quando me levantei, senti cheiro de suor seco nas minhas roupas. Eca.

— Hum. Por quê? — perguntei ao Ben, indo até o meu guarda-roupa. As etiquetas das minhas roupas eram marcadas com pontos pintados no tecido que descreviam a cor (um ponto para preto, dois para azul, três para vermelho e por aí vai), uma coisa que Hilda tinha inventado num esforço para me melhorar minha eficiência de manhã. Não funcionou.

Encontrei uma camiseta azul e enfiei pela cabeça. Quando devolvi o telefone para o ouvido, Ben estava dizendo:

— Pense bem, Thera. O peixe-boi: focinho de porco, nadadeiras, gordura, rabo e cavanhaque. Acho que não era para ele ser inventado. Acho que foi inventado por acidente.

— Talvez ele tenha sido inventado no último minuto — falei, sorrindo no celular. — Tipo, depois que todas as partes decentes de animais já tinham sido usadas.

Ouvi-o estalar os dedos.

— Thera. Acho que você descobriu o segredo. Deus meio que falou: "Tenho que encontrar meus amigos para jogar pôquer daqui a cinco minutos e tenho todas essas porcarias de fazer animais sobrando. Vou juntar tudo e chamar de PEIXE-BOI". — Eu quase conseguia vê-lo sorrindo como um lunático. — Eu me sinto muito melhor agora. — Em seguida, ouvi um ruído abafado do outro lado da linha e Ben resmungou: — Por que tão cedo? — Ele parecia estar falando através de um túnel, e eu imaginei que ele estava com a mão em cima do receptor. — Tudo bem. Tá bom. *Tá bom.* — E sua voz voltou ao volume normal. — O Mason está insistindo para irmos pro treino de natação em dez minutos — ele me informou. E aumentou a voz. — E COM ISSO A GENTE VAI CHEGAR LÁ VINTE MINUTOS ANTES DA HORA. ISSO É IDIOTICE. — Meu estômago se revirou quando me lembrei da cena no quarto do Mason. Vinte e quatro horas tinham se passado, e eu ainda não tinha a menor ideia do que ia dizer a ele na próxima vez que o visse. — Então — continuou Ben. — O que está acontecendo em Theralândia hoje?

Pigarreei, grata pela distração.

— Bom. Comi meio pacote de Doritos... que, aliás, é ótimo, mas não é o meu Lance, depois dei uma olhada numas enciclopédias online e tive uma sessão com a Hilda.

— Cacete, não brinca. Enciclopédias? — ele praticamente gritou, sem prestar atenção às outras coisas.

— Ben. Não fala palavrão — soltei. Okay, isso era meio hipócrita saindo da minha boca, mas não importa. Ele só tinha dez anos e eu era quase uma adulta. — Sim, enciclopédias — comentei. — Procurei a Phantom Keys depois que uma das músicas antigas deles tocou no rádio. Sabe aquela sobre o oceano? "Stealing the Wave" ou algo assim? Porque, sério: essa música é insana. Depois disso, fui até os *Q*s para ler sobre Peter Quigley, tecladista da banda. Você sabia que ele toca só com a mão esquerda porque machucou a mão direita em um acidente de carro na década de 90? *Só com a mão esquerda*, caramba. E ele é tão bom.

Achei que Ben ia acabar comigo por sair pulando o alfabeto, perseguindo músicos e tal. Eu estava errada.

— EXCELENTE! — ele gritou, animado. Então tagarelou sobre os *P*s por um tempo, sobre o termo "peniforme" não ter nada a ver com partes do corpo masculino e sobre como os Pedros famosos ocupam página após página após droga de página e sobre como o cor-de-rosa não é tecnicamente uma cor de verdade, já que os cientistas dizem que não existe luz rosa.

— Não sei — falei. — Estou do lado dos Qs. O verbete sobre Peter Quigley? O *melhor*.

O silêncio se espalhou pela linha.

— Ben?

— Sim? — disse ele baixinho.

— O que aconteceu?

Houve mais um soluço de silêncio, depois Ben pigarreou. Com a voz umas quinze oitavas acima do normal, ele disse de maneira desdenhosa:

— Nada. Só que eu não tenho a enciclopédia dos Qs.

— Ah. É verdade. O que aconteceu com ela, afinal?

Silêncio de novo.

— Ben? — falei por fim, me sentindo estranhamente como se tivesse magoado seus sentimentos, apesar de não saber como. — Você ainda está aí?

— Ahã — disse ele. E pigarreou. — É que... um babaca na escola achou que seria engraçado roubar os Qs da minha mochila e rasgar as páginas em cem trilhões de pedaços.

Uma onda de tristeza atingiu o meu peito e o arrastou para o mar.

— Ben, sinto muito — sussurrei.

— Tudo bem — ele disse meio alto. — Tudo ótimo. Quer dizer, algumas pessoas só são... — Ele soltou o ar com força. Tentou de novo. — Algumas pessoas só são babacas, sabe?

— É. Eu sei — murmurei.

Meu coração tinha sido inundado de água. Estava se afogando.

Não falamos por um ou dois segundos, depois Ben expirou, tossiu e mudou abruptamente de assunto.

— Thera, quando você era completamente cega, tipo antes de bater a cabeça e conseguir me ver e tal, o que você mais sentia falta de ver?

— O céu — respondi. — E ainda sinto.

— Do que você sente falta nele?

Inspirei fundo e soltei o ar estufando as bochechas, depois falei:

— Sinto falta daqueles minutos perto do pôr do sol, quando não é mais dia, mas também não é noite ainda. De certo modo, parece mágico, como se você pudesse fazer algo fenomenal sem se esforçar. Sinto falta do vermelho no nascer do sol. E das nuvens. Estrelas. Meu Deus, como eu sinto falta das estrelas. — Suspirei com um som cansado que fez meu corpo afundar. Eu não tinha a intenção de dar uma resposta tão sincera a ele. — Você às vezes pensa como seria se pudesse andar sem muletas?

A resposta dele foi instantânea.

— Não. Quando vejo uma coisa que eu quero fazer, simplesmente faço.

* * *

Depois que desligamos, passei um tempo no site da Loose Cannons. Não havia posts desde aquele que eu já tinha esquadrinhado, então voltei para a seção de comentários dos vídeos, em que estive no outro dia, na esperança de encontrar insights dos superfãs.

Não encontrei.

Tudo que encontrei foi um punhado de comentários cacarejados e prepotentes sobre o show da última semana e algumas observações vindas de um babaca que se denominava Cannon Dude. Ele fazia fofoca como uma dona de casa, primeiro falando que: um, Mason estava precisando desesperadamente de um corte de cabelo; dois, Carlos tinha saído do show sem trocar uma palavra com o restante da banda; e, mais importante, três, era Gavin quem guardava o Grande Segredo.

Revirei os olhos. Por favor. Gavin — o menino tímido que tocava baixo e fazia backing vocal — estava longe de ser o tipo de maquinador necessário para arquitetar alguma coisa assim. Caramba, ele mal tinha conseguido olhar para mim quando o conheci.

Quando minha mãe entrou no meu quarto, eu estava deitada na cama na diagonal, com as pernas penduradas, perdida e desanimada, basicamente sentindo pena de mim mesma enquanto ouvia o show da semana passada. Gritando mais alto que a música, minha mãe disse:

— O sr. Fenstermacher ligou hoje. Disse que a Clarissa anda — ela deu um suspiro pesado e passou por mim, abaixando a música — tentando entrar em contato com você sobre o trabalho de inglês e você a está evitando.

Abri a boca para argumentar, mas fechei de novo. Falar com a minha mãe era como tentar dobrar um lençol de elástico: por mais que você tente, sempre acaba virando um amontoado torto e confuso. Então, por que me incomodar? Minha mãe se sentou na minha cama e seu corpo minúsculo mal afundou o colchão. De repente, me lembrei de como nos parecemos — nós duas somos baixinhas, com ossos finos e a mesma confusão de cachos castanhos na cabeça.

— Maggie — disse ela, cansada —, lembra do nosso acordo com o diretor para você não ser expulsa? Prometemos a ele que você ficaria longe de encrencas e melhoraria suas notas. — Do nada, alguma coisa em mim parecia que ia desabar. Ela deve ter visto na minha expressão, porque sua voz ficou hesitante, estranha. — Olha — disse ela, pigarreando —, seu pai e eu não queremos colocar você de castigo.

— E por que vocês me colocariam de castigo? — perguntei. Eu não sabia por que tinha falado isso. Talvez porque ela estivesse sentada tão perto de mim. Ou porque eu ainda estava frustrada por ter perdido outro show. Mas, qualquer que fosse o motivo, a pergunta tinha simplesmente saído de mim, me surpreendendo tanto quanto a surpreendeu. E agora que eu tinha falado, fiquei chocada porque queria muito ouvir a resposta. Meus pais não tinham me punido nem depois que eu fui pega por causa do trote na escola. Eles só falaram comigo num tom baixo e decepcionado enquanto voltávamos para casa da delegacia, e depois me mandaram para o meu quarto. O fato é que não havia nada que eles pudessem tirar de mim. Eu já tinha perdido tudo que importava.

— Maggie — minha mãe me advertiu, cansada, evitando a pergunta.

E eu tive minha resposta.

Eu não estava chorando. Não exatamente. Mas estava impossível engolir. Envolvi os braços ao redor do tronco enquanto ela continuava:

— Olha, você promete que vai ligar para a Clarissa hoje e começar o projeto? Você não pode mais se dar ao luxo de ter notas baixas.

Fechei os olhos e concordei com a cabeça, esperando minha mãe sair para discar o número da Clarissa.

A garota atendeu no primeiro toque.

— Oi, Clarissa — falei.

— Maggie! *Caramba*, estou tão feliz por você ter ligado! — ela falou com voz aguda, e de repente meu celular parecia um balão inflável com a voz dela, alta e animada, saindo por ele. Eu o afastei um pouco da orelha enquanto ela continuava. — É tão bom ouvir sua voz! Como você está? Você está com raiva de mim?

— Hum, não? — falei. Isso mal era uma frase. Na verdade, na linguagem da divisão de números longos, provavelmente seria considerada um resto. Mas, às vezes, tentar falar alguma coisa com a Clarissa era como tentar saltar entre duas cordas: ela não fazia pausas longas.

— Ufa! Eu acho que deixei umas cem bilhões de mensagens na sua caixa postal e você não retornou — disse ela. — Então: senti saudade! Você está ocupada? *Cara*, eu ando tão, tão ocupada... clube do livro e aulas de decoração de bolos e as Bandeirantes. — Ela fez uma pausa de meio segundo para recuperar o fôlego e, provavelmente, para reunir mais mil palavras para enfiar no meu ouvido. — Tenho ido à Cafeteria Bean and Gone — disse ela. — Eles têm um novo barista que é absolutamente *lindo*. Eu sei o que você está pensando. — Ela encheu a voz de sarcasmo, numa tentativa de se parecer comigo: — "Clarissa, como você sabe que ele é lindo se você é cega?" E eu digo: é o modo como ele me pergunta se eu quero mais açúcar no meu café gelado. — Ela suspirou, toda dramática. — É como um poema o modo como ele diz. Um *poema*, Maggie. Síncopes. Elementos.

Houve uma breve demora, e eu percebi que ela estava esperando que eu comentasse.

— Sério? — falei. Foi tudo em que consegui pensar. Tirando a minha falta de visão, eu não tinha nada em comum com os alunos da Merchant. Menos ainda com Clarissa, que era... bem, Clarissa: naturalmente feliz, como um labrador amarelo. Um labrador amarelo que tinha acabado de beber todo o Red Bull de uma geladeira. Ela não tinha nenhum problema para aceitar a cegueira. Não tinha nem ideia do que estava perdendo. Eu me perguntava como seria esse tipo de ignorância, como seria não querer ver as coisas que eu amava: o céu e as cores e a *vida*.

— É — cantarolou Clarissa. — Ele trabalha lá nas tardes de quarta. Você devia ir comigo na próxima semana! Aaaaah... com certeza você devia ir. — Ela soltou uma respiração muito forte no meu ouvido. Dava para ouvi-la tamborilando os dedos em alguma coisa. — Se bem que, quer saber? Nosso projeto. Quarta à tarde é o único momento possível desta semana em que eu posso ir à sua casa para trabalhar nele.

— Você quer vir aqui na quarta à tarde? — falei, enrolando, meu rosto virado para o teto. *Deus, eu prometo ser uma pessoa melhor e manter as notas altas e parar de falar palavrão e sair da cama antes de meio-dia se você por favor, por favor, por favor me der outra dupla para o trabalho de inglês, porque a Clarissa é animada demais e borbulhante demais e faladora demais e tudo demais, e eu tenho quase certeza que o meu cérebro vai derreter pelas orelhas se eu tiver que ficar sentada numa sala com ela durante horas a fio.*

Mas, aparentemente, a única pessoa que estava ouvindo era minha mãe. Porque, bem nesse momento, ela abriu um pouco a minha porta e disse:

— Fale para a Clarissa que quarta está ótimo.

18

Não vi Mason durante vários dias, se bem que ele poderia muito bem estar espreitando por sobre o meu ombro o tempo todo, pelo jeito como pesava na minha mente. Passei uma quantidade indecente de horas querendo ter batido o pé no quarto dele aquele dia, querendo ter gritado, saído furiosa, batido a porta ou qualquer coisa assim, em vez de fugir como se tivesse feito alguma coisa errada.

Eu não tinha feito.

Em termos gerais.

Enfim, quando finalmente nos encontramos, eu já tinha meia dúzia de frases em minha defesa preparadas na cabeça. Eu estava pronta para a batalha. Eu esperava fogos de artifício, afinal. Confrontos. Mas o que aconteceu quando nos cruzamos na sala de estar dos Milton foi... nada. Mason passou por mim como se não tivesse notado a minha presença. Depois que ele passou, eu me virei para encarar suas costas e engoli as palavras. Argumentar agora só ia me fazer parecer desesperada, culpada. Por isso, eu não disse nada. E no dia seguinte? Nada, nada e um pouco mais de nada.

E isso continuou dia após dia: Mason e eu nos ignorávamos.

Okay, ele me ignorava enquanto eu fingia ignorá-lo. Mas era quase a mesma coisa. Em minha defesa, ele era difícil de decifrar, por isso era difícil de ignorar. Não era só a coisa da Loose Cannons. Era tudo nele. Ele sempre usava camiseta preta e calça jeans. Sempre. Mesmo quando estava ridiculamente quente. Além disso, percebi que havia alguma coisa interessante no seu modo de andar que sugeria *tenho coisas importantes para fazer*, mas, ao mesmo tempo, dizia *não estou com pressa*. Para completar, ele tinha o hábito peculiar mas adorável de sugar o lábio inferior quando estava mergulhado em pensamentos. O que — tenho vergonha de admitir, mesmo para mim mesma — me desconectava totalmente do meu cérebro.

Apesar de tudo isso, havia alguma coisa no movimento condescendente do seu maxilar sempre que eu estava por perto, alguma coisa na forma como ele sempre ficava de costas para mim, alguma coisa no som das suas botas tamanho grande batendo no chão quando ele passava por mim que me deixava com a distinta impressão de que eu tinha perdido a nossa discussão. E isso me irritava demais.

Então, vários dias depois, quando Ben e eu estávamos sentados um ao lado do outro jogando videogame, falei:

— Eu queria que você aliviasse a situação com o Mason.

E Ben falou:

— Ele só está sendo idiota porque acha que você está fingindo ser cega.

E eu argumentei:

— É melhor você falar o contrário para ele, Benjamin Milton.

E ele retrucou:

— Já falei, tipo, vinte mil vezes, mas ele não acredita em mim.

E foi isso. Mason achava que eu era uma fã patética, apaixonada e sonhadora que estava usando seu irmão mais novo para se aproximar dele, e não havia nada que eu pudesse fazer a respeito disso.

Naturalmente, Ben defendeu o irmão.

— Ele vai se aproximar de você em algum momento, Thera — disse ele. — O Mason só leva mais tempo para conhecer as pessoas. Ele anda meio quieto desde que o meu pai morreu. — Essa era a primeira vez que Ben mencionava o pai. Eu estava respeitando seu silêncio, afinal sabia como era ter um armário cheio de esqueletos. Eu tinha um cemitério inteiro amontoado no meu. Então, só fiquei sentada ali e deixei o garoto falar. — Foi horrível quando ele morreu — continuou ele. — Eu chorei como um vulcão durante dias.

— Um vulcão? — perguntei.

Ele ergueu o queixo e endireitou a postura, de repente parecendo um homem de quarenta anos espremido num corpo magrelo de dez anos.

— É. De um jeito explosivo, sabe? Quando coisas assim acontecem, você tem que colocar para fora. Pra poder seguir em frente. Levei um tempo, mas agora estou bem. Sinto saudade do meu pai, mas estou bem. — Ele suspirou e olhou pela janela por um tempo. — Mas o Mason? — continuou ele, virando para mim. — Ele nunca chorou. Ele guardou os sentimentos. A única vez que ele virou um vulcão foi quando um garoto na escola tirou sarro dele por ter sido reprovado em três provas seguidas de química, e o Mason avançou e deu um soco nele. Direto no queixo. E o nocauteou. — Outro suspiro. — Ele foi suspenso por uma semana.

Mordi o lábio com um pouco menos de raiva do Mason, mas não menos irritada com ele. E, apesar de estar consciente de que, sim, em certo nível eu meio que o desprezava, também tinha consciência de que, em outro, eu estava totalmente atraída por ele. E isso era infinitamente irritante. O que me incomodava mais era saber que ele conseguia agir como um ser humano gentil e decente. Eu tinha testemunhado esse fenômeno. Então, por que ele não podia me dar um desconto?

Tá bom, eu não era uma cidadã modelo. Eu nem sempre tomava as melhores decisões. Eu não era a pessoa mais gentil do mundo. Mesmo assim. Se eu fosse uma groupie, não ficaria derretida quando Mason estivesse no mesmo ambiente? Sim. Eu ficava derretida quando Mason estava no mesmo ambiente? Não.

Pelo menos não visivelmente.

O que eu e Mason precisávamos, decidi por fim, era esclarecer as coisas. Conversar. Apesar de ser insensato contar tudo para ele, eu podia dizer o que importava: eu não estava usando Ben para me aproximar dele. Eu devia isso ao Mason. Assim, algumas horas depois, quando Ben foi ao banheiro com uma enciclopédia extragrossa, fui procurar Mason.

Não foi difícil achá-lo. Segui em silêncio em direção a um acorde de guitarra que escapava do seu quarto, parando quando meus pés encontraram o batente da porta. Eu tinha esperança de não conseguir ver Mason, de que talvez a luz do Ben, que tinha aumentado um pouco nos últimos dias, passando a iluminar boa parte da casa, não incluísse o quarto do Mason — a cena do crime.

Mas incluía.

E, apesar de eu estar cuidadosamente otimista em relação ao crescimento constante da minha visão, a borda externa de luz fraca que envolvia o quarto do Mason criou uma atmosfera misteriosa e sombria que me deixou nervosa por algum motivo. Ele estava sentado na cama com a guitarra no colo. Não encostado na cabeceira, mas sentado de pernas cruzadas no meio da cama — uma posição chocantemente infantil e franca. Havia uma sinceridade vaga e sutil nele, uma honestidade. Ele era jovem. Vulnerável. Simples.

Ele me lembrava o Ben.

Claramente sem saber que eu o estava observando, ele cantarolava baixinho — usando o mesmo tom sedutor que fazia meu estômago revirar intensamente toda vez que ele abria a boca, o tom que eu odiava e amava com a mesma ferocidade. Além de um farfalhar ocasional de páginas de enciclopédia vindo do banheiro, o resto da casa era um público silencioso, escutando comigo. Mordendo o lábio inferior, fiquei parada ali com uma das mãos no batente e o observei. Eu nunca o tinha visto tocar guitarra. Não desse jeito. Claro, uns dias atrás ele tinha se sentado na cozinha e dedilhado distraído a guitarra enquanto Ben e eu brincávamos de "O que você prefere?". Mas isso era diferente. Essa noite sua expressão estava perdida em algum lugar no espaço entre as notas. Hoje, ele era apenas Mason. Enfim sequei as mãos no short, entrei no quarto e falei:

— Hum. Mason? Eu queria saber se nós podíamos, sabe, conversar.

O cantarolado parou e os dedos dele permaneceram pousados de leve nas cordas da guitarra. E aí, sem nem olhar na minha direção, Mason continuou a tocar.

Eu estava esperando por isso. E, de certa forma, tornava as coisas mais fáceis. Endireitei a postura e disse:

— Olha. — Eu achava que o resto da frase ia sair por conta própria das minhas cordas vocais, mas isso não aconteceu. Então, pigarreei e obriguei as palavras a saírem. — Eu só queria que você soubesse que eu realmente me importo com o Ben e nunca faria nada para magoá-lo. Ele já foi magoado o suficiente no passado.

Meu peito ficou apertado conforme os sentimentos por Ben se acumulavam em meu coração. Eu não estava contando que isso fosse me afetar tanto. Mas, por algum motivo, minhas emoções estavam perto demais da superfície ultimamente, afiadas e intensas. Eu me senti exposta. Frágil. Levei vários segundos para organizar os pensamentos o suficiente para continuar, e Mason não falou nada. Eu não sabia o motivo. Mas ele não era a pessoa mais fácil de decifrar. Assim como eu, ele tinha sido ferido. Só que ele se adaptou melhor do que eu. Talvez por ter sido obrigado a se adaptar, pelo bem da família. Ele era a base da família, o apoio que ajudava a manter a união.

O que eu era para a minha?

Pisquei para o teto, concentrando-me no reboco branco enquanto minhas palavras saíam aos tropeços.

— De qualquer maneira, se eu ofendi você de algum jeito, sinto muito. Os últimos meses foram difíceis para mim... — Minha garganta se fechou, e lágrimas nublaram a minha visão.

Merda.

Agora eu conseguia sentir as minúsculas rachaduras que estavam começando a se formar em mim, fragmentos de um eu que eu não sabia se ainda conhecia, um eu dividido ao meio nas últimas semanas, um eu quebrado demais para ficar parado diante do Mason.

Eu tinha que sair dali.

— Enfim, seu irmão tem sido meio que um salvador para mim — continuei rapidamente, as palavras se empilhando enquanto eu saía do quarto. Minha voz estremeceu e cedeu, fazendo aquela coisa horrível que as vozes fazem quando você fala chorando. — Ele... bom, ele é o Ben, sabe? Gentil, doce e engraçado. Fico pensando que, se eu andar com ele por tempo suficiente, isso vai começar a passar para mim. — Rindo sem achar graça, estendi a mão para o batente e me agarrei nele como se fosse um colete salva-vidas. A silhueta enorme do Mason flutuou na minha visão. — De qualquer maneira, acho que eu só queria que você soubesse que não pretendo sair da vida do Ben só porque você não gosta de mim. — Passei as costas da mão no rosto, secando a umidade. Então, dei meia-volta e o deixei lá. E percebi, conforme disparava pelo corredor em direção ao quarto do Ben, que Mason finalmente tinha parado de tocar.

* * *

Eu estava do lado de fora, no deque, naquela tarde, perdida em pensamentos, tirando meu iPod do bolso enquanto reconstruía e desconstruía meu desastre na frente do Mason, tentando decidir se valia a pena torcer o tornozelo acidentalmente-de-propósito para escapar da minha próxima sessão com Hilda, quando a porta deslizante de vidro se abriu e uma voz feminina bradou atrás de mim:

— Maggie?

Dei um gritinho — tipo, de verdade — e olhei ao redor, meu iPod deslizando para uma área desconhecida da minha não-visão, provavelmente perdido para sempre.

— Quem está aí?

— Clarissa!

Clarissa.

Já era quarta-feira? Ai, meu Deus: era quarta-feira. Esfreguei a nuca.

— Ah, oi, Clarissa — falei, me esforçando para manter um tom sociável.

Batendo com a bengala na minha direção até atingir os meus pés, ela me cumprimentou pegando a minha mão direita entre as dela. Eu não tinha ideia de como ela a encontrara. Minha mão direita estava apoiada no quadril, do lado oposto à mão esquerda, que, sem nenhuma coincidência, estava apoiada no quadril esquerdo. Apertando meus dedos de maneira animada, ela disse:

— *Ooooi*. Espero que você não se importe de meu pai ter me deixado aqui um pouco mais cedo. Ele tinha só, tipo, um tempinho antes das visitas da tarde no hospital para me dar carona. Caramba, minha mochila está *tão. ridiculamente. pesada*. Livros demais! Podemos entrar e começar?

Puxando minha mão, eu a sequei no short. Isso era imaturo, mas eu fiz mesmo assim.

— Hum. Claro — respondi.

Quando chegamos ao meu quarto, ela se jogou na minha cama e se lançou num dos seus erráticos monólogos cheios de pontos de exclamação a respeito do nosso trabalho sobre analfabetismo, durante o qual decidi ignorá-la para pensar no que eu tinha falado para Mason.

E também para pensar na aparência dele. E na voz. Com um suspiro, voltei minha atenção para Clarissa. Ela ainda estava falando. Tinha passado para um discurso completo sobre o Cara do Café Gelado. Achei que talvez ela parasse por ali, que talvez percebesse que estava compartilhando demais, mas não. Ela entrou direto numa descrição terrivelmente longa sobre a cobertura de creme de manteiga que tinha feito na aula de decoração de bolos. Por fim, eu falei:

— Você está mesmo fazendo um curso de decoração de bolos?

— Estou — ela cantarolou com uma cordialidade que me fez sentir um pouco culpada. — Por que não faria?

— Parece difícil, só isso — falei, enfiando as mãos nos bolsos e depois as tirando de novo e as cruzando sobre o peito. Pigarreei. — Quer dizer, você nem consegue ver o que está fazendo, então qual é o objetivo?

— Cobertura — cantarolou Clarissa. — A cobertura é o objetivo. Ganache e creme de limão. Chantilly. Fondant. E, *ah*, merengue. Além disso, decorar bolos é muito divertido! E superfácil. Você só tem que ir devagar e prestar atenção ao que está fazendo: a posição do saco de decorar, a pressão aplicada, blá-blá-blá. Quer ir à minha próxima aula? Você devia ir comigo. Você é tão hilária... as senhoras de lá vão adorar você. Nem importa se o bolo ficar horroroso, porque, sério, ainda tem gosto de bolo!

— Hum — murmurei de maneira evasiva enquanto ia até a escrivaninha, determinada a ligar o computador e começar a fazer esse trabalho. Mas, na metade do caminho, tropecei na mochila gigantesca da Clarissa, que ela evidentemente tinha colocado no meio do quarto. Resmungando, empurrei a mochila para o lado e falei: — Que diabos tem na sua mochila?

Ouvi o ruído de gelo num copo — café gelado, imaginei — e um nítido barulho de engolir. E aí ela disse:

— Para conseguir uma carona até aqui, eu tive que ir com meu pai para o trabalho durante algumas horas. Ele tinha pacientes para visitar. Tinha que costurar a bexiga de alguém ou qualquer coisa assim. Por isso eu trouxe os meus livros, porque é chato ficar sentada lá durante horas ouvindo ele falar com os colegas de trabalho sobre próstatas e pênis e húrtias.

— *Hérnias* — corrigi e, como sou muito infantil, dei um sorrisinho. Porque: pênis.

— Que seja. Hérnias — ela desdenhou de leve. — Então... os livros! Estou lendo dois ao mesmo tempo, porque chegaram juntos pelo correio e eu não consegui escolher. Os dois pareciam *tão* bons. Você gosta de ler? Posso emprestar pra você quando terminar. Você vai surtar, simplesmente cair para o lado e morrer. Vou te falar, o *romance*.

— Não, obrigada — falei, sem me animar a explorar os altos e baixos de um romance na conjuntura atual. Além do mais, até agora eu só tinha conseguido chegar até o braille grau 1, que funcionava como um simples código de substituição. A maioria dos livros atuais era escrita em braille grau 2, complicado e sinuoso, que eu ainda estava aprendendo.

— *Tem certeza?* — cantarolou ela. — Você ia se apaixonar pelos caras! O do livro *Enchanted Kiss* faz parte de uma banda indie muito boa que me lembra demais da Loose Cannons! O baterista é insanamente talentoso. E o cantor é igualzinho ao Mason Milton, tão lindo e...

Tossi como se tivesse engolido a língua.

— Tudo bem com você? — perguntou Clarissa.

Bati palmas de forma exagerada.

— Ahã. Tudo ótimo. Eu só... — Pigarreei. Duas vezes. — Você gosta da Loose Cannons?

Ela bufou.

— Eu sou doente pela Loose Cannons. Na verdade, a Loose Cannons ocupa tanto Espaço de Gostar no meu cérebro que mal sobra espaço para qualquer outra coisa além de coisas de padaria.

Eu me sentei na cadeira com força.

— Hum.

— É — disse ela. — Quer dizer, as letras da Loose Cannons? Elas acabam comigo. "Eternal Implosion" bate bem fundo, Maggie. Brilhantismo. Influência.

— Hum — falei de novo. Porque eu estava verborrágica nesse nível. Mas, sinceramente, eu não sabia o que dizer além disso. Estava chocada demais. Clarissa não parecia gostar do meu tipo de música. E, de qualquer forma, ela havia começado a falar de novo, então não importava.

— Um amigo meu, Jase Crenshaw — disse ela. — Ele conhece o Mason Milton. Imagina. *Mason Milton.* Eles estudam juntos na Brighton.

Minha cadeira gemeu com força quando eu me aproximei dela.

— O Mason contou a ele o Grande Segredo? — eu praticamente gritei.

Escutei Clarissa desabando na cama. Tamborilando os dedos na minha parede.

— Não. Ele não contou, não. — Ela expirou fazendo barulho. — Como você acha que ele é? Acho que ele é supergostoso. Ou superintenso.

— As duas coisas. Definitivamente as duas coisas — falei com um suspiro.

Um suspiro.

Meu Deus. Eu mal conseguia me aguentar.

— Mas então — cantarolou Clarissa —, acho que o Grande Segredo não deve ser tão difícil de descobrir. Talvez tenha uma pista *gigantesca* bem no meio do site, tão fácil que é difícil, sabe? Nós devíamos andar juntas mais vezes para pensar sobre isso.

— Claro — falei imediatamente. Porque a verdade é que havia certos sacrifícios que eu estava disposta a fazer para ir a um show da Loose Cannons. E andar com Clarissa Fenstermacher era um deles.

19

Apesar de ter um guarda-roupa cheio de sapatos perfeitamente aceitáveis, eu não usava nada além de chinelos desde que perdi a visão. Mesmo no inverno. Eu não sabia bem o motivo, mas imaginava que era porque as solas finas me ajudavam a ter uma sensação do ambiente, a detectar minúsculas mudanças na paisagem, a inclinação do chão e essas coisas. Ou talvez eu fosse preguiçosa demais para amarrar os sapatos.

Qualquer que fosse o caso, eu gostava das declarações que meus chinelos faziam. Eles diziam: *Acho que meus dedos dos pés são bonitos*, e diziam: *Não pretendo me vestir bem tão cedo*, e diziam: *Não tenho a menor intenção de tentar fugir da polícia hoje*.

De qualquer maneira, como meus pés estavam sempre expostos, costumavam estar gelados, e por causa disso ficavam brancos como um fantasma. E, quando eu e Ben nos sentávamos lado a lado na sala de estar da casa dele em frente à TV, meus pés pareciam quase transparentes ao lado dos pés muito bronzeados e muito sujos do Ben.

— Por que os seus pés são tão encardidos? — perguntei me encostando no sofá.

Ele deu de ombros.

— Não tenho usado sapatos ultimamente, porque descobri que os meus foram feitos em locais escravizantes. Preciso de sapatos novos, sem mão de obra escrava, mas minha mãe anda ocupada com o trabalho. Portanto tenho andado descalço.

— Sapatos de locais escravizantes?

— Dã, tipo, de países do terceiro mundo, feitos por crianças de cinco anos. Estava no noticiário outro dia. Parece que meus sapatos preferidos são colados por mão de obra escrava. Posso até desistir de usar sapatos. Posso ficar descalço. — Revirei os olhos enquanto ele continuava, apontando com a cabeça para um par de tênis brancos perto da porta da frente. — Se você colocar esses tênis no ouvido, vai ouvir a voz de mil crianças carentes obrigadas a trabalhar em troca de um centavo por dia.

Minha resposta foi interrompida por uma risada estridente vinda do quarto do Mason, onde ele e David estavam entocados o tempo todo em que eu estava ali. Apesar de Mason e eu não termos nos falado desde o meu colapso no quarto dele, nos últimos dias eu percebi menos tensão nos seus ombros quando eu estava por perto, e acho que ele aparecia com mais frequência no mesmo ambiente que eu e Ben. Consequentemente, achei que talvez meu pequeno discurso tivesse impressionado. Posso garantir que era apenas um pedaço de madeira compensada, frágil e cheia de farpas, atravessando o enorme desfiladeiro entre nós. Não era o suficiente para suportar o peso de nenhum dos dois, mas o suficiente para me dizer que não estávamos tão distantes quanto eu havia pensado.

Aborrecida comigo mesma por ter me distraído por causa do Mason outra vez, chutei de leve o pé encardido do Ben.

— Você fica bem assim sujinho — provoquei.

— Fico feliz de você finalmente estar mudando de opinião, Thera. Podemos reconsiderar aquele beijo?

Dei uma cotovelada nas costelas dele e falei:

— Motivos para eu não beijar Ben Milton. COMEÇA: um, ele é sete anos mais novo que eu. Dois, apesar de ele não ser meu irmão, parece que é meu irmão. Três, ele tem queijo quente preso nos dentes da frente.

— Merda. Sério? — disse ele, esfregando os dentes com o dedo indicador.

— Quatro, ele é novo demais para falar palavrão, mas fala mesmo assim. E cinco — baixei a voz —, encontrei um CD da Loose Cannons escondido embaixo da cama dele ontem.

— Merda — ele disse de novo, mais alto dessa vez, fazendo seu labrador, que estava com as pernas esticadas para trás como um sapo e o nariz apoiado no joelho do Ben, erguer as sobrancelhas.

Lancei um olhar para o cachorro. Sério. Wally esperava atenção demais do Ben.

— Por favor, não conta para o Mason sobre o CD — sussurrou Ben, como se estivéssemos num filme do James Bond e eu tivesse acabado de descobrir a verdade sobre um arquivo ultrassecreto.

Eu adoraria torturá-lo por mais um tempinho, mas a sra. Milton colocou a cabeça na sala de estar e falou:

— Benjamin Thomas Milton, o que foi que eu pedi para você fazer hoje?

Ben deixou a cabeça cair para trás de um jeito dramático e encarou o teto.

— Limpar a pasta de dente da pia?

— E? — indagou ela.

Ele encheu as bochechas de ar e soltou tudo ao mesmo tempo, soprando os lábios.

— Passar o aspirador no meu carpete para tirar os Doritos antes que — ele fez aspas no ar — vire um formigueiro?

— Você pode cuidar disso agora, por favor? Vou trabalhar cedo amanhã e preciso ir para a cama daqui a pouco. Não quero ouvir o aspirador de pó à meia-noite, como na última vez que você limpou o seu quarto.

Ben deu de ombros para mim pedindo desculpas e saiu, deixando-me na indiscriminada fronteira embaçada da minha visão. Mas foi o suficiente para ver Mason de leve, minutos depois, saltitando pelo corredor e passando pela sala de estar sem me notar. Ele foi direto para porta da frente, deixando-a aberta para David, que vinha alguns passos atrás. Os olhos do David esbarraram em mim pouco antes de ele atravessar a porta. Ele parou de repente.

Minha respiração ficou presa. O que scrá que Mason contou aos membros da banda depois que saí do quarto dele na outra noite? Que eu vivia espreitando? Era uma fã lunática? De repente, me senti como um daqueles idiotas que resolvem enfrentar um furacão em uma área para trailers. Uma tempestade estava batendo à minha porta, e eu não tinha para onde ir.

David colocou a mão no peito. Prendi a respiração, na expectativa.

— Calma, coração — disse ele. — Maggie Sanders: a garota misteriosa. Você está linda como sempre. — E aí ele se aproximou e se jogou ao meu lado, batendo o ombro no meu. — Me faz um favor e explica aquela cena no quarto do Mason? O Mason não conta merda nenhuma.

Eu pisquei. Mason não tinha contado aos amigos sobre suas suspeitas? Dispensei David com uma das mãos e, encarando a tatuagem no seu antebraço, falei:

— Não foi nada, na verdade. Só, você sabe... um mal-entendido.

— Quer dizer que você e o Mason não têm um lance?

Senti um formigamento estranho na garganta. Eu o engoli.

— Não.

Ele jogou as pernas compridas para a frente e entrelaçou as mãos atrás da cabeça, se recostando no sofá.

— Tem algum motivo para você estar aqui às oito da noite, nesta linda noite de verão, ouvindo uma reprise de... — Ele olhou para a TV e se encolheu. — Cacete, é pior do que eu pensava: *Dança dos famosos*?

Dei de ombros.

— Você sabe que é sábado à noite, certo? — perguntou ele.

— E?

— E estamos indo para o Strand. A Dead Eddies vai fazer um show de reencontro lá hoje, e você deveria ir com a gente.

— Dead Eddies? Sério?

Ele sorriu com um canto da boca.

— Muito sério.

— Uau. — A Dead Eddies era... bem, era a *Dead Eddies*. Eu adorava os caras desde sempre. Mas a ideia de estar perto do Mason sem o benefício da visão deu um nó no meu estômago. Na verdade, só a ideia de estar perto dele deu um belo nó no meu estômago.

Engoli em seco.

— O Carlos e o Gavin também vão? — perguntei.

David puxou casualmente uma franja solta na calça jeans.

— O Gavin está preso num jantar com os pais, e não vemos o Carlos desde que ele saiu furioso de um ensaio uns dias atrás.

— Vocês brigaram?

Ele deu de ombros, um movimento que envolveu toda a metade superior do seu corpo.

— Às vezes ele não concorda com o resto da banda. Ele estava decidido a mudar um arranjo, nós discordamos e ele foi embora. É assim que ele funciona — disse ele com desdém. — Então: Strand?

— Hum — falei, enrolando. — Strand não é aquele lugar em Bridgeport? A boate para maiores de vinte e um anos?

— Ahã — respondeu David.

— Vocês têm identidades falsas?

— Ahã.

— Bom, eu não tenho, então acho que estou fora.

— É, mas olha só: eu conheço um cara que conhece um cara que me deve um grande favor. Posso colocar você para dentro.

Ofegando, soltei:

— Esqueci a bengala em casa.

Ele deu de ombros.

— Você pode pegar meu cotovelo emprestado hoje à noite. Ou o do Mason.

Engoli em seco tão alto que jurei que ele tinha escutado.

— Mas o Ben...

David soltou um suspiro pesado, como se eu estivesse sendo extremamente cabeça-dura.

— O Ben tem dez anos e você tem dezessete. Ele vai entender.

— E, antes que eu pudesse protestar ou mesmo me despedir do Ben, David me levantou com um puxão e me levou porta afora até a entrada da garagem. Enquanto me guiava até o banco traseiro do carro do Mason, ele disse: — Ei, cara, eu convidei a Maggie para ir com a gente.

— Ah — disse Mason. O que, tecnicamente, era apenas um reconhecimento da minha existência e do fato de que eu estava indo junto. Mas Mason não soou como se estivesse com raiva, chateado ou preocupado, e isso me pareceu uma vitória.

20

Se eu pulasse num pogobol usando saltos de dez centímetros, quando estivesse no alto, eu provavelmente teria altura suficiente para segurar o cotovelo do David sem esticar o braço para cima. Então, quando tropecei nos degraus da entrada dos fundos do Strand, eu meio que fiquei pendurada no braço dele. Mason, que estava bem atrás de mim, me apoiou pela cintura enquanto eu recuperava o apoio.

— Tudo bem? — perguntou ele, afastando as mãos, mas deixando o que pareciam duas palmas ardentes nas minhas laterais. Respondi com algo que soava muito como um "Argh" horrível, e ele respondeu: — Que bom. — Como se eu tivesse dito uma palavra de verdade. O que só provava que ele estava acostumado a deslumbrar garotas que eram incapazes de lhe responder em inglês.

Eu me ancorei nos tijolos mornos do prédio enquanto David batia numa porta com som de metal. O contrabaixo dentro do Strand estava atravessando os meus sapatos, espetando a parte de baixo dos meus dedos dos pés. Não era a Dead Eddies tocando — ainda não —, só uma música meio atual de DJ misturada com outra música meio atual de DJ.

A porta se abriu, e a música alta atingiu o meu rosto.

— Paulie! — gritou David acima do barulho. — O Marcus disse que eu podia entrar pela porta dos fundos sempre que quisesse. — Houve uma pausa na qual imaginei que Paulie... um segurança?... não parecia convencido. David continuou: — Pode perguntar ao Marcus, se não acredita em mim.

— Esta é uma noite importante, garoto — disse Paulie com voz grave. — O início da turnê de reencontro da Dead Eddies. Tem uma fila descendo a rua.

— Certo, mas o negócio é que somos só três, e isso nem vai fazer diferença na capacidade do lugar.

Paulie não falou nada por vários segundos. Só ficou parado ali com um vago cheiro de desodorante corporal, chiclete de menta e esteroides. Por fim, ele rosnou:

— A garota é maior de idade?

David disse:

— Paulie, o que você pensa de mim?

Paulie expirou uma grande explosão de menta no meu rosto.

— Não faça eu me arrepender, garoto.

E aí nós entramos.

O lugar estava mais que lotado. Demos uns cinco passos e fomos parados por uma parede de pessoas.

— TUDO BEM A GENTE FICAR AQUI? — gritou David.

Como se isso fosse importante para mim.

— TOTALMENTE.

David saiu para agradecer ao Marcus, me deixando sozinha com Mason, que, pela quantidade de pessoas espremidas no local, estava ombro a ombro comigo. Eu nunca tinha tido uma conversa normal com

Mason, então não sabia como me comportar. Eu devia começar com uma piada? Papo-furado? Por fim, decidi falar uma coisa sincera.

— ISSO AQUI ESTÁ UMA LOUCURA! — gritei mais alto que a música, e ele disse:

— É, NÉ?

E eu disse:

— QUANDO ELES TOCAREM "THE BEGINNING OF IT ALL", É CAPAZ QUE EU TENHA UM ANEURISMA, NA REAL. — E ele só riu. Esse foi o diálogo mais longo que já tivemos e, definitivamente, o mais normal.

Nesse momento, uma cacofonia de uma meia dúzia de perfumes diferentes surgiu na nossa frente. Ouvi um coro de gritinhos, depois uma voz feminina encantada, claramente a porta-voz do grupo, gritou:

— NÃO ACREDITO! É VOCÊ MESMO!

— AH — gritou Mason em resposta —, VOCÊS ACHAM QUE EU SOU... CERTO. SEMPRE ME FALAM ISSO. SOU MUITO PARECIDO COM AQUELE CARA.

Dava para ouvir a decepção no tom da garota quando ela disse, quase choramingando:

— MAS VOCÊ É *EXATAMENTE* IGUAL A ELE. VOCÊ NÃO É ELE MESMO? O CARA COM QUEM VOCÊ ENTROU, ELE É IGUAL AO...

— NÃO — gritou Mason em resposta. Senti seu ombro subir e descer num pedido de desculpas. — SÓ UM CARA NORMAL NUM SHOW. MAS VALEU PELO ELOGIO.

E as garotas se afastaram.

Esperei até a música terminar, me inclinei para Mason e falei:

— Só para constar, muito safo.

— Só para constar, eu só queria curtir a noite.

Sorri na direção dele. Eu gostava de estar com esse Mason, o que eu não conseguia ver. De certa forma, ele parecia mais humano, mais real. Eu não me distraía com o cabelo, os olhos e... tudo. Eu não estava tentando esconder nada dele.

David voltou quando a Dead Eddies subiu no palco. A multidão enlouqueceu. Todo mundo estava gritando, se esbarrando, dançando. Eu sempre gostei de dançar, mas normalmente ficava muito preocupada com a forma como o meu corpo estava se movendo. Hoje, porém, eu não estava preocupada com o que pensavam de mim. Eu não estava desconfortável. Eu não estava envergonhada. Eu não estava tentando provar nada para Mason. Eu não era nada além da música. Meus pés batiam acompanhando o compasso, meus quadris eram o coro e meus braços eram os acordes do teclado.

Quando a banda começou a tocar "The Beginning of It All", pulamos acompanhando o ritmo. Meu cabelo tinha escapado do elástico e sem dúvida estava todo bagunçado, mas eu nem me importava. Pela proximidade do Mason e pelo fato de que literalmente não dava para não encostar nele, de repente estávamos dançando juntos sem a formalidade de dançar juntos, completando os movimentos um do outro com perfeição. Cada curva do corpo dele parecia buscar o meu, cada arco do meu corpo se encaixava no dele. Quando a música acabou, houve um frágil segundo em que não nos movemos, ficamos parados ali meio que esmagados um contra o outro. E depois demos um passo para nos afastar.

David se aproximou do meu ouvido e gritou:

— ESTOU SUANDO ATÉ O SACO. — O que, aliás, não era algo que eu quisesse ouvir aos berros. — VOU PEGAR ALGUMA COISA PARA BEBER. O QUE VOCÊ QUER?

E eu gritei:

— ÁGUA, POR FAVOR.

E ele gritou outra coisa, e eu disse:

— O QUÊ?!

E ele gritou de novo, mas não consegui escutar, então só fiz que sim com a cabeça, porque não valia a pena me estressar. Minutos depois, David voltou e colocou na minha mão uma limonada doce demais e com muito gosto residual, e eu bebi tudo de uma vez. Eu preferia água, na verdade, mas estava com calor e com sede e, sinceramente, aliviada por estar bebendo alguma coisa.

Quando a Dead Eddies encerrou o show, eu meio que tinha dançado com Mason durante uma hora e meia direto. Além disso, bebi muitas outras limonadas, que tinham ficado surpreendentemente melhores ao longo da noite e pareceram descer até a minha bexiga no mesmo instante.

— Preciso fazer xixi — anunciei em voz alta. — E isso é um problema.

Cara, eu me sentia estranha. Com as juntas frouxas.

— Por que é um problema, Maggie? — perguntou Mason num tom divertido, como se estivesse falando com uma criança ou um animal de estimação querido.

Isso me fez desabar na hora.

Depois que recuperei a voz, falei:

— Porque *alguém* me sequestrou da casa dos Milton sem nem uma bengala. Então agora eu tenho que me localizar pelo banheiro sem ela, o que é quase impossível, porque eu sou péssima em localização em geral.

— Especialmente quando você está bêbada — acrescentou David.

— Não estou *bêbada* — falei, indignada. — Eu não bebo. — E isso era verdade em vários sentidos. Mesmo quando ainda tinha amigos e ia a festas, eu não bebia. Parecia que eu sempre tinha um jogo importante ou um teste importante ou um treino importante no dia seguinte. Além disso, o poderoso barril sempre abastecia as festas do ensino médio, e eu não gostava de cerveja, porque tinha gosto de poste de alumínio.

— Bom. — David pareceu desconfortável. — Você bebeu hoje. Achei que você tinha concordado com uma limonada batizada.

— Não ouvi essa pergunta. — Eu queria dizer isso bem séria, mas a última parte saiu numa risada. E, quando eu tentei falar mais alguma coisa, também saiu numa risada, o que me fez rir mais ainda e perder o equilíbrio, batendo numa parede.

Na verdade, não em uma parede: em uma pessoa bem larga, que tinha cheiro forte de chiclete de menta e irritação.

— Paulie! — falei com simpatia, como se tivéssemos servido juntos no Vietnã ou coisa assim. — Você devia experimentar a limonada, ela vai mudar a sua vida!

Paulie me firmou e falou com David sobre a minha cabeça:

— Quantos drinques ela bebeu?

— Uns quatro. — Depois de uma longa pausa, David acrescentou: — Mais ou menos.

— Mais ou menos?

— Okay, talvez cinco.

Virei na direção do Paulie e falei:

— Por um grande erro, eu bebi demais e agora preciso fazer xixi. Muito.

— É. Costuma funcionar assim — disse Paulie. — Mas acho que você deve fazer xixi em outro lugar.

Seguramente, a resposta correta à solicitação do Paulie teria sido "Sim, senhor" sem sarcasmo. A resposta errada, evidentemente, foi "Sim, senhor" com sarcasmo. E uma continência.

* * *

— Preciso fazer xixi.

— Okay — disse Mason. — Acho que você já falou isso.

Estávamos andando por um estacionamento abençoadamente silencioso até o carro dele. Quando eu digo andar, quero dizer que David segurava as minhas pernas e Mason segurava os meus braços. Então, tecnicamente, eu estava deitada e eles estavam fazendo a parte de andar.

— A que horas você tem que chegar em casa, Maggie? — perguntou David.

— Não tenho horário, hoje — falei alto. — Meus pais vão virar a noite na cidade.

Eles me içaram até o banco traseiro do carro do Mason, onde me encolhi no vinil frio, de repente exausta. Fechei os olhos e me virei com a testa encostada no assento, não exatamente dormindo, mas também não exatamente acordada. Eu estava oscilando no caminho cinzento entre um e outro.

Depois de alguns minutos, ouvi Mason murmurar:

— Ela apagou?

— Ahã — David sussurrou em resposta. Por um instante, houve apenas o zumbido constante do carro do Mason. E depois a voz do David de novo: — Você pode me agradecer agora.

O pisca-pisca estalou algumas vezes e o carro virou à esquerda.

- Pelo quê? — disse Mason.

— *Eu* não sou cego — disse David baixinho com um sorriso na voz. — Eu vi vocês dois dançando. — Ele fez uma pequena pausa, esperando Mason responder. Mas ele não respondeu. — Eu queria saber por que vocês precisaram da Dead Eddies para pararem de se ignorar — disse David.

Mason suspirou.

— É uma longa história.

— É uma longa viagem.

Mason ficou calado por alguns instantes, depois, soando um pouco envergonhado, falou:

— Achei que ela era uma fã, que estava fingindo ser cega para o Ben sentir pena dela. Achei que ela estava me perseguindo, tentando encontrar informações sobre os nossos shows.

David deu um assobio longo e baixo.

— Caramba — disse ele —, que merda arrogante. — Como Mason não respondeu, David continuou: — É muito difícil ver que o Ben e a Maggie podem ter alguma coisa em comum? Quer dizer, a vida basicamente deu uma surra neles. Talvez a Maggie só precise de um amigo. Talvez esteja passando por um período difícil.

Um grande suspiro vindo do lado de onde Mason estava.

— Eu sei, eu sei — disse Mason. — Eu estava mais preocupado com o Ben. Ele confia demais, e eu não queria que se machucasse. Ele gosta muito da Maggie, sabe? — Ele ficou em silêncio por um tempo e, quando finalmente falou, parecia estar procurando as palavras certas. — E às vezes... às vezes eu posso jurar que ela consegue enxergar. Às vezes é como se ela estivesse olhando direto *para mim*.

— É, seu idiota, isso se chama *se adaptar às circunstâncias*. Você devia experimentar um dia.

* * *

— Preciso fazer xixi — foi a primeira coisa que falei para Ben. E caí na gargalhada.

Ben soltou o ar das bochechas e lançou um olhar hostil para Mason. Ele apontou para a sala de estar da casa dos Milton, onde estávamos em pé — encostada, no meu caso. E disse para o irmão:

— Você roubou a Maggie daqui e fez ela ficar *bêbada*? Eu estava preocupado com ela, sabe. Quer dizer, tudo que vocês tinham que fazer era me ligar e avisar que ela estava bem.

Ben parecia tão adoravelmente maduro para o seu corpo que eu comecei a rir de novo.

— Nhoim. Ben? *Ben*. Foi um momento de calor. — Balancei a cabeça. — No calor do impulso. — Suspirei, deixando a cabeça cair para trás, e fechei os olhos. — No calor-do-momento, e eu não sabia que estava tomando bebidas alcoólicas até elas estarem todas na minha bexiga. Posso fazer xixi? Vou fazer xixi. — Entrei majestosamente no minúsculo lavabo bem à minha direita, de onde dava para ouvir Ben e Mason discutindo. Era sobre o que fazer comigo ou o que *não* fazer comigo. Com certeza, uma dessas coisas. Mas, quando voltei para a sala de estar, Ben era o único parado em pé ali, ainda parecendo encantadoramente paternal. — Onde está o Mason? — perguntei.

— Foi pegar uma aspirina para você. Disse que você vai precisar.

— Ah — falei e andei pela sala, esbarrando no piano e derrubando meia dúzia de fotos que estavam sobre ele.

— *Não. acorda. a. minha. mãe* — sibilou Ben. Ele nunca tinha ficado bravo comigo antes, e eu achei um pouco cativante. Estendi a mão e belisquei sua bochecha com o polegar e o indicador. Ele pressionou os lábios e falou: — Meu tio ia surtar se soubesse que você bebeu.

— E é por isso que você não vai contar para ele. Meu oficial de liberdade condicional não entenderia o que aconteceu hoje à noite.

— É? Bom, eu também não. O que aconteceu? Você saiu com meu irmão sem nem me avisar?

Eu me larguei no sofá, suspirando.

— Ben. Ben, meu querido. Você só tem dez anos, e eu estou quase no último ano do ensino médio, e às vezes preciso sair com pessoas da minha faixa etária.

Um franzido suave apareceu entre as suas sobrancelhas.

— Eu não sabia que a minha idade incomodava tanto — disse ele baixinho.

— Ah, qual é, Ben. Sua idade não importa para mim. Você sabe disso. É só que seu irmão é... — Ouvi um suspiro escapar dos meus lábios. Eu não sabia como tinha chegado a isso. Meus lábios pareciam estar suspirando por conta própria. — *Mason Milton.*

O entendimento se espalhou pelas feições do Ben, e ele deu um passo para trás. Ele parecia ter levado um tapa.

— Então o Mason estava certo. Você estava me usando para se aproximar dele.

— Nossa. Não foi isso que eu quis dizer — falei, mas Ben simplesmente balançou a cabeça. Seus olhos eram oceanos profundos e sombrios de dor e tristeza. Então ele girou nas muletas e saiu.

Maldição. Tentei ir atrás dele, mas a sala estava girando, algo que eu não achava que acontecia na vida real. Ancorei um pé no chão e fechei os olhos. Nada feito. Ainda estava girando. Em seguida, Mason estava pairando sobre mim — parecendo preocupado, lindo e desgrenhado —, prendendo um cacho solto atrás da minha orelha e deixando a mão pousar no meu rosto, como se fosse frágil, como se fosse lindo, a intensidade dos seus olhos fazendo meu coração balançar.

— Trouxe aspirina para você — ele murmurou.

O ar entre nós estava elétrico, os íons vibrando, desequilibrados. Pisquei para ele, ardentemente consciente de que os seus lábios estavam a poucos respiros dos meus, e se eu não estivesse tão tonta, tão grogue, diminuiria essa distância e o beijaria. Em vez disso, estendi a mão para cima, encontrei a boca dele e passei o dedo indicador de forma desajeitada no seu lábio inferior. De repente, como uma idiota, falei:

— Seus lábios são muito mais macios do que parecem.

A última coisa que eu vi antes de desmaiar foram os ombros rígidos do Mason enquanto ele se afastava.

21

— Caramba, Maggie. Você acorda muito tarde.

Eu me encolhi e puxei a coberta sobre a cabeça. Clarissa estava no celular gritando palavras no meu crânio.

— Como você ainda está na cama à uma da tarde? Você está bem? — perguntou ela.

Boa pergunta. Eu me lembrava de ter ido à casa do Ben ontem à noite. Eu me lembrava do David me convidando para ir com eles ao show. Eu me lembrava da música e de dançar com Mason. Da limonada. De ser expulsa da boate. De chegar à casa dos Milton e conversar com Ben e Mason...

Ai, merda.

Ben.

Mason.

Dei um pulo. Claramente o movimento errado, porque — cacete — minha cabeça estava *gritando* comigo. Voltei a me deitar um centímetro por vez, segurando a cabeça como se qualquer movimento súbito pudesse fazê-la explodir para fora do pescoço. Soltando-a devagar, estendi a mão trêmula para o lado.

Minha mesa de cabeceira. Meu quarto. Será que Mason tinha me trazido para casa ontem à noite? Sim. Ele devia ter feito isso, sim. Eu não me lembrava, na verdade, mas sentia que era verdade.

Eu estava enjoada e suada e sufocada por cobertas e, se não parasse de pensar na minha idiotice de ontem à noite, poderia vomitar ou explodir ou piscar e deixar de existir. *O que foi que você fez?*, sussurrou uma voz vinda de algum lugar sombrio e arrependido no meu peito.

Resmunguei baixinho, um som que martelou meu crânio de maneira agonizante.

— Enfim — cantarolou Clarissa —, cancelaram as Bandeirantes hoje e eu queria saber se você não quer fazer o nosso trabalho. Ou ficar obcecada e pensar no Grande Segredo. Você viu o novo comentário sobre o vídeo do último show? Tem um cara chamado Cannon Dude que diz que "o segredo está com o cantor" e que as pessoas que ainda não descobriram o Grande Segredo não merecem ouvir a Loose Cannons, muito menos assistir a um show. Eu sei. Totalmente ridículo. Não pode ser tão fácil. Não pode. Posso não ser um gênio, mas sou muito fã e sei *cada. coisinha* sobre a banda. Eu passei horas investigando os caras, Maggie. Horas vasculhando aquele site. Eu já não teria descoberto? Sim. Claro que sim. — Ela suspirou pesado no meu ouvido. — Então. O que me diz? Vamos passar o dia juntas?

Rolei de lado e me arrependi na mesma hora. Alguma coisa com cheiro suspeito de vômito estava encrustada no meu travesseiro. Engoli em seco e voltei a ficar de costas.

— Na verdade, acho que estou resfriada ou alguma coisa assim.

— Quer que eu leve sopa para você?

Minha mão voou até a boca.

— Não, obrigada — engasguei.

— Não aceito não como resposta — disse ela baixinho. — A sopa Fenstermacher é famosa pelos seus poderes de cura. — Então ela jogou um monte de palavras direto na minha dor de cabeça, contando todas as coisas que a sopa Fenstermacher tinha feito por ela: como no ano passado, quando foi reprovada numa prova de matemática, ela tomou a sopa sem parar, e como a tinha ajudado a superar a morte do seu cachorro, e assim por diante.

No fim, concordei com a sopa, apesar de não ter ideia do motivo. E, quando me levantei e saí cambaleando até o banheiro, a ideia da sopa me fez correr até o vaso para vomitar. Fiquei ali um instante, com a testa apoiada no tampo gelado do vaso, antes de me arrastar até o boxe. Desmoronada embaixo do chuveiro, deixei a água massagear o meu pescoço e tentei pensar em como pedir desculpas ao Ben, tentei decidir o que dizer ao Mason, tentei descobrir como consertar a enorme confusão que eu tinha criado.

Eu ainda estava enrolada na toalha quando disquei o número da casa dos Milton. O telefone tocou cinco vezes antes de alguém atender, e mesmo assim a pessoa não falou nada. Senti um rastro de água fria escorrer do meu cabelo e descer entre as escápulas.

— Alô? Ben? — falei depois de um tempo. — Mason?

Som de linha.

Alguma coisa enorme e grudenta ficou presa na minha garganta.

Pouco depois que me vesti, Clarissa apareceu na porta da frente como um joão-bobo muito cafeinado. Ela me entregou um pote cheio de sopa e falou umas coisas alegres para me animar: "Tome isso imediatamente" e "Me liga amanhã se precisar de mais" e "Sinto muito por você estar se sentindo mal". Acenei com a cabeça, fiz ahã, agradeci e me despedi. E, quando coloquei o recipiente na geladeira, tentei não pensar que Clarissa estava agindo como uma amiga de verdade, apesar de eu mal falar com ela. Tentei não pensar que ela provavelmente preferia dar um tiro no próprio pé a magoar alguém. Tentei não pensar que ela basicamente largou tudo para vir me ajudar — algo que eu nunca tinha feito por um amigo em toda a vida.

* * *

Quando eu tinha doze ou treze anos — ou qualquer que seja a idade que se tem no sétimo ano —, decidi de repente, sem pensar muito, que ia me tornar uma apicultora. Naquela época, eu tinha pavor de abelhas. Achava o zumbido, o ferrão e as asas batendo apavorantes. E foi exatamente por isso que eu achei que precisava conquistá-las.

Conquistá-las, vencer os meus medos.

Maggie Sanders: domadora de abelhas.

Procurando instruções simples sobre apicultura, fui à livraria, e uma mulher de óculos com lábios cerrados e uma postura mais ereta do que o necessário me levou à seção de *Idiotas* e *Leigos* da loja. Então ela deu meia-volta, se afastou e me deixou sozinha para decidir qual livro comprar. Depois de refletir um pouco, comprei *O guia de apicultura para leigos* porque, se tivesse que classificar a mim mesma, eu seria mais leiga (um pouco ignorante) do que idiota (simplesmente estúpida).

Enfim, aprendi que havia alguns jeitos de iniciar uma colônia de abelhas. Era preciso investir uma quantia significativa de dinheiro na compra de uma colônia nova ou encontrar uma colmeia e coletar as abelhas iniciantes. Sendo uma ignorante e tal, decidi seguir o caminho mais barato: escalar o carvalho no meu quintal e ensacar a colmeia do tamanho de uma toranja que estava pendurada num galho retorcido mais ou menos na metade da altura da árvore.

Então, eu estava no alto da árvore — me balançando num galho grosso com um saco de lixo extragrande em uma das mãos e uma vassoura na outra — quando lembrei por que sempre fui péssima em beisebol. Eu tinha uma mira horrorosa com o bastão. Mirei na colmeia com a parte de baixo da vassoura, tentando derrubá-la dentro do saco. Mas errei e a arrebentei ao meio, liberando um pedaço grande de favo de mel cheio de abelhas, que saíram voando bem sobre a minha cabeça e entraram direto na abertura folgada na cintura do meu short. Sim, eu fui picada umas trinta vezes. E, sim, na bunda.

Vendo pelo lado positivo, eu não tinha mais medo de abelhas. Eu tinha visto o lado sombrio do medo e, tirando o meu traseiro, havia saído ilesa. Então eu tinha cumprido a minha meta. Mais ou menos. Mas minha verdadeira lição naquele dia foi: a melhor maneira de enfrentar as coisas que apavoram você é não pensar demais nelas — apenas fazê-las rápido. Assim, no fim daquela tarde, pedi ao meu avô para me levar à casa dos Milton.

Mesmo da varanda, a casa parecia absurdamente clara. O brilho cristalino escapava da casa e cobria os meus pés. E eu me perguntei, enquanto estava parada ali esperando alguém atender à minha batida, se Ben estava ficando ainda mais brilhante ou se a ressaca tinha deixado os meus olhos mais sensíveis à luz. Qualquer que fosse o motivo, o local parecia vibrante demais, intrusivo demais, e, por algum motivo, espetava o fundo do meu cérebro.

Quando ninguém atendeu, fui até a porta dos fundos, de onde ouvi Ben através de uma janela de banheiro aberta. Ele estava dando banho no Wally e conversando com ele como se fosse uma pessoa:

— Então, na próxima semana, vamos na casa dos velhinhos. Aquela do outro lado da cidade? Em Meadows? A vovó tem uma colega de quarto que anda muito triste. Acho que podemos animá-la. Vou soltar aqueles peidos com o sovaco enquanto você faz aquela coisa de inclinar a cabeça para o lado. Todo mundo acha isso hilário.

— Eu não deveria sentir tanto orgulho de alguém que eu não tinha ajudado a criar e transformar num ser humano gentil e decente, mas não consegui evitar.

Como pude magoar os sentimentos desse menino? Que tipo de babaca *faz* uma coisa dessas?

A porta dos fundos estava destrancada. Entrei sorrateiramente, dando passos rápidos e determinados até o banheiro, onde bati na porta.

— Ben. Abre a porta.

Por um instante, não houve nada além de silêncio. Dava para senti-lo pensando no que dizer e, enquanto ele fazia isso, eu o sentia se afastando de mim, o espaço entre nós se expandindo e se estendendo de alguns metros para vários quilômetros. Quando ele falou, foi quase um sussurro:

— Vai embora, Maggie.

Maggie.

Ele tinha me chamado de Maggie. Não de Thera.

Meu coração se apertou. Eu odiava a ideia de brigar com Ben, de tê-lo feito sofrer, de estragar a nossa amizade. Não só porque ele tinha me dado uma parte da minha visão. Era mais que isso.

— Ben...

— Não — disse ele, mais vigoroso dessa vez. — Eu preciso que você me deixe em paz. Estou triste agora, e não vou desficar triste por muito tempo, e tudo que eu quero é que você saia da minha casa.

A culpa girou ao meu redor e retorceu as minhas entranhas. Eu me apoiei na porta, descendo até a bunda atingir o chão com um barulho desconfortável. Abri a boca e depois a fechei de novo. Eu tinha medo de que, se eu tentasse falar, diria mais coisas *burras*.

— Me desculpa — falei por fim.

— Você pode pegar esse pedido de desculpas e dar para o Mason. Você vomitou no carro dele todo ontem à noite, quando ele te levou para casa. Mas não se preocupe. Só levou algumas horas para ele limpar. O cheiro deve sumir daqui a mais ou menos um mês.

Quer dizer que Mason Milton tinha limpado o meu vômito. Adorável. Acrescentar isso à minha lista de ofensas.

— Ele está em casa?

— Nem — disse Ben, forçando o *N* para me alertar de quanto ele não estava nem aí para falar comigo naquele momento.

Bati a parte de trás da cabeça na porta uma vez e toquei piano com os dedos no chão — um acorde triste e solitário de uma das valsas de Chopin.

— Olha — disse Ben, cansado —, eu não vou sentir pena de você, tá? Você estava me usando para enxergar, me usando para se aproximar do Mason. — Cruzei os braços sobre o estômago. Havia um viés de verdade em suas palavras, eu não podia negar. Depois de um instante, ele continuou: — A verdade é que às vezes você faz coisas horríveis. Às vezes você fala coisas horríveis. Às vezes você não é uma boa amiga. Não vou tentar fazer você se sentir melhor em relação a isso.

* * *

Pensei nessas palavras na caminhonete do meu avô em todo o caminho de volta para minha casa, em todo o caminho subindo os degraus da varanda e em todo o caminho até o meu quarto. Caindo de cara na cama, me lembrei de todas as vezes que eu poderia ter ligado para a Sophie e explicado como estava me sentindo, ou pedido desculpas por evitá-la, mas não fiz isso. Pensei em como eu tinha deixado nossa amizade secar e morrer porque eu sentia muita vergonha de dizer a ela que estava com medo e arrasada, concentrada demais em me esconder na minha casa e esperar que a cegueira simplesmente desaparecesse. Era uma decisão que eu tinha tomado meses atrás e todos os dias depois disso — a decisão de afastá-la.

E tinha funcionado.

No momento, a minha vida estava tão arruinada, tão destroçada. Eu precisava colar alguma coisa de novo antes que o meu corpo trêmulo se partisse em um milhão de pedaços diferentes. Assim, tirei o celular do bolso e digitei o número da Sophie.

22

— Sophie. É a Maggie.

Seu nome soou estranho ao sair da minha boca. Desconhecido. Apoiei o celular entre o ombro e a orelha e cruzei os braços. Depois descruzei. Depois cruzei de novo. O que eu costumava fazer com os braços quando estava no telefone?

Percebi um estranho soluço de silêncio antes de Sophie começar a falar e, quando ela falou, a voz parecia diferente: pegajosa e abafada, como se ela estivesse se curando de um resfriado.

— Oi, Maggie.

Pigarreei. Por que eu estava tão nervosa? Eu estava falando com a Sophie. Nós nos conhecíamos praticamente a vida toda, perdemos os dentes de leite juntas, passamos pelo trauma da menstruação juntas.

— Oi. Hum. Eu queria saber se você quer vir até aqui. Você sabe, tipo, na minha casa. Em Bedford Estates. — Ai, meu Deus.

Eu realmente falei isso? Sim, eu falei isso. Pigarreei de novo. — Seria legal se você trouxesse a Lauren também.

— Okay. — Ela parecia hesitante, em dúvida, e eu acho que ela tinha todos os motivos para isso.

Uma hora depois, a campainha tocou. Fui até a entrada e fiquei parada ali por um longo instante, com o coração batendo na garganta, antes de dar três passos instáveis para a frente e segurar a maçaneta. Inspirando, abri a porta de repente, parada ali no intervalo de várias respirações antes do básico da hospitalidade se manifestar. Falei olá e Sophie falou olá. Perguntei se Lauren tinha vindo, e Sophie disse que ela não pôde. E ficamos paradas ali, em lados opostos da soleira da porta, enquanto o silêncio se esgueirava entre nós.

Enfim acenei para ela entrar e a conduzi até a sala de estar, e isso foi um pouco esquisito. Antigamente, nós sempre ficávamos no meu quarto. Mas eu estava hesitante em levá-la ao meu novo quarto. Eu não queria que ela fizesse perguntas que eu não tinha ideia de como responder.

Então: sala de estar, onde me sentei no sofá como se tivesse uma lança amarrada na coluna. Esperei Sophie começar a falar. Ela não fez isso. Apesar de o ar-condicionado estar ligado numa temperatura glacial, eu estava suada, febril e sem fôlego. Secando a palma das mãos no sofá, abri com brilhantismo:

— Então. Hum. A Lauren está ocupada hoje?

Sophie sugou o ar por entre os dentes, um hábito nervoso dela. Isso costumava deixar nossa professora do quarto ano, a sra. Jones, louca. Por fim, ela disse:

— Acho que tinha planos ou alguma coisa assim.

Com toda a sinceridade, eu não esperava que Lauren aparecesse hoje. De todas as garotas do time, Lauren foi a que pareceu mais desconfortável com a minha cegueira. Eu queria que Sophie falasse mais alguma coisa, mas ela não falou, por isso eu tossi e disse:

— Então. Como você está?

Sophie suspirou. Isso fez com que eu me sentisse estranha por algum motivo. Com o coração pesado.

— Estou bem — ela disse baixinho. Tive a impressão de que ela estava mais tentando convencer a si mesma do que a mim. — E você?

— Fantástica — respondi. Como eu era especialista em mentiras, minha voz não tremeu nem um pouquinho.

O silêncio se instalou entre nós outra vez.

Papo-furado. Eu precisava de mais papo-furado.

— Você ainda está saindo com aquele cara? — perguntei, meio alto. — O do cabelo? — Pouco antes de eu perder a visão, ela começou a sair com um cara da Central, um atleta de ombros largos que parecia pentear o cabelo passando gel e pulando de costas de um avião.

— Jason Salamone? Hum. Não — disse ela. Seu *não* tinha duas sílabas: a primeira para o *não* e a segunda para o resto da história.

Roí a unha do polegar. Meu Deus, isso era uma tortura.

— O que aconteceu?

— O Jason se mudou para Dakota do Norte.

Eu tinha a sensação de que ela ainda estava deixando alguma coisa importante de fora — tipo, talvez ele tivesse terminado com ela ou a tratado mal, ou sei lá —, mas não ia pressionar. Em vez disso, falei:

— Dakota do Norte? Que diabos tem em Dakota do Norte?

— Uma base militar. O pai do Jason foi transferido para lá — explicou ela.

— Ah.

Silêncio.

Eu me mexi no sofá. Dobrei uma perna embaixo da bunda. Retorci as mãos. A cada mudança de posição, eu implorava a mim mesma para pedir desculpas a ela. Para dizer como os últimos meses tinham sido difíceis. Mas a verdade era que eu estava apavorada com o que ela poderia dizer. Em vez disso, soltei:

— Você está doente? — A pergunta a pegou de surpresa por algum motivo, porque ela não respondeu de imediato. — Você parece abafada, só isso. Como se estivesse resfriada.

— Eu... Sim. Quer dizer, não estou me sentindo bem.

Mais silêncio.

Essa foi a conversa mais constrangedora que já tivemos, ainda pior do que a conversa na Target, e isso dizia muito. Nunca pensei que podíamos nos desintegrar tanto. Nunca pensei que acabaríamos aqui, desse jeito, sentadas uma ao lado da outra procurando palavras que nenhuma de nós tinha. *Okay, tudo bem*, eu queria gritar para o céu. *Lição aprendida. Vingança anotada. O momento especial não vai acontecer.* E eu não podia culpar Sophie. Era exatamente o que eu merecia.

* * *

No dia seguinte, eu ficava pegando o celular para ligar para Ben e falar coisas bobas e aleatórias: dizer que talvez Pop-Tarts de chocolate fossem o meu Lance e perguntar se ele sabia quando a palavra *aniversário* tinha sido inventada, porque parecia uma daquelas palavras que deveríamos comemorar, ah, não sei... digamos, uma vez por ano. Mas aí eu lembrei que ele não estava falando comigo, então, em vez disso, só me afundei na cama, deprimida, e inspirei todo o ar do meu quarto. Depois que o fim da tarde terminou e eu estava cansada de me deprimir, fui olhar o post que Clarissa tinha mencionado mais cedo.

As bobagens pomposas e arrogantes do Cannon Dude ainda estavam lá, e ouvir meu leitor de tela gritá-las no meu quarto me irritou até a alma. Eu não era a única irritada. Várias pessoas tinham publicado desde então, todas falando que ele era um idiota completo, total e absoluto.

Disquei o número da Clarissa.

— Oi — falei quando ela atendeu. — Cannon Dude é o cara mais babaca do mundo.

Ela bufou.

— Não é? Depois que desliguei o celular com você ontem, verifiquei o perfil dele. Idade: trinta e cinco. Sexo: masculino. Ocupação: cientista de computadores na Apple. Ele trabalha na Apple, caramba! Então, *alô!*, ele é um gênio tecnológico que provavelmente hackeou o computador do Mason. Por isso "o segredo está nas mãos do cantor".

Quando ela parou para respirar, percebi que eu tinha passado os últimos segundos batendo os dedos no ritmo da fala dela. Aquele jeito esquisito e maníaco de ela falar, de parar e começar e parar de novo, tinha um ritmo caótico, uma quase melodia.

— Enfim — continuou ela, e eu ouvi o barulho do seu café gelado e o som alto de engolir. — O resfriado! Como você está se sentindo? Está melhor?

Abri a boca e depois a fechei de novo. A verdade era que eu não estava bem. Nem um pouco. E parte de mim queria contar tudo a ela: que a minha vida tinha se partido ao meio quando perdi a visão, que minha mãe desapareceu quando eu estava no hospital, que eu tinha me afastado das minhas antigas amizades, que tinha destruído as novas. E sobre a minha visão intermitente; eu também queria contar isso para ela. Mas eu não confiava no meu bom senso nem na minha boca naquele momento, então tudo que eu disse foi:

— Não poderia estar melhor.

— Minha sopa! Ela ajudou, certo? Estava boa?

Na verdade, eu tinha me esquecido da sopa, então, depois que desligamos, me servi uma tigela e levei para a sala de estar. Era uma noite de verão, e meu avô e meu pai estavam no seu ponto habitual das noites de verão: na frente de um jogo de beisebol, reclamando da atual onda de derrotas do Red Sox. Isso continuou por vários minutos, a reclamação deles, e aí meu pai pigarreou, e essa foi a primeira indicação de que a conversa estava prestes a desandar.

Ele disse:

— Então, Maggie. Eu estava conversando com a sua mãe hoje de manhã, e ela falou que a Merchant tem um time de futebol.

— É. Eu sei — falei, mexendo a sopa com a colher. Caldos não eram a minha praia. Principalmente porque eu não gostava de vegetais molengos flutuando no prato.

— Você pensou em dar uma olhada nisso no outono?

— Não — respondi, colocando um pouco de sopa na boca para não ter que comentar mais nada sobre o assunto. Meu orientador na escola tinha mencionado o time de futebol uns meses atrás. Futebol de cinco: futebol adaptado, para que os cegos possam jogar.

Eu não queria nada disso.

— Você deveria considerar — disse meu pai. — Continuar envolvida com o futebol ajudou muito a sua mãe quando ela teve que parar de jogar.

O que eu queria dizer ao meu pai era que não tinha sido o futebol que ajudou a minha mãe. Tinha sido eu. Fui *eu* que dei esperanças a ela outra vez. Fui *eu* que dei a ela um novo sonho a perseguir.

E fui eu que destruí tudo.

Ela ainda não tinha me perdoado, essa era a verdade. Mas eu também não.

Meu avô me salvou mudando de assunto.

— Que diabos você está comendo, menina? — perguntou ele.

Dei de ombros.

— Sopa.

— Isso é aquela porcaria que a sua mãe comprou com um monte de fibras? — perguntou meu avô.

— Não — respondi. — É caseira. E por que a minha mãe está comprando sopa com alto teor de fibras para você?

— A próstata está inchada. Parece que fibra ajuda a desinchar.

Quando se fica tão velho quanto meu avô, nenhum assunto é bom ou ruim, então todos podem ser discutidos livremente enquanto você toma a sua canja. Fiz um pequeno gesto para ele, tipo: *Alô, estou tentando comer*, e, ao fazer isso, consegui atingir a tigela com o cotovelo e derramar a sopa no meu colo. Dei um salto para o lado, batendo o ombro na mesa lateral.

Meu pai apareceu para me acudir em segundos.

— Maggie! Você está bem?

Eu me endireitei, irritada porque meu pai estava flutuando sobre mim como se eu fosse uma inválida. A pior parte é que eu não conseguia ficar com raiva dele por isso. Não mesmo. Ele só estava tentando fazer *alguma coisa*. Claro, ele era gentil, esguio e desajeitado, mas sempre foi tarefa dele garantir que eu não me machucasse — uma tarefa que ele sempre levou a sério. Era difícil para ele aceitar que não tinha sido capaz de me proteger contra a perda da visão. Como se algo assim fosse possível. Você não pode impedir a *vida*. Às vezes, a vida simplesmente acontece, não importa quanto você seja cuidadoso.

— Tudo bem — resmunguei, ficando de pé.

— Vou ali na lavanderia para pegar um pano...

— Eu cuido disso, pai — falei, meio alto demais, dando meia-volta e saindo em direção ao porão antes que ele pudesse reclamar. Mas, na pressa, meu pé ficou preso num objeto não identificado na base da escada, eu caí para a frente e, sim, arrastei espetacularmente tudo que estava no caminho, ou seja, um objeto na altura da cintura que bateu com força no carpete.

Perfeito.

— Maggie?

— Estou *bem*, pai — gritei, agora muito irritada. Tentando segurar alguma coisa no meu segundo acidente do dia, minhas mãos bateram num plástico vitrificado familiar. Uma emoção complexa e indefinida me atingiu no estômago.

Meu antigo teclado.

Eu me sentei com força no chão apoiando a palma da mão no plástico frio do instrumento, no qual adesivos das minhas bandas preferidas tinham sido colados em todos os lados. Apesar de não parecer, o teclado era topo de linha e eu tinha praticado nele tirando vantagem de todas as suas características. Eu me dedicava às peças do sr. Hawthorne, vasculhando a melodia e depois extraindo o que me interessava, juntando com os diversos efeitos sintetizados que o teclado oferecia.

Passei o dedo nos adesivos, vendo-os com clareza na minha mente. Phantom Keys. Dead Eddies. Drift District. Operation Scarce. Algumas bandas do meu pai também: Led Zeppelin, Eagles. Sentindo-me culpada por algum motivo, pressionei uma tecla, que protestou momentaneamente antes de ceder fazendo *tunc*.

Eu não sei por que esperava que uma nota ecoasse pelo ambiente. Claro que o teclado estava desligado. Passei o dedo indicador nas teclas de bemol e sustenido até encontrar o dó central. A ponta dos meus dedos parou sobre as teclas apenas por um instante, depois eu toquei a música que tinha tamborilado mais cedo no ritmo da fala da Clarissa, com meus dedos reagindo automaticamente à pequena melodia sinuosa e complicada que passou pela minha cabeça enquanto estávamos falando no celular.

— Maggie? — a preocupação do meu pai desceu a escada.

Toquei nos adesivos mais uma vez, me levantei cambaleando e fui até a lavanderia, deixando o teclado exatamente onde tinha caído.

23

Com o súbito desaparecimento do Ben da minha vida, a solidão me dominou. E isso era bizarramente parecido com os meus primeiros meses sem visão. Tecnicamente, eu *tinha* perdido a visão de novo — pelo menos a pequena faixa que havia recuperado. Eu me sentia abandonada de um jeito estranho, como se a vida tivesse decidido que eu não valia a pena e, com toda a sinceridade, eu meio que concordava. O pior é que meus pais quase nunca estavam em casa. Meu pai estava trabalhando num caso importante que o mantinha na cidade até tarde da noite, e minha mãe, além do emprego regular, começou a treinar em uma escola de futebol à noite, o que significava que passava ainda menos tempo em casa. Eu ficava acordada até tarde, com a porta do quarto entreaberta, tentando escutar quando ela voltava.

Pensando se ela ia voltar.

Então, na quarta à tarde, Clarissa ligou. Na hora, eu estava na cozinha com meu avô tentando localizar uma fatia de pizza de ontem. Meu avô estava me passando os detalhes dos seus problemas de próstata e eu estava pensando que, se tivesse direito a três pedidos, dois seriam para ele parar de falar sobre a próstata e o outro seria ter direito a mais pedidos quando meu celular tocou. Eu o peguei no bolso traseiro, falei alô e o cumprimento da Clarissa foi:

— Você vai surtar, porque eu acabei de descobrir uma coisa sobre o Grande Segredo, e é realmente confiável e só tem uma outra pessoa que sabe, e cacilda, Maggie, *cacilda*!

— Cacilda! — gritei, apesar de nunca ter gritado essa palavra na vida. Mas, em minha defesa, era a única coisa que parecia se encaixar.

— Tenho motivos para acreditar que tem um show *hoje à noite* — disse Clarissa, apressada. — Neste momento, estou presa na aula de decoração de bolos, pior momento possível, então vou desligar, ligar para o meu pai e pedir para ele me pegar mais cedo e me levar até a sua casa porque temos que descobrir o Grande Segredo agora. Maggie, temos que descobrir isso agora, agora, agora. — E aí ela desligou.

Clarissa não bateu na porta nem nada quando chegou. Ela simplesmente entrou numa explosão pela porta da frente gritando o meu nome.

— Duas coisas — disse ela enquanto seguíamos apressadas pelo corredor até o meu quarto. — Primeiro, me diz que você baixou ou deixou acessível o vídeo do último show da Loose Cannons. Por favor, me diz que você fez isso. Por favor. O tempo é essencial nesse caso. O tempo está correndo, correndo, correndo.

— Sim — falei quando entramos no meu quarto. — Quer dizer, eu tenho tudo no meu computador, então sim.

— Ai, graças a Deus — sussurrou ela. — Então, a outra coisa é que se nós, por algum milagre, descobrirmos o Grande Segredo hoje, vamos precisar de uma carona. Até o show. Meu pai vai estar ocupado costurando os órgãos de alguém, então não temos carona a menos que você arrume uma.

— Meu avô pode nos levar.

— Perfeito. Sim. Isso é absolutamente perfeito. — Falando baixo e rápido, ela sussurrou: — Okay, o negócio é o seguinte: lembra daquele garoto que eu falei com você? O Jase? Meu amigo que conhece o Mason? Bom, acho que o celular do Mason estava na bunda dele e ligou sem querer para o Jase hoje durante um ensaio, e o Jase ouviu umas coisas bem interessantes.

Engoli em seco. A bunda do Mason Milton ligou para ele.

Eu não ia pensar na bunda do Mason.

Não ia.

Não ia.

Mas, como eu era fraca, patética e geralmente irresponsável, lá estava: a imagem da bunda do Mason. Seguida de outra imagem da bunda do Mason. Seguida de outra imagem da bunda do Mason. E por aí foi.

Eu estava descontrolada. Eu precisava de uma cela acolchoada, ou de uma camisa de força, ou de qualquer tipo de medicamento que limitasse a quantidade de idiotice que a minha mente produzia.

Clarissa ainda estava falando:

— Então, no início a banda estava só tocando e, depois de algumas músicas, o Carlos começa a reclamar que "cantar a pista é besteira" e que "todo mundo vai descobrir" e que "hoje à noite eles têm que ser mais cuidadosos". — Ela me agarrou pelos ombros e me sacudiu. — Você entende o que isso significa, certo? Eles escondem as dicas nas músicas. É genial.

* * *

Três horas depois, estávamos lado a lado na cadeira da minha escrivaninha, esmagadas uma contra a outra, ouvindo o show da semana passada pela terceira vez seguida. Ainda não tínhamos escutado nenhum tipo de pista. Clarissa, empolgada demais para continuar concentrada, bateu de um jeito arrogante no seu relógio de pulso, gritando sobre o tempo que tínhamos perdido.

— Estamos ferradas — eu basicamente choraminguei, minha perna quicando com espasmos no ritmo da música.

Ela saiu da cadeira de repente.

— A gente está perdendo alguma coisa. Até o Cannon Dude disse que "o segredo está com o cantor".

Massageei as têmporas.

— Olha... eu conheço todas as músicas da Loose Cannons. As letras do Mason são as letras do Mason, e nenhuma delas foi alterada durante esse show. De qualquer maneira, o Cannon Dude só está perturbando todo mundo quando diz que "o segredo está com o cantor". Ele é um idiota.

— Okay, ele é um pouco exagerado — admitiu Clarissa —, mas provavelmente só porque é apaixonado pela banda. — Expirei, soprando com barulho, e ela falou mais alto. — Não. Sério. Eu estava pensando: o Cannon Dude me lembra muito um personagem de *Star-Crossed Bermuda*. Um ator famoso superintenso que...

— *Star-Crossed Bermuda*?

— Um livro que eu li — ela disse com desdém. — Então, o Cannon Dude é exatamente como esse ator famoso que no começo parece orgulhoso e arrogante. Os outros personagens do livro odeiam o cara. Especialmente sua colega de elenco, Bianca, que...

— Isso vai chegar a algum lugar?

— Me sinto ofendida por você perguntar — disse Clarissa. Ela não soava ofendida. — Enfim, Bianca é obrigada a fazer uma cena de beijo com ele. Os dois estão na beira do mar, os lábios dele estão nos dela, e ela está tentando se lembrar de quanto o odeia, mas seu corpo a trai. Ela está percebendo como os beijos dele são doces e suaves...

— Espera. Você está lendo *livros de banca de jornal*?

— É um romance de qualidade. — Clarissa fungou. — Enfim, meu objetivo aqui é dizer que, logo depois dessa cena, você descobre que o cara é apenas mal compreendido. No fundo, ele é um ator apaixonado e intenso que veio de baixo trabalhando como substituto para...

Bati as mãos na escrivaninha.

— É isso! — gritei. O substituto. O cara que fica nos fundos, esperando a chance de assumir o palco. O cara reserva.

Mason não era a única pessoa que cantava. Ele tinha um vocal de apoio. Gavin.

Levamos apenas alguns minutos para descobrir: Gavin foge da letra bem no meio da primeira música. Tão baixinho e, ao mesmo tempo, inacreditavelmente alto, ele canta: "pôr do sol dia 20 no parque do Alexander" enquanto Mason canta: "todas as coisas que eu juro ainda lembrar".

E eu congelei, bem ali, inclinando-me em direção ao computador com as duas palmas sobre a escrivaninha, porque eu precisava que o meu corpo inteiro processasse o meu choque. Por fim, sussurrei:

— Temos meia hora para chegar ao Alexander Park.

* * *

A última vez que eu vi o Alexander Park foi uns dois anos atrás. Era outono, o ar estava gelado e o local estava iluminado com folhas caindo em explosões brilhantes de vermelho e amarelo. Minha mãe e eu tínhamos estado tristes pela casa a manhã toda, as duas sofrendo por suas respectivas perdas. Eu tinha acabado de perder um jogo de futebol, e a goleira estrela da minha mãe tinha saído da escola sem avisar. Meu pai nos expulsou de casa depois do almoço pregando os benefícios do ar fresco e da luz do sol.

Assim, durante uma boa parte da tarde, minha mãe e eu andamos descalças pelos amplos gramados do parque, nossos longos cachos se juntando ao vento. Depois, ficamos largadas no pavilhão ao ar livre observando uma menina loira e magra que comemorava seu sétimo aniversário. Quando saímos de lá, estávamos rindo muito e zombando uma da outra, nossos problemas se tornando insignificantes. Eu sempre chamei o lugar de Frito Park, em homenagem à fábrica de Frito-Lay ali perto, que cobria todos os vinte mil metros quadrados do parque e três quarteirões da cidade com um cheiro quase constante de queimado. E agora eu só sentia cheiro de carvão enquanto Clarissa e eu saíamos da caminhonete do meu avô.

Nesse momento, eu estava disfarçada. Isso quer dizer que eu tinha roubado o maior, mais comprido, mais cinza e mais caseiro casaco de moletom do meu pai e colocado o capuz na cabeça, puxando os cordões para cobrir a maior parte do meu rosto. A última coisa que eu precisava era que Mason me reconhecesse e fizesse uma cena.

Ou me expulsasse.

Quando pisei na calçada, inspirei com energia e inclinei o rosto para o vento. A tarde estava absolutamente maravilhosa: fresca e confortável, sem um traço de umidade. Um daqueles dias perfeitos de junho que Connecticut obrigava a parecer fim de setembro. Os únicos sons eram o zumbido da fábrica da Frito, o trânsito abafado vindo da rua e as vozes de duas mulheres brigando como gatos num saco. A discussão delas era por causa de um cara, claro. Eu gostaria de dizer que não sou o tipo de pessoa que se diverte com desgraça alheia, mas, bom, era bem divertido.

Clarissa bateu palmas uma vez.

— Muito bem. Não temos muito tempo, então acho que devemos seguir direto pela calçada até ouvir a multidão. Meu palpite é que o show vai ser no pavilhão. Ou naquela grande fonte que fica logo depois do cruzamento da Fifth Street. Certo? Certo. — E eu a ouvi batendo a bengala e se afastando de mim.

Fiquei completamente imóvel.

Ela parou.

— Maggie? Nosso tempo está curto. Estou indo em direção aos frutos do nosso trabalho. *Vamos.*

Mordi o lábio inferior.

— Bom, é que... — falei por fim. — Não sou muito boa com cruzamentos. Nem calçadas, para falar a verdade.

— Sério?

— Sério.

— Não se prcocupe — disse ela enquanto batia a bengala na minha direção. — Já fiz esse caminho mil vezes. Minha especialista de orientação me traz aqui o tempo todo para fazer piquenique. Fique mais ou menos ao meu lado e meio passo atrás. E mantenha a bengala na sua frente. — E, sem mais nem menos, começamos a andar. A cega conduzindo a cega.

Dei passos trôpegos e incertos, presa ao cotovelo dela como um coala em miniatura num lápis de criança. Tentando me distrair, pigarreei e falei:

— Então. O que está acontecendo com o Cara do Café Gelado?

Ela bufou.

— Nada. Absolutamente nada. Quer dizer, eu nem sei o que dizer a ele além de "por favor, um café gelado duplo com caramelo". — Soltei uma risada incrédula; ela parecia não ter problema nenhum em jogar as palavras dentro do *meu* ouvido. — Não, sério — disse ela, parando por um instante e ouvindo. Sem escutar a multidão, ela começou a andar de novo. — Sou muito tímida com garotos. Um fracasso no departamento de romance, como meu pai.

— E isso significa...?

— Significa que a minha mãe nos deixou quando eu tinha dois anos — ela explicou num tom alegre forçado, apressando o passo para me fazer passar por um cruzamento. — Acho que foi demais para ela ter uma filha cega.

Engoli em seco. Nunca tinha me ocorrido que Clarissa tinha problemas ou questões reais, que a cegueira tivesse roubado alguma coisa preciosa dela.

— Sinto muito — falei baixinho.

— Tudo bem — disse ela enquanto parava de novo.

Ouvi um zumbido de vozes à minha direita. Estávamos perto.

Atravessamos um canteiro de grama e subimos uma colina, parando quando nossas bengalas atingiram tornozelos. Este lugar tinha um clima totalmente diferente do show no Strand. Aqui, tudo se resumia a expectativa e reverência silenciosas misturadas com o aroma indescritível de pessoas reunidas por um objetivo em comum. Meu nervosismo se dissolveu em entusiasmo. *Quem se importa se o Mason me reconhecer por baixo do capuz? Quem se importa?* Ele não podia ficar ainda mais decepcionado comigo.

Isso nem era possível.

Eu já tinha mentido para ele durante semanas. Vomitado no seu carro. Jogado uma granada no coração do irmão dele. O que faltava? E, de qualquer maneira, pelo zumbido baixinho da conversa na minha frente, dava para sentir que havia pessoas suficientes para esconder meu corpo magro. Então, pela primeira vez desde que chegamos, eu me senti segura. Animada, até. Lá estava eu, parada no meio do Alexander Park, entre os poucos, esperando para ouvir a melhor banda revelação da década. Eu só queria sorrir, sorrir e sorrir.

O microfone estalou e a multidão se calou. Minha cabeça se ergueu de repente.

Estava na hora.

Por alguns segundos, foi difícil respirar. Como se alguma coisa tivesse se esgueirado para dentro do meu peito e se instalado nos meus pulmões.

Eu me aproximei da Clarissa.

— Isso é...

— O máximo! — gritou ela.

David deu uma batidinha nos pratos, como se pigarreasse metaforicamente, e a voz do Mason se espalhou — arrasadora e absoluta e atraente —, fazendo meus joelhos tremerem e roubando meu fôlego por um instante.

Eu tinha ouvido "Lucidity" umas mil vezes ao longo dos últimos meses. Era uma balada que começava apenas com a voz do Mason e nada mais, uma balada que machucava e expirava e se dobrava e brilhava, tão intensa e tão ardente que quase doía escutá-la. Era como se esse tipo de emoção fosse o objetivo daquele parque, talvez até o objetivo do Mason — cantar ali, onde as modulações do seu tom se arqueavam para o céu, afundavam na grama, depois se erguiam de novo para se contorcer por entre as árvores. Um instante depois, a banda entrou com ele e a música decolou, cheia de nuvens em movimento e fios diáfanos de vento.

Havia um tipo de perfeição que eu sempre relacionaria àquele momento. Um dia, eu posso me esquecer de alguns detalhes — a sensação dos meus dedos batendo no teclado nas minhas coxas, ou como a voz do Mason caiu uma oitava a mais do que o esperado quando ele cantou o terceiro verso —, mas nunca, nunca ia me esquecer de como me sentia.

Clarissa segurou a minha mão. Eu apertei e não soltei, dando o sorriso mais genuíno que havia dado em anos. E, só naquele instante, eu não me lembrava de como era ser infeliz, frustrada ou não amada. Aquele era todo o meu mundo, naquele exato momento, e pela primeira vez desde que perdi a visão, eu senti que fazia parte de alguma coisa.

24

— Estende as mãos um pouco mais — disse uma pessoa que também estava no banheiro e usava tanto perfume doce que me deu dor de cabeça.

Tentando não inspirar, acenei com a cabeça na direção dela como agradecimento e estendi as mãos para a pia. Nada.

Argh.

Eu não estava no clima para o Dia do Bistrô Chinês, e com certeza não estava no clima para este banheiro. Não podíamos voltar a ter torneiras? O que há de errado com torneiras? Você estende as mãos, encontra a torneira e a gira. Um, dois, três. Mas hoje em dia, você tem que ser formado em Hogwarts para fazer essas coisas automáticas funcionarem direito.

Acenei as mãos sob a pia outra vez. E... nada.

— Espera, deixa que eu ajudo! — ela gritou. A mulher pegou as minhas mãos inesperadamente, tentando levá-las até o ponto certo.

Surpresa pelo toque súbito, inspirei e me afastei dela, o que deve ter ativado a torneira automática, porque, de repente, havia água para todo lado, respingando nas minhas mãos e no meu rosto.

Ela colocou várias toalhas de papel nas minhas mãos e disse de maneira solidária:

— Tenho certeza de que não é fácil ser cega.

Lutei contra a vontade de suspirar. Ela estava usando A Voz — aquela que as pessoas usam, cheia de pena. Falei:

— Estou bem, obrigada. — E fui em direção à porta, tropeçando de leve no que, pelo som, parecia ser uma lata de lixo .

O Dia do Bistrô Chinês era uma festividade falsa, uma comemoração ridícula que minha avó tinha inventado, anos atrás, para convencer meu avô a comer comida chinesa. Meu avô, que sempre foi chato para comer e dizia que "comida chinesa tem cores demais", resmungava e se queixava o caminho todo até o restaurante, mas, na hora de ir embora, seu prato parecia que tinha sido lambido.

O minúsculo restaurante ficava no fim do mundo, a uns trinta quilômetros da nossa casa em direção ao interior. O que, pensando bem, era meio esquisito. Por que dirigir de uma cidade de tamanho médio perfeitamente decente até Fim de Mundo, Connecticut, para comer uma refeição? A questão é que, anos atrás, minha avó tinha dito que esse lugar era o melhor, então era para cá que vínhamos. Mesmo agora, anos depois da morte da minha avó, nesse dia nós nos amontoávamos no carro e dirigíamos até o Bistrô Chinês para jantar.

Eu vinha aqui desde pequena, por isso conhecia bem o lugar. Eu sabia que a dona era uma velhinha chinesa que balançava um simpático dedo indicador para mim quando eu usava garfo em vez de pauzinhos. Eu sabia que havia tantos vermelhos, amarelos e laranjas decorando o ambiente que parecia que uma embalagem de bala Starburst tinha explodido nas paredes e espalhado pegadas nos tapetes. Eu sabia que os biscoitos da sorte tinham gosto de paraíso quando mergulhados em molho de ameixa. E sabia que a janela lateral dava para um monstruoso campo de futebol de uma faculdade ali perto. Minha mãe sempre pedia a mesa ao lado dessa janela, o que significava que normalmente tínhamos que esperar para nos sentar. Hoje não foi exceção. Tínhamos esperado uma hora pela nossa mesa. Agora eram quase oito da noite e, apesar de nossa mesa estar repleta de petiscos, meu avô estava ficando mais irritado a cada segundo que passava.

— Onde estão os pãezinhos? — perguntou ele com uma voz mal-humorada.

— Pai — disse meu pai ao meu avô —, não tem pãezinhos aqui. É um restaurante chinês.

Meu avô gostava de comer muito. Eu sabia disso porque ele passava boa parte do tempo na nossa cozinha roubando comida da geladeira. Ele morava com a gente sem morar tecnicamente com a gente, na garagem que convertemos num quarto e sala depois que minha avó morreu. Apesar de reclamar da falta de privacidade, ele passava mais tempo na nossa casa do que na dele, atacando a nossa geladeira e vendo TV na nossa tela grande. Apesar de ele nunca dizer o motivo, eu sabia. Ele se sentia sozinho. Sentia falta da minha avó.

Já que minha mãe passava os dias trabalhando como treinadora e meu pai passava os dias trabalhando como advogado, meu avô equilibrava a nossa casa desequilibrada. Ele era o cara que estava disponível para me levar quando eu precisava ir a algum lugar. Era o cara que se sentava comigo em frente à bancada para comer o jantar congelado aquecido no micro-ondas. Foi o cara que me levou ao hospital quando eu tive meningite.

Na manhã em que fiquei realmente doente, saí cambaleando da cama e fui até a cozinha. Apesar de ser apenas cinco da manhã, minha mãe já estava acordada e vestida com sua roupa de sempre: calça cáqui preguedada e camisa social passada. Ela estava fazendo café.

— Mãe, estou com febre — falei com voz lenta e grossa.

Ela franziu a testa e tocou na minha cabeça com as costas da mão.

— Ah, querida — disse ela com o rosto franzido. Essa era o lance da minha mãe: ela odiava me ver doente. — Você deve estar com aquela gripe que está circulando por aí.

— É — falei para ela, tão letárgica que as palavras pareciam pesadas enquanto eu me esforçava para pronunciá-las. — E minha cabeça está me matando. E tem o meu pescoço. Está muito duro.

Ela segurou o meu rosto entre as mãos e me deu um beijo na testa.

— Volte para a cama e descanse. Vou ligar para o meu chefe e dizer que não vou trabalhar hoje.

— Você não tem jogo hoje à tarde?

Ela acenou com desdém e me conduziu até o meu quarto.

— É para isso que eu tenho uma assistente.

A culpa apertou o meu estômago.

— Vou ficar bem, mãe. Eu juro. Só preciso dormir. Vá trabalhar.

E ela foi.

Quatro horas depois, liguei para dizer que eu estava piorando, mas ela já devia estar no campo, porque a ligação caiu na caixa postal. Seis horas depois, meu avô me levou para a emergência. Duas horas depois disso, eu tinha quase morrido — duas vezes — por causa da febre. Três horas depois disso, eu estava cega.

Mas hoje, no Bistrô Chinês, minha mãe não teve o menor problema em atender o celular. Ele tocou duas vezes durante o jantar. Ambas as vezes era da universidade.

— Ei, menina — disse meu avô enquanto minha mãe atendia a segunda ligação. — Sua amiga acabou de entrar.

Meu garfo ficou suspenso sobre o prato.

— Que amiga?

— A loira com boca grande.

Lauren.

Engoli em seco.

— Onde ela está?

— No balcão da hostess.

Eu talvez devesse ter ficado quieta, afundado no assento e me feito de desentendida. Afinal eu tinha a desculpa perfeita para não saber que ela estava ali. Mas alguma coisa me fez levantar e ir até o balcão. Talvez eu quisesse descobrir por que ela não tinha ido à minha casa com a Sophie. Talvez eu quisesse saber em que pé estava a nossa amizade. Talvez eu só quisesse me torturar.

Falei um oi geral enquanto me aproximava. E, no silêncio curto e desconfortável que se seguiu, eu quase girei e voltei para a mesa. Mas aí a Lauren caiu sobre mim numa nuvem do perfume da mãe dela, abraçando-me rapidamente num movimento desajeitado e depois se afastando.

— Maggie! — disse ela com a voz ressonante demais para um lugar tão minúsculo. — Caramba, não vejo você há *séculos*.

— É — falei. — Já faz um tempo. Achei que você iria na minha casa com a Sophie na semana passada.

Pausa constrangedora.

Cruzei os braços. Mudei o peso do corpo. Tentando me acalmar, toquei o acorde de Chopin na minha lateral. Depois, o ritmo da Clarissa. E depois as duas coisas juntas.

Não ajudou.

Finalmente, Lauren pigarreou e disse:

— É, bom, eu tinha marcado de me encontrar com a Kirsten Richards. Lembra dela? Jogava como meio-campo para a Southington? A menina que tinha desempenho máximo sem se esforçar? Agora ela está no nosso time! Ela se mudou para cá depois que você...

Outra pausa constrangedora.

— Perdi a visão — completei.

— Isso — disse Lauren. — Enfim, a gente meio que deu sorte, porque a Kirsten é... Bom, você se lembra. Ela é muito boa. Ela já conseguiu bolsa integral para a UConn!

— Bolsa integral para a UConn — sussurrei, me balançando sobre os pés conforme a enorme injustiça me deixava sem fôlego. — Que bom para ela.

E, enquanto me arrastava de volta para a mesa, percebi que Lauren não tinha nem se preocupado em perguntar como eu estava. Eu não deveria ter me surpreendido. Lauren sempre teve mais interesse na Maggie Deusa do Futebol que na Maggie pura e simples. Mas isso não doeu tanto quanto deveria. Eu só me questionei por que tinha esperado tão pouco das minhas amizades.

— Como está a Lauren? — perguntou meu pai quando me sentei.

— Ótima — respondi com falsa animação.

— Ela falou em qual faculdade vai se inscrever? — perguntou ele.

Apoiei os cotovelos na mesa e pressionei as pálpebras com os dedos.

— Ela não falou.

Meu pai pigarreou, mudando para o modo de interrogatório.

— E você? O que achou dos DVDs?

— Não tive oportunidade de ouvir.

— Não perca tempo — disse ele, com um tom treinado para ser casual. — Só para constar, a Cal Poly parece maravilhosa. Eles têm programas incríveis para pessoas com deficiência visual. Sua mãe está obcecada pela Estadual do Missouri.

Ouvi o celular da minha mãe se fechar.

— Não estou obcecada, Steve — interrompeu ela. — A escolha é da Maggie.

O modo como ela falava sobre mim — era como se eu nem estivesse ali.

Talvez eu não estivesse.

Falei meio alto:

— Por que eu tenho que pensar em faculdade agora?

Minha mãe suspirou, cansada, como se eu estivesse sendo difícil de propósito.

— O que isso quer dizer?

— Quer dizer que estou cega há sete meses e basicamente sou péssima nisso — falei. — E se eu nunca aprender a me virar sozinha?

E se eu nunca souber atravessar o campus da faculdade sem quebrar a cara? E se eu não puder ir para a faculdade?

— Maggie, nós entendemos que tem sido uma grande adaptação para você — disse minha mãe; suas palavras eram forçadas e artificiais, como se ela as tivesse ensaiado. — Mas, quando você tentar, quando chegar lá, tenho certeza que vai se surpreender com o tanto que consegue fazer. — Essa conversinha dela era exagerada, e, sinceramente, ser exagerada não era o estilo da minha mãe. Ela parecia estar citando um livro do tipo: *Como ajudar seu filho a se adaptar à cegueira*. — Talvez você devesse agendar algumas sessões extras com a Hilda.

— Não — falei.

— Não?

— Não. Eu já passo muito tempo com a Hilda.

Com a voz levemente endurecida, ela disse:

— Bem, seu orientador na Merchant disse que algumas sessões adicionais de orientação e mobilidade poderiam ajudar.

Retorcendo o guardanapo nas mãos, falei:

— Meu orientador falou comigo exatamente duas vezes, e uma delas foi para me repreender por causa do trote. Ele não é uma autoridade quando se trata das minhas necessidades.

Ela pigarreou.

— Bom, talvez fosse útil você conversar um pouco com ele. Ele talvez possa te ajudar a... você sabe, resolver seus problemas.

Senti meu rosto corar. De algum jeito, minha mãe tinha conseguido esquecer que ela era um dos meus maiores problemas, que ela era o ponto fraco sob cada passo pequeno e incerto que eu tinha dado nos últimos meses.

— Estou bem — falei, encerrando a conversa de maneira eficaz.

Às 8h45, tudo que eu queria era ir para a cama. Simplesmente me encolher sob as cobertas e me esquecer dessa noite. Em algum canto sombrio e empoeirado do meu peito estava a empolgação que eu senti um dia em me inscrever na UConn. Isso esmagava os meus pulmões como o peso de um planeta. Eu me recostei e tentei inspirar, tentei obrigar meus pulmões a se expandirem e, ao fazer isso, vi um flash de alguma coisa verde perto da janela ao lado da nossa mesa. Por um instante, achei que tinha imaginado, que era apenas a estranha alucinação de uma mente perturbada. Ainda assim, o choque deve ter se refletido no meu rosto, porque meu pai falou:

— Mags? O que aconteceu?

Antes que eu pudesse responder, um homem velho e recurvado usando uma camisa polo esverdeada entrou no restaurante arrastando os pés, iluminando um pequeno raio turvo ao redor dele.

Houve uma época em que eu esperava esse momento com ansiedade. Uma época em que eu espiava atrás das portas e prendia a respiração quando entrava em uma loja, na esperança de ver alguma coisa — qualquer coisa — além do Ben. Mas, agora que isso estava de fato acontecendo, fiquei desesperadamente ansiosa.

O homem parecia normal. Claro, ele era velho e, sim, movimentava-se de maneira cansada. Mas ele parecia o bisavô de alguém — o tipo de cara que escuta rádio AM e se recusa a usar um micro-ondas, o tipo de cara cujas rugas de sorriso nunca suavizavam.

Eu me joguei no encosto da cadeira e cobri a boca. Tenho o péssimo hábito de rir quando fico espantada, o que é ruim, porque uma risada não é algo adequado em certas circunstâncias. Por exemplo, durante minha peça escolar do quinto ano, quando me esqueci momentaneamente das falas. E pouco antes de entrar no tribunal para a leitura da sentença sobre o trote na escola.

Então, agora, enquanto olhava para esse homem — para sua pele flácida e a luz sombria que envolvia o seu corpo —, eu comecei a rir. Havia alguma coisa nele que ressuscitou a mesma angústia que eu vinha sentindo e deixando de sentir havia semanas. E isso me apavorou.

25

Vários meses atrás, meus pais me mandaram para uma psiquiatra, provavelmente porque eu tinha acabado de ficar cega, me agitava com facilidade, brigava com os professores e era incrivelmente sarcástica. Ah, também porque de repente eu comecei a acordá-los a qualquer hora da noite com meu novo e maior hobby: sonambulismo crônico.

O nome da psiquiatra era dra. Samuels ou dra. Smithton. Já faz um tempo, então não tenho certeza. O que eu me lembro é de me largar na sua poltrona de couro barulhento enquanto ela me interrogava com animação sobre a escola, meus amigos e minha visão que não existia mais, até minha bunda ficar dormente. No fim, ela declarou que eu era uma adolescente normal me adaptando às novas e difíceis circunstâncias. E o lance do sonambulismo? Era apenas um efeito colateral temporário.

Depois disso, por um mês, meu efeito colateral temporário me levou a acordar na banheira, na escada e no armário do corredor. Eu discutia com lâmpadas e varria folhas invisíveis do carpete da sala de estar. Mas foi só alguns meses atrás que eu saí de casa no meio da noite. Acordei sentada num lugar desconhecido, sobre uma placa de concreto desconhecida, usando o que eu tinha vestido para dormir — uma camiseta e minha pior calcinha —, sem celular, sem bengala, sem sapato e sem a menor ideia do que fazer.

Eu gritei pedindo ajuda? Não. Esperei ajuda? Não exatamente. O que eu fiz foi dar ouvidos à minha idiota interior, que me mandou levantar e começar a andar. Assim, fui parar na rua, na frente de um carro, e acabei atropelada. No fim, (a) abri o pulso, (b) jurei nunca mais ir para o Mundo Exterior sozinha, (c) parei de ser sonâmbula e (d) percebi que eu era péssima em tomar decisões porque raramente parava para pensar.

Então, eu estava deitada na cama, na manhã seguinte ao restaurante, pensando no que fazer, e isso me fez pensar em ser atropelada por um carro, o que me fez pensar no trote na escola, o que me fez pensar na confusão que eu tinha criado com Sophie, o que me fez pensar no que eu disse para Ben, o que me fez pensar que eu me delatei para Mason, o que me fez chegar à conclusão de que eu possivelmente estava a uma decisão de receber um monumento da Sociedade Nacional de Péssimos Tomadores de Decisão em minha homenagem.

O fato é que eu tinha esperado e esperado alguma coisa acontecer com a minha visão — ver algo além de Ben Milton e da paisagem ao redor dele —, e agora que isso tinha acontecido? Bom, eu não tinha ideia do que fazer em relação a isso, além de contar ao Ben.

Mas ele não atendia o celular. Tipo, nunca. Nenhum dos Milton atendia, para falar a verdade. E eu tinha deixado tantas mensagens no telefone fixo deles que a secretária eletrônica estava lotada, gritando blasfêmias digitais no meu ouvido toda vez que o meu celular completava a ligação para o número deles.

Talvez eles só estejam ocupados, pensei, tentando não ficar paranoica demais. Eles não podiam me odiar. Não todos. Não a sra. Milton.

Mas três dias se tornaram quatro, e quatro se tornaram seis, e de repente uma semana tinha se passado e eu me perguntava se eles *realmente* me odiavam.

— Tudo certo — resmunguei em voz alta, piscando para afastar as lágrimas e jogando o celular na minha cama. *Tudo certo*.

Decidi pesquisar. Fiquei no computador, escondida no quarto, vasculhando artigos sobre ciência inexplicável. Mentes capazes de façanhas incríveis. Pessoas que alcançavam milagres incompreensíveis. Cérebros que se estendiam para além da matéria cinzenta. Mas, depois de horas de busca, não encontrei nada. Descobri um homem que conseguia levantar um carro sozinho. Uma mulher que era capaz de digerir metal. Um cara que tinha a capacidade de mover objetos com a mente.

Mesmo no mundo das anomalias, eu era uma anomalia.

* * *

Achei meio injusto Clarissa ter o tipo de especialista em orientação e mobilidade que a levava para sessões de piquenique no Alexander Park enquanto eu ficava presa a Hilda, que, no dia seguinte, me jogou no centro da cidade e me mandou atravessar a Seventh Street sozinha.

— Bom, para começar — falei para Hilda —, eu teria que encontrar a Bush Street para chegar à Seventh Street. E eu não consigo fazer isso. — Eu estava apoiada num parquímetro, com os braços cruzados, enumerando todos os motivos pelos quais ela não podia confiar em mim para navegar sozinha.

— *Pfffff* — disse Hilda. — Você aprendeu rápido, apesar de não querer admitir. — Ela esperou um instante para eu responder a essa bobagem específica. Não respondi. — Agora tenta — encorajou ela.

— Vou me perder se tentar — observei enquanto o vento mudava de direção. Senti um cheiro forte de padaria vindo da Big Dough.

— Você não vai se perder. É uma caminhada de cinco minutos. Na pior das hipóteses, você vai explorar.

Por que, quando alguém fala na pior das hipóteses, nunca é o pior que pode acontecer? Eu me lembrava exatamente de como me senti sendo atropelada por um carro e não estava a fim de repetir a experiência.

— Vou explorar minha própria morte.

Ela bufou.

— Você é dramática. O dia está lindo, e muitas outras pessoas estão ao ar livre curtindo o clima. Você não vai estar sozinha.

— Bom, isso é um alívio — murmurei. — Nada alivia mais o medo de fazer mal alguma coisa do que ter um grande público.

Nenhuma resposta.

— Hilda?

Nenhuma resposta.

Ela já tinha ido embora.

Que *diabos*?

Por um segundo, eu quase caí na gargalhada, mas só para me impedir de gritar alguma coisa extremamente inadequada. Porque, sério. O que Hilda estava pensando? Tamborilei no parquímetro. Eu me sentia maluca, tensa e assustada, pronta para sair do corpo.

Joguei as mãos para o alto. Tudo certo. *Tudo certo.*

Dando meia-volta, saí andando. Mas em direção à Big Dough. A julgar pelo cheiro forte e familiar de padaria, o lugar tinha que estar perto.

Como eu só tinha prestado atenção a um quarto do que Hilda me falou nas últimas semanas, não tinha um plano sólido para navegar pela calçada. Apenas andei. A bengala batendo, os pés pisando de maneira desafiadora no asfalto, o nariz apontado para o aroma característico da Big Dough, apenas andei.

Não foi bonito.

Eu navegava em arrancadas rápidas e paradas súbitas e desajeitadas, minha mão livre passando pelas fachadas irregulares de tijolos conforme eu procurava a entrada da padaria. Como eu tinha passado metade da vida na Big Dough, era de se pensar que eu reconheceria a fachada quando minha mão passasse nela. Mas não reconheci. Abri três portas de vidro — entrei em três lojas aleatórias — antes de abrir a quarta, onde um sino familiar anunciou a minha chegada.

Big Dough: brilhando diante de mim como um farol de carboidratos complexos.

Fiquei parada ali, meio dentro e meio fora da padaria, chocada. Eu realmente tinha chegado lá sem me matar.

Eu ouvia minha pulsação nos ouvidos, ouvia o trânsito na rua atrás de mim, ouvia o estalido do rádio no alto e, se prestasse muita atenção, ouvia uma entusiasmada salva de palmas explodindo no meu cérebro.

O que tornava esse momento o mais piegas ou o mais importante do meu treinamento até agora.

Dei um passo para dentro e inspirei. Claro, eu já tinha passado horas e horas dentro dessa extravagante padaria no estilo anos 60, mas não tinha colocado um dedo ali desde que perdi a visão.

O cheiro era o mesmo, só que diferente.

Os aromas mais fortes — o penetrante hortelã e o caramelo, o chocolate amargo, o mocha, a canela — ainda estavam lá. Mas agora eu percebia toques sutis de manteiga, açúcar mascavo e creme. De fermento e farinha e — *ai, meu Deus* — chocolate branco macio e derretido.

Eu com certeza parecia estar com uns parafusos soltos, parada ali com o nariz apontado para o teto, com um sorriso ridículo no rosto, mas não me importava. Portanto, fiquei ali, saboreando cada passo vitorioso enquanto seguia até o balcão.

O dono do lugar, Sal, era um cara metido a descolado com nariz pontudo, uma trança grisalha comprida que ele sempre prendia com uma rede e o hábito muito interessante de assobiar toda vez que falava os Ss.

— Os cookies de canela estão em promoção — ele me disse de trás do balcão, provavelmente chamando um taxista, alguns cachorros e uma garçonete com tantos assobios.

— Ótimo. — Eu quase ri em vez de falar e pedi um de canela, um duplo chocolate e um de aveia com passas.

— E uma surpresa — acrescentou Sal.

Eu sorri.

— E uma surpresa. — Sal sempre dava um cookie a mais em cada pedido, como um teste de sabor para suas novas criações.

Encontrei um assento e busquei um cookie na sacola. Eu o peguei e levei até o nariz. Santa Mãe de Deus: cookie de duplo chocolate. Dei uma mordida, mastigando devagar e balançando a cabeça ao ritmo de uma antiga música do Drift District com o contrabaixo se destacando pelos alto-falantes pendurados. Eu tinha comido apenas metade do cookie quando o sino da porta tocou. Para minha surpresa, com um gigantesco *tum*, alguém se sentou exatamente ao meu lado. E depois soprou um desagradável hálito romeno no meu rosto.

Engoli e o cookie ficou parado em algum lugar no meio da minha garganta.

Com a respiração no meu rosto, Hilda disse:

— Temos um ditado no meu país: *Cum îți așterni, asa te vei culca*.

Ai, merda.

— O significado é o seguinte... — disse ela quando não respondi. — "Você tem que aguentar os resultados desagradáveis de uma ação ou decisão tola."

— Hilda, eu...

— Mas essa decisão, que eu observei bem de perto — disse ela, pegando o cookie da minha mão —, não foi tola. — Ela deu um assobio longo e baixo, depois gargalhou. Gargalhou. Eu podia sentir o corpo todo dela se sacudindo. — Foi um momento importante. Sim?

— Ela parou por um instante, mastigando meu cookie. Com a boca cheia, disse: — Parabéns.

Hum.

— Você não está brava? — Foram as impressionantes palavras que consegui reunir depois de uma demora significativa.

— Brava? *Pfff* — disse ela. — Você acha que sou só... uma velha autoritária? Você escolheu um destino, navegou de maneira independente e chegou em segurança. Estou contente. Hoje vamos comemorar. — Ela vasculhou a minha sacola e colocou um cookie em minha mão.

— Pra valer?

— Pra valer — disse ela, e as palavras pareceram tão hilárias saindo da boca da Hilda que eu caí na gargalhada. Quebrei um pedaço do cookie e coloquei na boca.

O cookie surpresa do Sal.

Era cheio de sal, cheio de caramelo e cheio de chocolate, e muito diferente de qualquer coisa que eu já tinha comido ali, mas absolutamente perfeito.

26

Quando eu conseguia enxergar, sonhava em tecnicolor: luz, cor, textura e som, tudo sincronizado em filmes na minha cabeça. Mas, quando meu mundo desapareceu, a qualidade visual dos meus sonhos começou a diminuir a cada noite. O vazio das horas que eu passava acordada se infiltrou, e as imagens que antes eram nítidas ficaram borradas, tornaram-se nebulosas e finalmente sumiram, não deixando nada além de vozes, pensamentos e ideias aleatórios.

Mas hoje eu *sonhei*.

Sabendo, em algum canto da minha consciência, que eu estava sonhando, reconheci a porta de madeira fechada diante de mim, o cheiro de naftalina escapando do armário no corredor, o retrato de família na parede ao meu lado. Eu estava no corredor do andar de cima, diante da porta do meu antigo quarto. E ouvia um sussurro desesperado atrás da porta.

Coloquei a mão na maçaneta, mas não a virei.
— Olá? — chamei com a voz trêmula.
O sussurro parou. Ficou totalmente silencioso. Silencioso demais.
— Olá? — chamei de novo.
Nada.
Ben apareceu ao meu lado. Nunca fiquei tão aliviada.
— Ben — falei, expirando. — Tem alguém no meu quarto.
Ele deu de ombros. O movimento fez suas muletas gemerem. Soou estranho. Errado.
— Vá ver quem é, Thera.
Mordi o lábio com tanta força que, apesar de estar sonhando, juro que senti gosto de sangue. Inspirando fundo, girei lentamente a maçaneta. O sussurro recomeçou. Mais alto.
Minha mão se afastou da porta.
— Acho que não é uma boa ideia — falei, virando-me para Ben. Suas feições tinham mudado. Havia cavidades profundas marcando as maçãs do rosto, manchas escuras sob os olhos. Seus lábios estavam rachados, sangrando.
Ele suspirou. Seu hálito tinha um cheiro repugnante. Podre.
— Eu abro — disse ele. Ben se equilibrou num lado do corpo, soltou uma das muletas e estendeu a mão para a maçaneta.
— Espera! — gritei, apavorada.
Mas ele já tinha empurrado a porta, dado um passo para dentro e parado num solavanco, oscilante e instável, na entrada do meu quarto.
Eu arfei. Não havia quarto. Nada de parede. Nada de chão. Nada além de um enorme e sussurrante vazio. E Ben estava inclinado para a frente, caindo nele.
Gritando, eu o segurei, quase deixando seu braço escapar. Nossos olhos se cruzaram por uma fração de segundo, com os dele me fazendo um apelo silencioso: *Me ajuda*.
E aí ele caiu no nada.

Acordei num pulo, meu coração martelando nos ouvidos. O pânico subiu pelo meu peito, agudo e visceral. Tentando acalmar minha respiração, busquei ouvir algum som que me dissesse que eu não estava sozinha — meus pais conversando, o gato andando pelo corredor, um ruído, um passo... *qualquer coisa* —, mas a casa estava terrível e desesperadamente silenciosa. Inundada em suor, saí da cama e fui até o quarto dos meus pais. Da porta, eu só conseguia ouvir a TV bem baixinha. Quase sem som, uma cena familiar de *Romeu e Julieta* sussurrava no quarto.

Por ser sentimental, minha mãe sempre adorou filmes românticos e dramáticos. Eu tinha passado inúmeras noites ao lado dela no sofá enquanto ela fungava descaradamente por causa de um drama cinematográfico. Isso me fazia sentir especial de algum jeitinho, como se ela estivesse compartilhando uma parte distante de si mesma que nunca dividia com ninguém.

Mas agora a única coisa que ela compartilhava eram roncos suaves, mergulhada num torpor de calmante. Fui devagarinho até ela e me ajoelhei ao lado da cama, passando os dedos pelos lençóis até encontrar a curva da sua coluna. Deitei a cabeça com cuidado e em silêncio nas suas costas, desejando poder acordá-la, desejando poder me encolher no seu colo como eu fazia quando era pequena. Porém, em vez disso, fiquei ali de joelhos ouvindo a batida constante do seu coração e sua respiração suave, até me sentir firme o suficiente para sair dali.

27

Na manhã seguinte, acordei com os sons dos meus pais se preparando para o trabalho: os pés arrastados na cozinha, uma colher tilintando na xícara de café, a conversa em voz baixa, o chacoalhar de chaves. Depois que eles foram embora, eu saí da cama.

Eu me sentia inquieta, impaciente, como se estivesse ligada na tomada, e fiquei andando de um lado para o outro da casa: pelo corredor, subindo a escada e pelo corredor de novo. Voltando e repetindo. Durante uma das subidas, parei de repente diante do meu antigo quarto e fiquei em pé ali em silêncio, com a mão espalmada na porta de madeira fechada.

Havia mil fantasmas morando naquele quarto.

Do lado de fora, a porta de um carro bateu, e um uivo de lamento atravessou a manhã como um tiro. Assustada, desci a escada, parando na entrada da casa. Alguém bateu na porta da frente, e eu gritei e dei um pulo de susto.

— Quem está aí? — gritei.
— Maggie? É a Lauren.
Lauren?
Cruzei os braços sobre o peito.
— Maggie? — repetiu Lauren.
Bati na testa.
— O que está acontecendo, Lauren? — perguntei. Eu estava tentando ser sarcástica, mas minha boca me traiu. As palavras saíram trêmulas.
— Você pode abrir a porta? Tenho uma... situação com a Sophie e preciso da sua ajuda.
Atravessei a entrada em três passos e abri a porta de repente.
— O que aconteceu com ela? — eu praticamente gritei.
Houve uma longa pausa, durante a qual me perguntei se Lauren ainda estava ali. E aí ela disse:
— Acho... Acho que a Sophie deveria contar para você. — Lauren me levou até o carro, onde Sophie estava tendo um tipo de surto. Quando paramos ao lado da porta aberta do motorista, Lauren disse: — Achei que, como você... hum... passou por momentos difíceis, poderia ajudá-la.
O que eu realmente queria perguntar a Lauren era como ela sabia que eu tinha passado por momentos difíceis. Queria perguntar por que ela achava que eu tinha *superado* esses momentos difíceis. Eu queria informar a ela que, se Sophie não estivesse se acabando de chorar na entrada da garagem, eu não teria aberto a porta da minha casa para ela. Mas eu não tinha tempo para fazer um discurso sobre lealdade para Lauren, porque ela meio que me empurrou e meio que me conduziu até o assento do motorista.
Caí no carro da Lauren com um *ufff* e fiquei sentada ali por um instante, mordendo o lábio inferior. Eu sempre fiquei um pouco constrangida com esse tipo de coisa. As águas revoltas do Oceano Estrogênio não eram fáceis de navegar. Além do mais, na última vez que

Sophie e eu nos falamos, tinha sido terrivelmente desconfortável. Por fim, e para que Sophie pudesse me ouvir apesar do choro, gritei:

— Então. Está tendo um dia ruim?

— Cala. A. Boca. — As palavras pareciam estranhas saindo da boca de Sophie, tão naturais quanto a Madre Teresa chamando Gandhi de babaca, e eu não consegui levá-las a sério.

— Não sou muito boa em calar a boca — informei a ela. — Se importa de me dizer o que está acontecendo?

Ela só soluçou ainda mais.

— Ah, Soph. Não pode ser tão ruim.

Eu ouvia sua respiração, rápida e entrecortada, como uma pessoa em pânico num filme. Tentei pegar a mão dela, dar um tapinha de consolo ou coisa assim — ou o que as meninas fazem nessas situações —, mas, quando enfim encontrei seus dedos, ela se afastou de mim e basicamente gritou:

— Lembra do outro dia? Quando eu vim à sua casa?

Como eu poderia me esquecer?

— Lembro — respondi.

— E você me perguntou se eu estava resfriada? — continuou ela, com a voz estridente. — Porque eu parecia abafada?

— Sim.

— Bom, eu tinha chorado a manhã toda. Minha menstruação estava atrasada dois meses e meio, e eu tinha acabado de fazer um teste de gravidez.

Com tudo que estava acontecendo na minha vida ultimamente, achei que nada mais poderia me chocar. Mas, quando percebi o que ela estava dizendo, fiquei chocada.

— Você está... — comecei, mas parei. A palavra que eu ia usar no fim da frase era *buchuda*, mas achei que fosse meio inadequada. Apesar disso, era a única palavra que parecia se encaixar. Professoras de quarenta anos podiam ser "gestantes" e mulheres de trinta e cinco anos podiam ser "grávidas", mas garotas do ensino médio?

Bom. Elas ficavam "buchudas". Algo que eu esperava da Lauren, não da Sophie.

— O QUE EU VOU FAZER? — lamentou Sophie.

Saí do carro num solavanco, esbarrando em Lauren.

— Ela está buchuda — falei de maneira brilhante.

— É — sussurrou Lauren —, e eu... tenho que chegar no treino em, tipo, quinze minutos e não sei o que fazer. Você poderia...?

— Eu poderia *o quê*, Lauren? — sibilei.

— Não sei. Ficar com ela por um tempo? Conversar com ela? Quer dizer, isso é... Eu realmente não sei o que *falar*.

Fiquei parada ali por um instante, tentando processar suas palavras. Tentando processar o fato de que ela havia trazido Sophie até a minha casa só para se livrar dela. Depois, pressionei os lábios e fiz um pequeno gesto no ar, tipo: *Pode ir.*

Sophie e eu fomos para o quintal e nos sentamos lado a lado num par de assentos de plástico rachado que ficavam pendurados num balanço velho, com a grama espetando nossos tornozelos. Quando éramos pequenas, costumávamos passar horas e horas ali, apenas sonhando e ficando de pernas para o ar. Naquela época, eu nunca teria imaginado que estaríamos sentadas ali desse jeito. Diferentes de tantas maneiras.

Não falamos nada, no início. Não porque não tínhamos nada para falar, mas porque tínhamos coisas demais para falar. Então, durante muito tempo, ficamos ali e organizamos os pensamentos — as lágrimas da Sophie secando e o meu choque diminuindo. Enrolei o dedinho na corrente morna de metal, ouvindo um par de gaios-azuis gritarem um com o outro num canto distante do quintal, ouvindo meu avô tropeçar no seu apartamento, ouvindo o irrigador do meu vizinho. Por fim, Sophie inspirou de um jeito trêmulo e disse:

— Eu nunca contei isso para você. Eu não sabia como tocar no assunto e não queria que você mudasse o modo como me via, mas...

— Ela parou, pigarreou e recomeçou: — Eu sou adotada. Minha

mãe biológica tinha dezesseis anos quando me teve, Maggie. *Dezesseis*. Eu não estaria aqui se ela, você sabe...

Fiz que sim com a cabeça, entendendo as entrelinhas.

— O que o Jason acha de você não abortar?

— Ainda não contei a ele que estou grávida — ela admitiu baixinho. — Não contei nem aos meus pais. Eu... Eu acho que tinha esperança de que isso desapareceria se eu ignorasse. Acho que estou só apavorada, sabe? Quer dizer, eu tenho que contar ao meu *pai*.

Acenei com a cabeça. O pai da Sophie era durão, sempre foi. Sophie sempre foi quem tinha que chegar em casa cedo, quem não tinha permissão para usar minissaia, quem tinha que seguir muitas regras.

Ela continuou:

— Além do mais, as coisas já estão tensas em casa.

— O que você quer dizer?

Ela parou por vários instantes. Ainda havia uma hesitação entre a gente — um fragmento pontudo de vidro que nenhuma de nós sabia como tocar sem se cortar. Por fim, ela disse:

— Meus pais têm brigado muito.

— Sophie, sinto muito — sussurrei. — Você devia ter me contado.

— É. Bom, as discussões não eram tão ruins até mais ou menos a época em que você perdeu a visão. Achei que você já tinha muitos problemas.

— Eu não teria me importado. Minha família não é perfeita — murmurei. — Você acha que eles vão se resolver? Seus pais?

Um pouco de ar saiu pelo nariz da Sophie, e ela disse:

— Bom, dá para ver que a minha mãe está tentando, mas o meu pai tem estado muito distante. Estou apavorada de isso ser a causa da separação definitiva deles.

— Sophie, você não pode se preocupar com isso agora. Querendo ou não, está acontecendo. Você tem que contar a eles.

— Eu sei — murmurou ela. — Só não sei se consigo fazer isso.

— Claro que consegue — falei. — Quando chegar em casa, simplesmente entre e fale com eles, antes que você desista. Você sabe, arranque o band-aid o mais rápido possível.

Ela fungou.

— Essa não sou eu, Maggie. Essa é você. Eu queria que você pudesse... fazer isso por mim.

Minha resposta foi tímida, fraca e inconsistente, mas foi uma resposta mesmo assim:

— Posso ir com você?

* * *

A noite estava silenciosa quando meu avô nos deixou na casa da Sophie, silenciosa demais para nós duas estarmos entrando conscientemente numa terrível confusão. Subi os degraus da varanda devagar, sem fazer barulho, e, quando entrei na casa, parei. Eu tinha passado metade da vida entrando correndo por aquelas portas. Aproveitei diversos feriados de Quatro de Julho comendo melancia na varanda dos fundos da casa da Sophie, passei centenas de horas embaixo de fortalezas de lençol na sala de costura da mãe dela. Eu conhecia os pontos de rangido no chão, o aroma de alho na cozinha. Mas agora a casa parecia diferente. Tinha muito cheiro de comida de restaurante e poeira acumulada. Quando entramos na sala de estar e nos sentamos no sofá, virei para Sophie, pigarreei e sussurrei:

— Onde está todo mundo?

Ao meu lado, ela soltou um suspiro.

— Minha mãe deve estar lendo no andar de cima. E acho que meu pai está trabalhando até tarde, como sempre.

— Ah. — Toquei a melodia Chopin-Clarissa na minha perna por alguns minutos. O que, descobri, é muito tempo quando ninguém está falando.

— Vai me distraindo — soltou Sophie de repente. — Fala alguma coisa não relacionada a pais e bebês. Por favor.

Eu nem hesitei.

— Bom, eu fui a um show da Loose Cannons alguns dias atrás.

Por um instante, tive a impressão de que ela estava boquiaberta.

— Você está me zoando? — disse ela, num sussurro abafado. — Você simplesmente... encontrou por acaso? O show?

— Quase isso — murmurei, sem querer entrar em detalhes. — Enfim, foi maravilhoso.

— Tenho certeza disso — disse Sophie. — Quer dizer, a voz do Mason Milton é tipo...

Engoli em seco.

— É. É perfeita. — E era mesmo. *Ele* era. E agora ele me odiava. Sophie continuou.

— Ouvi dizer que ele começou a sair com Hannah Jorgensen, tipo, uns meses atrás.

— Quem é Hannah Jorgensen? — perguntei com a voz uma ou duas oitavas acima do normal.

— Mags. Em que buraco você está vivendo? A modelo? De Nova York?

Minha boca formou a palavra *ah*, mas eu não falei de fato. Só fiz o movimento dos lábios. Sem gostar da sensação, deixei a palavra em algum lugar no meio da garganta.

Envolvi os braços no estômago e afundei no sofá. Será que eu imaginei as faíscas entre mim e Mason na noite do show da Dead Eddies? Sim. Devo ter imaginado, sim. Eu estava bêbada. Ele estava saindo com uma modelo. Fim de papo.

Lá fora, uma porta de carro se fechou. Passos pesados vieram da varanda.

— Hora do show — disse Sophie, e depois riu uma invenção esquisita que mais parecia um latido. Senti os pelos dos braços dela roçando nos meus quando sentamos lado a lado no sofá e esperamos o pai dela abrir a porta. Tentei pensar no que falar, tentei trazer à tona um dos discursos de acolhimento que fiz para o time ao longo dos anos. Mas meu passado parecia irrelevante nesse momento, e eu fiz a única coisa que sabia fazer: fiquei ao lado dela e segurei sua mão.

* * *

O pai da Sophie estava bêbado.

Ele não tinha chegado bêbado. Ele entrou na casa, ligeiro e cheirando a loção pós-barba, nos lançou um cumprimento apressado e imediatamente se retirou para o seu escritório. Senti Sophie começando a ter dúvidas, por isso a cutuquei com o cotovelo.

— Você consegue — falei, e ela suspirou de maneira decidida e se levantou.

E agora, na cozinha, com a mãe dela falando com uma voz envolta no tipo de sofrimento e decepção que eu sabia que estava matando Sophie e o pai dela gritando — *caramba*, como ele estava gritando —, eu estava começando a me perguntar se tinha dado um conselho errado a Sophie.

Sophie estava chorando.

A mãe dela estava chorando.

O pai estava gritando coisas horríveis. Sophie era uma decepção. Uma vagabunda. Uma vergonha. Um fracasso.

Quando não consegui mais aguentar, fui na direção dele. Eu não sabia o que ia fazer — dar um soco, talvez? —, mas, no fim, não importava, porque Sophie me puxou de volta me lembrando, sem palavras, que eu só estava ali para dar apoio moral.

O pai dela andava de um lado para o outro na nossa frente, seus sapatos parecendo tiros saindo do piso. E aí ele parou. Tudo ficou imóvel. Com a voz perturbadoramente calma de repente, ele falou para Sophie que ela não era mais filha dele. Disse para ela fazer as malas e ir embora.

Sophie não disse nada.

Por que diabos ela não estava se defendendo?

Mas, na verdade, ela não precisou, porque sua mãe — em voz alta, clara e corajosa — interferiu e gritou que, se ele ia expulsar a filha de casa, teria que expulsar a esposa também.

Ninguém falou. Ninguém respirou. Quase dava para ouvir as paredes se aproximando, esperando a resposta do pai:

— Tudo bem, então. Vai.

E assim aconteceu a coisa apavorante que Sophie sabia que estava por vir. O pai dela saiu da sala pisando com força, batendo portas no caminho. A mãe dela ligou para algum parente em Ohio e perguntou se ela e Sophie poderiam ficar lá. E, parada na cozinha naquela noite, abraçando meu próprio corpo, com o silêncio da Sophie ecoando alto nos meus ouvidos, eu soube com certeza que tinha perdido a minha amiga para sempre.

28

Eu não tinha certeza do tipo de sensação que me tomou quando ouvi o carro da minha mãe parando na casa da Sophie em vez do carro do meu avô. Mas o que quer que fosse fez minha expiração se transformar num suspiro longo e trêmulo. Saindo da varanda, atravessei a entrada da garagem e tateei para encontrar a maçaneta da porta do passageiro do carro da minha mãe. Desabando no assento, perguntei:

— O que aconteceu com o vovô?

— Ficou preso num campeonato de pôquer — disse minha mãe no tom meio debochado, meio afetuoso que sempre usava quando falava do meu avô, uma entonação tão conhecida para mim quanto minha própria mão. — Fiquei surpresa por você estar aqui. Eu não sabia que você e a Sophie estavam andando juntas de novo.

Puxei a bainha desfiada do meu short. Eu não queria contar a ela sobre a gravidez da Sophie, nem sobre o confronto com os pais dela, nem sobre a maneira como a mãe da Sophie tinha interferido para apoiá-la. Eu não queria contar a ela que a cena na cozinha da Sophie tinha me deixado com o desejo infernal de que a minha própria mãe tivesse ido me salvar quando eu mais precisei dela.

— Não estamos exatamente andando juntas — falei, engolindo o nó na minha garganta.

— Ah. Sinto muito.

— Sente mesmo? — falei, as palavras saindo tão rápido que nem tive tempo de filtrá-las. — Quer dizer, eu não sabia que você se importava com as minhas amizades. — Senti uma lágrima densa e solitária escorrer pelo rosto e desviei o olhar.

— Claro que eu me importo — disse ela baixinho. Ela fez uma pausa. — Maggie? Você está bem?

Ainda olhando pela janela, sequei o rosto com a palma da mão.

— Eu só queria — falei devagar, pensando na minha fileira de amizades fracassadas — ter feito algumas coisas de um jeito diferente, só isso. — Por mais que fossem ambíguas, minhas palavras estavam implorando, buscando minha mãe, os dedos invisíveis tentando atravessar o espaço vazio entre nós.

— É o que todo mundo quer — disse ela baixinho.

Apesar de o momento ser estranho, isso era o mais perto que tínhamos ficado desde que perdi a visão, e nós duas nos agarramos a ele como se fosse um único colete salva-vidas no qual cada uma tinha enfiado um braço — não era suficiente para salvar nenhuma das duas, mas era o bastante para manter nossa cabeça acima da água no momento.

Por alguns minutos, houve apenas sons familiares. O modo como o carro da minha mãe rangia quando parava. O tique-taque do pisca-pisca. Por fim, ela pigarreou e disse:

— Você se importa se eu for até a lavanderia pegar o terno do seu pai?

— Não — falei, um pouco alto demais. E depois sequei as mãos no short. — Não, pode ir.

Quando ela parou em frente à lavanderia, eu fiquei ali sentada, só fechei os olhos e deixei a cabeça recostar no assento. A sensação de buscar apoio da minha mãe era estranha. A vida toda, eu sempre segui o exemplo dela: minha mãe era durona e eu era durona. Ela jogava futebol e eu jogava futebol.

Ela me abandonou, e eu a abandonei.

Uma buzina tocou. Assustada, eu me encolhi e abri os olhos de repente. E cobri a boca com a mão.

Porque eu conseguia ver de novo.

Uma mulher estava atravessando na frente do carro como uma enorme poça de luz branca brilhante, tão ofuscante que o próprio ar faiscava ao redor dela, milhões de minúsculos diamantes. Era um grande contraste com a sua aparência. Ela era muito magra e tinha aparência frágil, com as omoplatas ossudas se destacando sob a blusa. Enrolado na cabeça dela havia um lenço floral que não conseguia disfarçar uma linha fina de couro cabeludo careca acima da testa. Houve um ruído de movimento à minha direita e eu vi minha mãe andando em direção a ela, sorrindo, dizendo alguma coisa para a mulher que eu não consegui ouvir. Segurei a respiração quando vi minha mãe pela primeira vez em sete meses.

Os cachos normalmente angelicais da minha mãe estavam despenteados, quase encrespados. Ela tinha marcas por todo o rosto — rugas ao redor dos olhos e sulcos nos cantos dos lábios —, todas apontando para o lado errado. Ela parecia derrotada, dos ombros caídos ao modo como sua boca se curvava para baixo quando ela falava. Seus olhos vieram na minha direção e eu desviei o olhar, sentindo-me culpada. Quando olhei de novo, a mulher tinha se afastado, levando consigo sua luz incrivelmente clara, e minha mãe estava vindo na direção do carro, desaparecendo na minha não visão antes de abrir a porta.

— Você estava falando com alguém? — perguntei enquanto minha mãe dava partida no carro.

Ela suspirou, um som que roubou o oxigênio dos meus pulmões.

— Sim. Eu estava falando com Kelly Downs, a mãe de uma das meninas do meu time. Ela tem câncer de mama. Está doente. Muito doente. E...

— E o quê? — perguntei. Eram só três palavras, mas elas mal conseguiram sair da minha garganta.

— Bom, ela está morrendo, sabe? E não tem nada que os médicos possam fazer.

Por um instante, tudo ficou parado e eu ouvi o mundo ao meu redor com uma precisão perfeita: a batida de saltos apressados na calçada, um jazz sonolento escapando de um carro que passava, o som de uma roda solta num carrinho de compras chacoalhando pelo estacionamento. Mas, principalmente, ouvi uma palavra que tinha escapado da fala da minha mãe sacolejando em alguma engrenagem do meu cérebro.

Morrendo
morrendo
morrendo

A consciência começou a me tomar, o gelo deslizando pelas minhas veias. Eu estava tremendo. Tinha que estar. Meus joelhos estavam batendo um no outro. Eu estava negando o tempo todo, é claro. Neguei todas as vezes que me encontrei com Ben. Neguei quando vi aquele homem velho no Bistrô Chinês. Neguei quando tive aquele sonho. Tudo apontava para isso, mas eu estava olhando para o outro lado, apavorada. Mas agora eu não podia mais desviar o olhar. Eu não podia fugir nem me esconder. Agora eu sabia, com uma certeza assustadora, por que conseguia ver Ben Milton.

Ele estava morrendo.

29

Naquela noite caí na cama com as roupas do corpo, rezando para sentir um sono que levou uma eternidade para aparecer. E, quando apareceu, sonhei imagens aleatórias com cores vivas. Elas piscavam na minha mente como fragmentos irregulares de um vitral estilhaçado e confuso demais para remontar: um sol nascente cor de vinho, uma rosa amarela, olhos cansados cor de mel, uma pomba voando num céu azul--celeste, areia cor de jade escorrendo por uma ampulheta.

Acordei cedo, antes de os meus pais saírem para o trabalho, e fiquei sentada na beira da cama tentando descobrir o que fazer para ajudar o Ben, tentando descobrir como *encontrar* o Ben.

Engoli em seco. E se fosse tarde demais? E se os Milton tivessem desaparecido porque o Ben já tinha mor...

Minha mão trêmula cobriu a boca. Eu não conseguia nem pensar. Não nisso. Não sobre o Ben.

Fiquei no meu quarto até o fim daquela manhã, quando decidi ir até a cozinha e fazer a única coisa que tinha sentido: uma lasanha. Fazer lasanha era uma habilidade que aprendi com minha mãe. Ela era fanática por lasanhas, por isso se recusava a comprar a massa congelada ou a usar ingredientes prontos. Ela fazia o prato todo do zero. Era uma coisa demorada e cansativa, um tipo de ritual no qual a maior parte do dia era passada debruçada sobre panelas ferventes de purê de tomate, alho e temperos. Por algum motivo, o processo parecia colocar as coisas no lugar na minha cabeça, então saí tateando pela casa vazia e comecei.

Levei mais tempo do que esperava. Quando conseguia enxergar, eu tinha um sistema perfeito: passar os tomates pelo processador de alimentos, refogar as cebolas e o alho, acrescentar os temperos aos poucos etc. Mas agora eu precisava cozinhar com os dedos, o nariz e os ouvidos. E, apesar de nossa cozinha ser enjoativamente organizada, cada movimento meu tinha que ser lento, deliberado e verificado duas vezes. Eu tinha acendido o queimador certo? Esse tomate estava amassado ou só maduro demais? Onde diabos estava o orégano?

No fim da tarde, eu sabia o que fazer: ligar para o Mason. Claro, nós dois tínhamos um passado problemático, mas ele amava o irmão e era um cara de ação. Ele ia saber o que fazer.

Disquei o número da Clarissa, falando por cima do seu alô.

— Clarissa, é a Maggie. Desculpa interromper, mas é meio que uma emergência. Tem alguma possibilidade de você pedir o número do celular do Mason Milton para aquele seu amigo? Preciso falar com ele.

Trinta minutos depois, o número do Mason estava salvo no meu celular. O aparelho estava tocando. E o pânico estava se instalando. Que diabos eu ia dizer? Meu polegar estava flutuando sobre o botão de desligar quando um alô finalmente ecoou pela linha. Mas não era o Mason. Era a sra. Milton.

Segurei o celular no ouvido com a mão instável e falei:

— Oi! É a Maggie! — Eu estava gritando? Eu estava gritando. Puxei a respiração e expirei devagar. Como um ser humano, continuei. — Eu estava ligando para o Mason. Achei que esse número era dele.

— Olá, querida — sussurrou a sra. Milton ao atender. — Na verdade, este *é* o número dele. Só estou fazendo papel de secretária neste momento, enquanto ele dirige. — Como não respondi, ela explicou: — Estamos a caminho de casa, saindo da casa da minha irmã na Georgia. Vamos até lá todo ano na primeira semana de julho. De qualquer maneira, devemos chegar em casa daqui a uma hora, mais ou menos.

Cambaleei até a parede. Eles estavam de férias. Só isso. Não havia nada errado com o Ben. Falei:

— Pode pedir para o Mason me ligar quando vocês chegarem, por favor? Para este número.

— Claro — gorjeou ela.

— E, sra. Milton?

— Sim?

— Diga que é importante.

* * *

Uma hora depois, meu avô entrou na cozinha fazendo barulho. Meus braços estavam mergulhados até o cotovelo nas águas ensaboadas da pia e a lasanha estava fazendo alguma mágica no forno.

— Que cheiro é esse? — perguntou meu avô.

— Lasanha — respondi enxaguando a última panela.

— Hem — disse ele, e eu o ouvi andando até o forno. — Você vai comer tudo isso sozinha, menina?

— Não. *Nós* vamos.

Ele bufou.

— Não gosto de ensopados.
— Vô. Não é um ensopado. É lasanha.
— Parece ensopado.
Soprei um cacho solto da minha testa, tirando uma panela da pia e procurando um pano de prato para secá-la.
— Minha mãe e meu pai vão comer.
— Não — disse meu avô. — Seus pais têm aquele jantar hoje à noite. Lembra?
— Ah. É mesmo — falei, apesar de, na verdade, não me lembrar. Nem um pouco. Tudo que eu sabia era que, quando nos sentamos para jantar, Mason ainda não tinha retornado minha ligação. Quanto mais eu esperava, mais ansiosa ficava e mais me criticava por ter ligado para ele. Minha boca estava seca de nervosismo, então bebi meu leite e enchi o copo de novo, colocando o dedo dentro para saber quando estava cheio. Um pouco anti-higiênico, mas necessário.
O garfo do meu avô tilintava no prato enquanto ele remexia a lasanha.
— Não estou vendo carne aqui dentro — disse ele.
— Porque a receita de lasanha da minha mãe é vegetariana — argumentei.
— Eu deveria colocar carne moída aqui — refletiu meu avô.
O toque do meu celular interrompeu minha resposta. Engoli a garfada de lasanha que eu estava mastigando. Ela ficou presa no meio da descida pela garganta. Dois toques. Três toques.
Não me mexi.
A cadeira do meu avô raspou no chão quando ele se levantou. Segundos depois, ele disse:
— Alô?
Ele tinha atendido meu maldito celular.
— Ahã — disse ele depois de um instante. — Ela está aqui. Jantando. Não, não, tudo bem. É só um ensopado. — E colocou o celular nas minhas mãos.

Olhei furiosa na direção dele e levei o celular até o ouvido. Eu me sentia um pássaro minúsculo e ferido preso numa gaiola de ferro fundido. Por fim, respirei fundo e falei com a voz aguda:

— Alô?

— Maggie. — A voz do Mason estava tensa e irritada, mas, caramba, estava muito sexy.

Minhas palmas começaram a suar. Muito. Eu me levantei da cadeira e fui até a sala de estar.

— Hum. Oi, Mason. Existe alguma possibilidade de a gente se encontrar hoje à noite? Tem uma coisa importante que eu preciso contar para você.

Mason ficou calado por vários instantes e então, ainda parecendo chateado, falou:

— Bom, eu tenho que deixar o Ben no treino de natação. E mais tarde eu tenho ensaio.

Estava indo melhor do que eu esperava. Ele tinha realmente falado comigo. Com palavras.

— E depois de você levar o Ben? — perguntei, sem conseguir afastar o desespero da voz. — Você pode dar uma passada rápida na minha casa?

Ele expirou alto no celular.

— Posso. Tudo bem. Tanto faz.

30

Mason parou na minha casa trinta e cinco minutos depois. Tudo que ele me disse quando abri a porta da frente foi "oi". Eu não sabia o que estava esperando dele — preocupação ou curiosidade, talvez? —, mas fui levemente surpreendida pelo seu tom seco.

Ele ainda estava furioso comigo. Isso estava claro. Dava para sentir a chateação irradiando dele como o calor úmido pungente no asfalto do verão enquanto ele me seguia até a sala de estar. Ele se sentou no sofá e eu fiquei em pé, a vários passos de distância, de costas para ele e com os braços cruzados. O silêncio pressionava os meus tímpanos. Por fim abri a boca e comecei a falar. Como eu não sabia por onde começar, comecei pelo início.

— Eu não fui totalmente sincera com você — falei com a voz trêmula —, mas acho que você já sabe disso. A verdade é que estou cega há vários meses, desde que peguei meningite bacteriana. — Fiz uma pausa. *Fica calma*. Inspirei e, ao expirar, falei: — Quando conheci o Ben, eu tinha acabado de levar um tombo e bater a cabeça. Eu estava deitada no chão com os olhos fechados, tentando deixar pra lá. Quando abri os olhos, o Ben estava em pé acima de mim.

Enquanto eu contava a história, ainda conseguia ver o sorriso amplo do Ben naquele dia. Ainda conseguia ouvi-lo gritando que eu era sua namorada. Isso fez meu peito doer.

— Eu via o Ben e um pouquinho ao redor dele, como se ele fosse uma lâmpada ou alguma coisa assim. Fiquei chocada e surpresa e absurdamente feliz. Era a primeira vez que eu me sentia normal em meses. — Fiz uma pausa por um instante, esperando Mason dizer alguma coisa. Mas ele não disse nada. Só ficou sentado ali me julgando com seu silêncio. — No início, achei que tinha ficado maluca — continuei. — Sabe, bater a cabeça e ver alguém? — Expirei fazendo barulho, balançando a cabeça. — A vida não funciona assim, não é? Mas o negócio é que eu não estava maluca, não *estou* maluca. — Eu me virei para encarar Mason, meu corpo todo tremendo enquanto procurava as palavras que eu sabia que precisava dizer.

Não houve nenhum som vindo do sofá. Nenhum movimento. Nenhuma palavra. Nada. Só o cheiro almiscarado do Mason.

— Vi duas outras pessoas desde então — falei. — A primeira vez foi num restaurante chinês. O homem que eu vi era muito velho. Ele parecia... bom, *errado*, acho? Mas eu não sabia o motivo. Quando olho para trás agora, vejo que ele provavelmente estava doente. E ontem eu vi outra pessoa. Uma mulher. Por acaso, minha mãe a conhece. Ela está... — Minha frase parou de repente. A palavra *morrendo* tinha caído da minha boca antes que eu conseguisse dizê-la. Seria muito mais fácil se Mason falasse por mim. Eu queria que ele fizesse isso. Precisava que ele fizesse isso. Tirasse o peso dos meus ombros por mim. Então, fiquei em silêncio ali enquanto o relógio da sala de estar marcava os segundos. Ficamos assim durante exatamente cinquenta e dois tique-taques: eu em pé diante dele, com uma única palavra congelada nos lábios, e Mason sentado em silêncio no sofá.

A gravidade da situação se tornaria desesperada e esmagadoramente real para mim quando eu terminasse aquela frase. Não seria uma teoria que eu montei na minha cabeça, mas uma conclusão. Havia um fim irrevogável nela. Eu não sabia se conseguiria aguentar. As lágrimas fizeram meus olhos arderem. Pisquei para afastá-las.

— A mulher que eu vi está morrendo — falei por fim, minha voz falhando. — E o homem que eu vi no restaurante? Tenho certeza que ele também está morrendo.

Mason não era burro. Ele sabia o que eu estava insinuando. Mas, mesmo assim, ele continuava em silêncio e indecifrável. E isso me enfureceu.

— O Ben foi ao médico nos últimos tempos? — quase gritei. — Ele parece doente?

Mason não respondeu. Ele só bufou, sem acreditar.

Onde diabos estava o cara daquela noite no Strand? Era uma miragem? Uma falsificação? A dor e a raiva saíram rugindo de mim quando falei:

— Caramba, Mason. O Ben pode estar... Você pode *falar alguma coisa*?

Eu o ouvi se levantar e ir para a porta.

— VOCÊ ESTÁ DE BRINCADEIRA COMIGO? — gritei, indo atrás dele com passos pesados. — Aonde você vai?

Silêncio.

— Você simplesmente vai embora quando as coisas ficam desconfortáveis? — gritei, furiosa. — É assim que você lida com as coisas?

Nada. Nem uma resposta. Nem uma expressão. Nem uma palavra. Apenas o *fush fush fush* das suas gigantescas botas no carpete enquanto ele saía da casa.

Havia uma bomba dentro de mim, contando os segundos. Pisando fundo atrás dele, respondi por ele, o sarcasmo envolvendo cada palavra minha.

— Sim, Maggie. É isso que eu faço. Porque eu sou um idiota egoísta e egocêntrico que só se preocupa consigo mesmo.

Seus passos pararam de repente. Estávamos perto da porta da frente. Eu poderia apostar que ele tinha virado e estava me encarando. Dava para sentir sua raiva ao meu redor, uma corrente elétrica penetrante trepidando no ar entre nós. Ignorei os alarmes tocando na minha cabeça. Aqueles que estavam me mandando calar a boca. Pouco tempo atrás, Mason tinha dado uma surra num garoto quase sem motivo.

E eu não podia me importar menos.

Falei com sarcasmo:

— Sabe, você me lembra uma pessoa. Ele está pensando o pior de mim há semanas. — Fiz uma pausa de meio segundo, esperando que ele dissesse alguma coisa. Mas ele não disse nada, e eu continuei. Eu estava embalada. Em algum lugar no fundo da minha mente, a música tema de *Rocky* estava tocando. — Talvez você conheça o cara. Mora em Chester Beach? Canta na Loose Cannons? Como é mesmo o nome dele? — Bati com o dedo indicador no queixo, numa paródia sarcástica de pensamento. — Sou péssima com nomes, mas tenho certeza que é alguma coisa parecida com... Babaca.

Ouvi a porta da frente se abrir de repente e ele sair a passos largos, e foi aí que eu surtei. Saí pisando fundo atrás dele, com semanas de frustração e sofrimento escapando de mim ao mesmo tempo, grandes demais e amplos demais e explosivos demais para serem contidos. Estendi a mão e o peguei pelo que parecia a parte superior do braço. Estava flexionado. Tenso. Pronto para brigar.

O ar estalou entre nós.

Estávamos próximos demais. Minhas emoções estavam explodindo. Eu queria me derreter num oceano de lágrimas e queria sacudir tudo nele e queria me jogar nos seus braços.

Minha mão se soltou.

— QUAL É O SEU PROBLEMA? — gritei. — Você vai morrer se falar comigo? Me escutar? Pensar no que eu tenho a dizer? Por que você acha que tem o direito de tratar as pessoas como merda? Só porque você faz parte da Loose Cannons? Você acha mesmo, *mesmo*, que eu ia me preocupar em fingir a minha cegueira só para chegar *perto* de você? O que você acha que é? Algum tipo de presente para o mundo?

Ele devia estar a um ou dois palmos de mim. Perto demais. Dava para sentir sua respiração. Estava quente, entrecortada, enfurecida. Mas não recuei. Eu me aproximei, provocando-o.

Um celular começou a tocar — um toque eletrônico que não reconheci. Do Mason, sem dúvida.

— Você está planejando atender? — falei entredentes.

Ele rosnou e, um segundo depois, ouvi sua fala numa voz tensa:

— Oi, mãe... Na casa da Maggie. — Ele disse o meu nome como se estivesse falando do cocô de cachorro grudado na sola do sapato. Silêncio enquanto ele escutava um pouco mais, depois ele expirou pesado. Quando falou de novo, sua voz estava mais suave. Quase triste. — Onde? — perguntou ele. — Tudo bem. Claro. Estou saindo agora. — Seu celular se fechou, e aí ficamos em silêncio total.

— Preciso resolver um problema pra minha mãe — ele disse finalmente, quase mais para si mesmo do que para mim. Ouvi suas botas batendo na calçada de concreto enquanto ele se afastava.

Eu o segui, com fúria e desespero em cada passo, errando a passada e batendo numa pedra que estava no nosso quintal desde o dia em que nos mudamos para cá. Rosnei e xinguei baixinho, esfregando a pancada na minha canela. Ouvi uma inspiração nítida do Mason que podia ser preocupação. Mas ele não disse nada.

— Eu vou com você — informei a ele. — Ainda não terminei esta conversa.

Ele não me respondeu, mas não me impediu de entrar no carro.

31

Fiquei sentada, imóvel, no banco do passageiro, com os braços cruzados com força sobre o peito. O silêncio me espremia por todos os lados, pesado e denso. Eu estava tão além da raiva que mal conseguia respirar. Eu nunca tinha conhecido alguém tão difícil quanto Mason. Eu tinha um punhado de personas que geralmente funcionavam com todo mundo, mas nenhuma delas tinha funcionado com ele. Nem a Maggie Profunda. Nem a Maggie Sarcástica. Nem a Maggie Autodepreciativa. Nem mesmo a Maggie Engraçada. Eu estava ficando sem Maggies.

E estava ficando sem tempo. Correção: Ben estava ficando sem tempo. A vida dele estava escapando, e não havia nada que eu pudesse fazer.

Massageei as têmporas com os dedos indicadores e me recostei no apoio de cabeça soltando uma enorme lufada de ar. *Pensa.* Eu estava tão despreparada para ouvir Mason falar que dei um pulo no banco quando ele disse:

— Alguém avisou que um cachorro de rua foi atingido por um carro na Second Avenue. Minha mãe quer que eu o leve para o hospital veterinário para ser tratado.

Só consegui acenar com a cabeça. Depois contei. Vinte e nove palavras. O máximo que ele tinha falado comigo. Percebendo que minha boca estava aberta com o choque, eu a fechei. Depois, lamentavelmente, analisei seu tom. Como sempre, as palavras eram suaves e agradáveis. Mas, diferentemente das outras vezes que ouvi sua voz, uma dezena de emoções diferentes lutavam para assumir o controle do seu tom.

Andamos no carro em silêncio por vários minutos. Tentei organizar meus pensamentos. Mason obviamente não tinha acreditado em mim, por isso eu precisava encontrar outra tática. Mas qual? Eu tinha dado a ele a verdade. Ele a rejeitou. Eu não tinha mais nada para oferecer.

Enfim diminuímos a velocidade em uma estrada tranquila, o carro triturou o acostamento de cascalho e parou. Mason saltou do carro, apressado, mas eu fiquei plantada no banco, com os olhos fechados e a cabeça recostada. Eu não sabia aonde ele tinha ido. Seus passos ficaram cada vez mais fracos, até desaparecerem. Parecia que horas tinham se passado quando o escutei correndo de volta para o carro. Para minha surpresa, ele abriu a minha porta. Meus olhos se abriram de repente quando ele colocou um cachorro minúsculo e trêmulo no meu colo.

Eu conseguia vê-lo.

Era um daqueles cachorros miniatura que as mulheres carregam na bolsa e decoram com laços. Do tipo que tem um latido agudo. Ele acendeu uma pequena poça de luz dentro do carro. Agora eu via o cachorro, o meu colo, um guardanapo amassado no painel, uma palheta de guitarra com o escrito FENDER e, quando

Mason deu partida no carro, uma parte dos seus dedos bronzeados segurando a chave.

De repente, eu não sabia o que fazer com as minhas mãos.

— Ele... Ele vai ficar bem? — sussurrei enquanto Mason voltava para a estrada.

Ele suspirou e disse:

— Ela. É uma menina. E espero que sim. — Percebi alguma coisa diferente no seu tom. Então me perguntei se ele tinha notado que eu tinha passado de completamente cega para enxergando um pouco quando colocou o cachorro no meu colo, se via alguma coisa diferente na minha expressão agora, se estava começando a acreditar em mim. Eu não tinha como saber.

A cadela se mexeu no meu colo. Eu a segurei para impedi-la de escorregar para o chão, e meus dedos encontraram seu focinho macio. Pelo comprido e embaraçado. Pernas finas. Ela cutucou a minha mão com o nariz gelado, dizendo: *Me conforta, por favor.*

Engoli em seco e passei a mão hesitante no seu tronco, com medo de encostar em alguma coisa que pudesse lhe provocar dor. Ela parecia pequena, esquelética, abandonada. Engoli em seco de novo, dessa vez empurrando um enorme nó garganta abaixo.

— Onde sua mãe trabalha? É perto? — perguntei.

— Chester Beach.

A viagem até Chester Beach se arrastou por uma eternidade. Não notei nenhum membro ensanguentado ou retorcido nem qualquer sinal evidente de traumatismo na cadela. Mas eu sabia que estavam ali. Dava para vê-los se escondendo na dificuldade da sua respiração e na pulsação lenta demais na minha coxa.

O hospital veterinário estava lotado por algum motivo. Cheio de pessoas e conversas e de animais saudáveis que não precisavam estar ali. A mãe do Mason tinha tirado um intervalo e por isso não estava lá quando cheguei à mesa da recepção, numa minúscula piscina de luz, com a cadela aninhada nos braços. Mason falou baixinho com as pessoas do balcão de atendimento. Ele parecia conhecer todo mundo que trabalhava ali — seu nome flutuou na minha cabeça em uma dezena de vozes diferentes, todas amigáveis e compreensivas.

Uma enfermeira nos levou para uma sala que tinha cheiro de álcool e água sanitária. Enquanto o veterinário examinava a cadela, eu me segurei na mesa de exames com o estômago embrulhado.

— Mason — disse o veterinário enquanto trabalhava —, obrigado por nos ajudar mais uma vez. — Eu não conseguia ver o rosto do veterinário. Estava um pouco além da área mal iluminada onde a luz diminuía. Mas ele tinha uma voz baixa e delicada, o tipo de voz que geralmente não tem o título de "doutor" preso a ela. Suas mãos eram grandes e sardentas, com veias grossas saindo do pulso até os nós dos dedos. Havia um arranhão fino no seu polegar. Um ferimento de batalha, suponho, pelo trabalho com animais.

A cadela olhou para mim e nossos olhos se cruzaram durante um momento terrivelmente longo. *Você vai ficar bem*, mexi a boca sem emitir som. O rabinho dela estremeceu, como se ela quisesse abaná-lo, mas ela não tinha energia para isso.

Alguma coisa na minha garganta estava me estrangulando, por isso puxei uma cadeira e desabei nela, trazendo as pernas até o peito e apoiando o queixo nos joelhos. Fechei bem os olhos. Se eu pudesse me fazer ficar bem pequena, talvez a dor parasse.

Segundos se arrastaram em minutos. Minutos pareceram horas. Eu me perguntei por que uma cadela tão minúscula estava andando por aí sozinha. Eu me perguntei se éramos os únicos que já tinham se importado de verdade com ela. Eu me perguntei por que a vida era tão ridiculamente cruel.

Eu não conseguia lidar com isso.

Eu tinha que lidar com isso.

Por fim, o veterinário expirou devagar. Senti o pelo se erguer nos meus antebraços.

— Sinto muito — disse ele com a voz baixa, quase num sussurro —, mas não tem nada que possamos fazer para salvá-la.

* * *

De volta ao carro do Mason, meus braços estavam cruzados de novo. Dessa vez, por um motivo diferente. Eu estava tentando me segurar. Eu me sentia como se tivesse sido virada do avesso, todas as minhas emoções espalhadas pelo estado de Connecticut.

Fiquei congelada no lugar na sala de exames do veterinário enquanto a cadela morria lentamente nos meus braços, sua luz forte e minúscula piscando até desaparecer. Quando a entreguei ao veterinário, minhas mãos tremiam descontroladamente e senti que a tinha decepcionado. Isso era uma estupidez. Eu não podia ter feito nada por ela. Além do mais, eu nem *gosto* de cachorros.

— Você pode... pode me levar para casa agora, por favor? — perguntei ao Mason com a voz falhando. Fechei os olhos e pressionei os polegares nas pálpebras, com raiva de mim mesma por ser tão emotiva na frente dele.

— Claro — disse ele, com a voz melancólica.

Acenei a cabeça para agradecer, mas não falei nada. *Respira*, falei para mim mesma. As lágrimas apareceram mesmo assim, escorrendo em rastros enormes e largos pelo meu rosto. Consegui ouvir a preocupação do Mason muito antes da sua voz.

— Você... Você está bem? — perguntou ele, encostando na minha mão por uma fração de segundo e depois se afastando.

Nada estava bem. As coisas estavam tão não bem que meu *não* teria sido inadequado, frágil, por isso eu nem me incomodei em falar. Além disso, agora eu estava chorando com soluços enormes e interrompidos, então ele teve uma resposta.

Nenhum de nós falou quando chegamos à minha casa. Simplesmente ficamos sentados ali durante vários instantes no silêncio desconfortável. Eu não sabia o que dizer para ele: *Tchau* ou *Por favor, acredita em mim em relação ao Ben* ou *Me ajuda, Mason Milton*. Nada parecia adequado. Pela primeira vez na vida, eu não tinha palavras. Apenas uma tempestade de emoções me atravessando. Um vulcão.

Em silêncio, abri a porta, saí do carro do Mason e entrei devagar em casa.

32

Meus pés pareciam pesar uma tonelada enquanto eu subia a escada até o meu antigo quarto. Era estranho, mas aquele era o único lugar onde eu queria ficar hoje, apesar de eu não pisar ali havia meses.

A porta prendeu um pouco quando a abri, como se tivesse sido selada apressadamente com uma frágil fita adesiva. O quarto suspirou diante de mim. Fiquei ali parada num silêncio mortal, minha mão ainda na maçaneta, suspensa na entrada, mas sem atravessá-la.

O lugar estava com cheiro de mofo. Poeira. Como um desodorante velho e bolorento, calças encrustadas de suor e sonhos esquecidos. Mas, mesmo assim, era familiar. Uma parte de mim, quase tanto quanto minha mão ou meu nariz.

Eu conhecia o quarto. Conhecia os livros empilhados por todo canto. Conhecia as estrelas que brilham no escuro salpicadas no teto. Conhecia a meia dúzia de bolas de futebol entulhadas no armário. Eu sabia que as lembranças — completas, penetrantes e coloridas — respiravam livremente naquele espaço. Dava para senti-las. Até vê-las.

Atravessei o quarto e me sentei na beira da minha cama, passando a mão na colcha azul e verde surrada que minha avó tinha costurado para mim anos atrás. Quando eu tinha oito anos, ela me deu de presente de aniversário. Eu me perguntei por que ela tinha me dado uma colcha quando tudo que eu queria era um videogame portátil. Mas, depois que ela morreu, passei a valorizar aquela colcha.

Eu não sabia por que tinha me mudado para o quarto funcional parecido com um caixote no andar de baixo depois que a meningite roubou minha visão, e não sabia por que não tinha chegado perto do meu quarto desde então. Tudo que eu sabia é que aquele era o único lugar onde eu queria estar hoje à noite. Assim, adormeci ali, embaixo da colcha azul e verde da minha avó e do teto inclinado salpicado de estrelas que brilham no escuro.

33

No dia seguinte, eu me sentia confusa, sem energia, como se estivesse presa no sonho de outra pessoa — uma garota digna de pena que havia perdido mais do que ela pensava que tinha e estava prestes a perder ainda mais. Claro que eu não era a invencível Maggie Sanders, isso era um fato. Mesmo assim, aqui estava eu no corpo dessa outra garota, tocando com tristeza a melodia Chopin-Clarissa nos meus lençóis. E depois na escrivaninha. E depois no boxe. E depois na bancada da cozinha.

Essa melodia era implacável.

Por fim, eu me arrastei até o porão com um cabo de extensão na mão. Meu antigo teclado — ainda no chão, bem onde eu o tinha deixado — voltou à vida com um zumbido de energia caótica quando eu o liguei na tomada. Eu me ajoelhei diante dele, incerta, depois me inclinei para a frente e passei os dedos nas teclas de bemol e sustenido até achar o dó central.

Apertei com o polegar. A nota parecia enferrujada, velha, como se tivesse ficado presa no teclado durante séculos.

Fiquei chocada, na verdade, por ter conseguido produzir um som real. Então, fiquei daquele jeito, inclinada sobre o instrumento com o polegar na tecla, até o ambiente engolir a nota. E coloquei as mãos em posição.

O porão prendeu a respiração.

Originalmente, eu tinha planejado apenas tocar a melodia para ela sair da minha cabeça. Mas meus dedos tinham ideias diferentes. Eles dedilharam a peça como se eu a tivesse tocado desde sempre — com rapidez, harmonia e perfeição.

Afastei as mãos de repente e as retorci no colo. Soou estranho para mim. Não era igual à minha música. Mas era exatamente como a minha música. Uma miscelânea de tudo que estava ecoando na minha cabeça nas últimas semanas. Era algo que faria meu antigo professor de piano sangrar pelos ouvidos. Colocando os dedos de volta nas teclas, toquei a música uma, duas, três, dez vezes, às vezes acrescentando efeitos sintetizados e às vezes deixando a música ser ela mesma.

Então me sentei sobre os calcanhares.

A música parecia estar flutuando sobre mim, um pouco inacabada — uma frase sem final. E ela me provocava de um jeito indescritível. Debruçada de novo sobre o teclado, inseri a linha de contrabaixo descendente que eu tinha admirado outro dia na Big Dough. A conversão era difícil pra caramba, e eu tropecei nela várias vezes.

— Eu não sabia que você tocava.

Saltei como um gato assustado e dei um gritinho agudo.

Mason.

Virei decidida na direção dele — como se estivesse tentando provar alguma coisa. O que era essa *alguma coisa* eu não sabia. Talvez que eu não fosse recuar. Que eu tinha falado a verdade para ele. Eu disse:

— Faz muito tempo que eu não toco. — Estava com vergonha de ele ter me ouvido tocar, mas não ia deixá-lo saber disso.

Nenhum de nós falou durante várias respirações. Finalmente, ergui o queixo e perguntei:

— Como você entrou na minha casa?

Ouvi sua bota chutando a parede. *Clunk clunk clunk. Clunk-clunk--clunk-clunk-clunk.*

— A porta estava destrancada — ele respondeu. — Entrei sozinho. Ouvi você tocando aqui embaixo. — Ele pigarreou e disse: — Escuta, posso falar com você sobre sua visão?

* * *

Mason tinha investigado. Sabendo que a Merchant nunca admitiria alguém que não fosse cego, ele tinha ligado para a escola para confirmar que eu era aluna de lá. Ele tinha digerido a informação durante algumas horas antes de vir aqui, mas mesmo assim parecia confuso, desconcertado, como se tivesse uma lâmpada na mão e não tivesse a menor ideia de onde rosqueá-la.

— Você tem que admitir — disse Mason. — Dá pra entender por que foi tão difícil eu acreditar no início: você bate a cabeça e de repente consegue ver pessoas que estão... — Ele engoliu em seco fazendo barulho, e se mexeu um pouco, sua perna tão próxima da minha que eu sentia o calor que ela emanava. Estávamos sentados na varanda dos fundos da minha casa, onde passamos a última hora. Ele tinha me feito umas cem perguntas até agora, sobre a minha cegueira, sobre a minha visão perto do Ben, sobre as outras pessoas que eu tinha visto.

Mudar o rumo do nosso relacionamento de maneira tão completa e abrupta era desconcertante. Eu não sei o que o fez confirmar a minha história — se ele notou minha expressão mudar quando colocou a cadela moribunda no meu colo, se viu alguma verdade em mim quando desabei no carro dele ou se ele apenas parou para pensar no que eu tinha dito. Tudo que eu sabia era que a enorme rocha entre nós tinha se afastado um pouco, e eu finalmente conseguia passar espremida por ela. Falei:

— É. Acredite em mim, eu sei.

A perna dele estava se aproximando da minha? Parecia que sim. Em algum lugar no meu corpo havia um caminhão de bombeiros em miniatura acelerando desesperadamente ao ouvir os três alarmes na lateral da minha perna.

— Mas pode ser outra coisa... o motivo para você estar vendo essas pessoas — disse Mason. — Pode ser um milhão de outras coisas.

Acenei com a cabeça, não para dizer que eu concordava com ele, mas para mostrar que eu estava escutando. Eu sabia que estava certa. Eu só não sabia explicar como. A verdade era como uma palma de mão gelada pressionando a minha nuca.

— Você contou para alguém além de mim? — perguntou Mason.

— Um médico online. E não deu muito certo. Ele sugeriu que eu estava louca — falei.

Quando ele expirou de maneira compreensiva, sua perna se apoiou de leve na minha. Meu coração palpitou.

Ele não se mexeu.

Nem eu.

Existe algo num toque leve e hesitante. Faz você desejar mais.

Balancei a cabeça, tentando recuperar o juízo. Mason tinha namorada. Ele provavelmente nem sabia que estava encostando em mim.

Mesmo assim. O calor na lateral da minha perna estava chegando ao nível nuclear. Eu ia explodir bem ali, entrar em combustão no meu quintal. Mudei um pouco de posição, afastando-me dele para recostar na grade do deque, com partes iguais de alívio e arrependimento.

Ele soltou um leve suspiro.

Um suspiro.

O que isso significava?

Por fim, ele pigarreou e disse:

— Você já pensou em contar a mais alguém?

— Tipo quem? Meus pais? — debochei. — Eles nunca acreditariam em mim. Mas... e a sua mãe?

Ouvi Mason inspirar fundo e de um jeito trêmulo.

— Acho que devemos esperar para contar à minha mãe até termos certeza. Perder meu pai foi muito difícil para ela. Se a sua teoria estiver errada, nós a faríamos passar por muita coisa sem motivo.

Ele estava certo. Se eu tivesse um pouco mais de provas, alguma coisa convincente, talvez a minha história não fosse tão improvável.

— E o Ben? — perguntei. — Você vai contar a ele?

— Ele tem *dez* anos. — Concordei, aliviada. Depois de uma pequena pausa, Mason disse: — Isso é difícil de engolir porque o Ben fez um check-up de rotina uns dois meses atrás e estava tudo bem. E ele não tem ficado doente, não teve nem um resfriado. Quer dizer, ele anda um pouco cansado e mal-humorado, mas só isso.

Arqueei uma sobrancelha para ele.

— Jura?

— Ele vai perdoar você, Maggie — disse ele, com um meio sorriso escondido em algum lugar do seu tom. — Não é da natureza dele ficar com raiva por muito tempo.

34

Na manhã seguinte, falei para os meus pais que estava com dor no estômago. Não era uma mentira completa — a indecisão e o estresse tinham se fundido em um incômodo nó no meu estômago, e eu não conseguia digeri-lo por mais que tentasse. De toda forma, era o único jeito de escapar da minha sessão com a Hilda, que deveria aparecer ao meio-dia.

Depois que meus pais saíram para o trabalho, agonizei por um tempo. Chorei por um tempo. Eu me inquietei por um tempo. E depois liguei para Sophie. Ela estava rondando o fundo da minha mente nos últimos dias, mas, com tudo que estava acontecendo, adiei a ligação.

— Oi, Sophie. Como você está? — perguntei assim que ela atendeu.

Alguns instantes de pausa do outro lado da linha. Por fim, ela disse:

— Bom, praticamente tudo que eu tenho está sendo colocado numa van de mudanças neste momento, eu vomitei cinco vezes hoje de manhã e estou com desejo de comer lula. É isso.

Eu não sabia se devia rir ou chorar.

O silêncio se instalou entre nós, de maneira tão forte e densa que eu o sentia pesando no celular.

— Quer dizer que você vai mesmo se mudar? — sussurrei.

— Sim.

Minha garganta ficou apertada, como se alguém estivesse forçando o punho na minha traqueia.

— Quando?

— Amanhã.

Sentada na beirada da cama, envolvi os braços ao meu redor. Eu odiava o fato de ela estar grávida. Odiava o fato de seus pais estarem se separando. Odiava o fato de ela estar se mudando para Ohio. Odiava o fato de eu tê-la magoado.

— Sinto muito — soltei de repente. Foi apressado, gritado e todo errado, mas continuei mesmo assim. Eu tinha que tentar corrigir isso. Depois de todos esses anos de amizade, eu devia isso a Sophie. — Por ter evitado você quando perdi a visão. Foi simplesmente tão... complicado. — Retorci as mãos, dobrei os dedos dos pés nos chinelos, como se estivesse preparada para correr, para fugir dessa conversa.

Sophie esperou um instante antes de falar e, quando falou, sua voz estava baixa.

— Foi minha culpa também. Eu estava ocupada com as minhas próprias batalhas. Meio que fiquei evitando todo mundo... mantendo as pessoas longe da minha casa. Eu não queria que todo mundo soubesse como as coisas estavam ruins. Era muito constrangedor.

— Bom, talvez, com um pouco de distância, seus pais decidam ficar juntos. — Enquanto falava, eu sabia que isso nunca ia acontecer. Aquela casa era uma bomba-relógio que foi detonada na noite em que Sophie contou aos pais que estava grávida.

— Certo — murmurou ela. — E talvez meu pai se ofereça para tricotar uns sapatinhos de neném.

Sapatinhos de neném.

Uau.

Foi aí que a ficha realmente caiu: Sophie ia mesmo ter um bebê. Eu sempre tive um pouco de agonia de bebês por causa da cabeça grande, do choro inconsolável e dos movimentos desajeitados. Uma vez, vi um bebê rir e vomitar ao mesmo tempo. Parecia uma cena de filme de terror. Mas, se alguém podia passar por isso, esse alguém era Sophie. Ela só não sabia disso ainda.

Sophie pigarreou.

— Maggie?

— Sim?

— Eu tenho que ir.

Eu sei que ela quis dizer que estava ocupada, que precisava terminar de fazer as malas e tal, mas parecia um último adeus. Uma década de amizade, risadas e familiaridade escapou por entre os meus dedos, transformando-se em nada. Sussurrei:

— Tchau, Soph.

* * *

Eu estava sentada no deque dos fundos quando a campainha tocou naquela tarde. Não fiz nenhum movimento em direção à porta da frente, apenas fiquei onde estava: a bunda na beira da cadeira, os olhos fechados, as mãos segurando os dois lados da minha cabeça.

Mas, quando a campainha tocou incansável umas mil vezes seguidas, eu me levantei tropeçando e abri os olhos. E congelei. Eu estava em pé na fronteira enevoada da minha visão. Meus olhos traçaram lentamente um caminho de madeira em direção à casa, minha visão ficando mais clara a cada passo. Como se estivesse em transe, fui até a porta de correr e coloquei uma das mãos no vidro.

Eu conseguia ver dentro da minha casa.

Lá estava ela, como sempre estivera, só que... diferente. Os móveis estavam alinhados de um jeito reto e uniforme. Os vasos da minha mãe, que costumavam ficar na prateleira logo na entrada, tinham sumido e sido substituídos por uma fileira de livros. *Independência sem visão* e *Adaptação à cegueira* e *Como lidar com a perda*. Não havia sapatos largados no chão, nada que fizesse o espaço parecer habitado ou caseiro ou aconchegante. Era uma página dentro de um catálogo. Uma casa modelo.

A casa de uma garota cega.

Eu me encolhi quando a campainha tocou de novo.

Ao abrir a porta de correr e entrar, eu me senti culpada por algum motivo, como uma invasora ou uma visita indesejada. Andei pela casa atordoada, parando no corredor diante de uma foto enorme da minha mãe comigo depois do campeonato regional do ano passado. Eu estava radiante, com uma bola de futebol numa das mãos e a outra levantada acima da cabeça, entrelaçada com a da minha mãe.

A expressão dela era triunfante.

De repente, senti como se o corredor estivesse se fechando sobre mim e saí em disparada para a porta. Tudo ao meu redor estava claro como um hospital, e minhas entranhas estavam revoltadas, se revirando e se retorcendo enquanto eu ia até a porta e a abria.

Ben.

Era o Ben.

Lá estava ele, de cara fechada e usando um boné de beisebol azul que dizia CHAPÉU PENSADOR. Aos seus pés, uma sacola de compras de tecido. Como um animal noturno saindo para a luz do dia, estreitei os olhos para ele, depois para a almofada floral vermelha em nosso balanço da varanda, depois para o antigo bordo no jardim, depois para o carro do Mason na entrada da garagem e depois para Ben de novo.

Ele usou as muletas para estender a sacola para mim. Ela bateu nas minhas canelas.

— Novo sabor de Doritos — disse ele de maneira lacônica. — Achei que você podia querer experimentar.

— Obrigada — falei, chocada.

— Por que você está de pijama? — soltou ele. — São, tipo, três da tarde.

Olhei de relance para Mason, que me lançava um maravilhoso sorriso de dentes brancos do banco do motorista do carro dele. Eu o tinha visto tantas vezes na minha cabeça ultimamente que era estranho *vê-lo* de verdade. Não, não era estranho: era impressionante. Desviei o olhar, mas senti que ele estava me observando mesmo assim, senti seus olhos no meu rosto, no meu ombro, no meu pijama, no meu tudo.

Respirei fundo. *Foco, Maggie. Foco.* Olhei para Ben.

— Não sei — respondi com sinceridade.

Por um instante, Ben e eu apenas nos encaramos, depois ele disse de um jeito firme:

— O Mason me falou que você contou a ele que consegue enxergar quando eu estou por perto.

Fiz que sim com a cabeça roboticamente.

Ben deixou a cabeça cair para trás e suspirou pesado.

— Okay, tá bom. Tá bom: o Mason falou que eu devia vir aqui para ouvir o que você tem a dizer. Então aqui estou eu. Para ouvir você.

Tudo que pude pensar era que ele estava me dando outra chance, e dessa vez eu ia fazer tudo certo. Com honestidade total. Olhando para os meus pés, falei:

— Você estava certo. De certa maneira, eu usei você para enxergar. Quer dizer, quando conheci você, minha vida estava... Eu estava... — Minha voz parecia alta e apressada, e eu me forcei a respirar. — Eu estava desnorteada. — Engoli em seco. O som pareceu alto em meus ouvidos. Olhei para Ben por um instante. Seus lábios ainda estavam tensos, mas havia um relaxamento em seus olhos que me incentivou a continuar. — Mas você sempre foi meu amigo. Você sempre foi a pessoa que me ajudou a perceber que, em algum lugar dentro de mim, *eu* ainda existo. Fui uma péssima amiga, e sinto muito, de verdade. Eu não devia ter saído da sua casa sem me despedir na noite do show da Dead Eddies. — Pigarreei. — E sobre o Mason... — Instintivamente, antes que eu conseguisse me impedir, meus olhos foram até Mason, sentado no carro.

Ele ainda estava me encarando.

Um calor subiu pelo meu peito e chegou ao meu rosto.

— Eu não... — comecei, mas me interrompi. Jesus, isso era humilhante. Eu sentia como se minhas bochechas estivessem roxas. Elas literalmente doíam por causa do calor. Rezando para Mason não ser capaz de ler lábios, sussurrei: — Eu juro que no começo não sabia que o Mason era seu irmão, não até você me contar. E, mesmo depois disso, eu não andava com você para ficar perto dele. — Cruzei os braços sobre o estômago e alterei o peso do corpo, depois continuei: — Mas, nas últimas semanas, eu... eu descobri que sinto alguma coisa por ele. — As sobrancelhas do Ben tinham se unido, e eu não conseguia identificar se ele estava pensando no que eu tinha admitido ou pensando em me estrangular por gostar do irmão dele. Meus olhos voltaram para os meus pés. — E não é por ele ser ridiculamente talentoso. É mais do que isso. Ele... — Soltei a respiração. Eu tinha mesmo que fazer isso com Mason ali? — Ele luta pelas coisas em que acredita. Ele protege ferozmente as pessoas que ama. Ele não gosta de fazer as coisas de qualquer jeito e não gosta de falsidade e... e eu acho isso atraente. — Pigarreei. — Mas ele não sabe como eu me sinto, e eu ia morrer, *morrer*, se você contasse.

Eu não conseguia olhar para Ben e não conseguia olhar para Mason. E, durante terríveis segundos, tudo que eu conseguia ouvir era o grito de pássaros no alto e um carro dando partida na entrada da garagem de um vizinho. E, depois, a voz do Ben:

— Tudo bem.

Meus olhos dispararam para os dele.

— Tudo bem?

— Sim. Para tudo isso — disse ele. Seu tom indicava que eu estava sendo extremamente idiota, mas sua boca estava começando a se curvar para cima nos cantos. — Só não faça eu me arrepender, Thera.

Thera.

Senti um puxão forte e visceral no coração. Eu não sabia o que tinha feito para merecer Ben.

— Não vou fazer.

* * *

Ben tinha ido embora fazia uma meia hora quando minha mãe entrou pela porta da frente na sala de estar, onde eu estava me distraindo dos problemas comendo os Doritos do Ben e ouvindo um filme. Minha mãe colocou a palma da mão na minha testa e disse:

— Você está se sentindo melhor? — Eu queria me recostar no seu toque, deixá-lo ali para sempre. Mas, um segundo depois, sua mão tinha se afastado e minha testa estava fria.

— Talvez um pouco — falei, e era verdade. O perdão do Ben tinha afrouxado o nó no meu peito um pouquinho.

Ela se jogou no sofá ao meu lado suspirando, soltando o que parecia ser a sacola com seu equipamento de treino no chão. Em seguida, pigarreou.

— *Titanic*, é?

— Ahã.

— Eu amo esse filme — disse ela baixinho.

— Eu sei.

O silêncio se instalou entre nós.

Alguns meses atrás, eu teria ficado animada de me aconchegar com a minha mãe no sofá e ver esse filme. Mas agora sua presença parecia ameaçadora, sufocante — como se ela estivesse aspirando todo o ar da casa. Ela não estava exatamente falando alguma coisa para mim, mas também não saiu dali, então peguei meu salgadinho e me levantei. Dando um passo para a frente, falei:

— Acho que vou trabalhar no meu projeto de pesquisa até a hora do jantar. A Clarissa e eu estamos quase terminando e... — Minha frase foi interrompida quando meu pé bateu na sua sacola de equipamentos.

Um ruído dolorosamente familiar ocupou a sala.

Pareceu tão alto o som de uma bola de futebol pulando pelo chão, batendo numa parede e rolando de volta para mim. Ouvi o sofá gemer quando minha mãe saltou para ficar de pé, ouvi a bola parar em algum lugar entre nós duas.

Não me mexi.

— Desculpa — soltei sem nem saber por quê. Por que eu estava pedindo desculpa? Por tudo, acho. Chutar a bola para fora da sacola. Estragar o sonho dela. Acabar com nosso relacionamento. Pensei na foto que eu tinha visto na parede. Pensei em tudo que tivemos, em tudo que perdemos, e tudo se resumiu a isso.

Uma bola entre nós.

— Tudo bem — minha mãe disse baixinho. — Eu não tinha a intenção de deixar a sacola tão perto dos seus pés. É só que... estava passando *Titanic* quando entrei, e eu me distraí. — Havia uma dor na sua voz que eu nunca tinha ouvido antes.

— Tudo bem — falei alto. E, antes que ela dissesse mais alguma coisa, corri para o meu quarto.

35

Mason e eu estávamos sentados na arquibancada de metal do Clube Aquático North Bay, onde passamos as últimas noites enquanto Ben tinha aula de natação. Era nosso momento de encontro, nossa hora para sentar, pensar e relaxar, e isso fazia parte do ciclo da minha vida ultimamente. Manhã: procurar doenças terminais que não apresentam sintomas. Tarde: ficar com Ben fazendo o meu melhor para fingir que não havia nada errado. Noite: ir para o treino de natação para Mason e eu podermos conversar sem Ben suspeitar.

Mason tinha levado Ben ao médico naquela manhã — um enorme desperdício de tempo. De acordo com o médico, o garoto era a imagem da saúde.

Só que não era.

Suspirei cansada e olhei ao redor. O clube de natação inteiro estava clinicamente claro. Minha visão se estendia para além da grande janela panorâmica na parede mais distante do salão da piscina, do gramado bem cuidado do lado de fora e da colina salpicada com arbustos antes de ela desaparecer no vazio.

Mas o que estava matando Ben era cinza, amorfo, se esgueirava nas sombras e estava fora de alcance.

Mason parecia estranhamente deslocado ao meu lado na arquibancada. Claro, ele estava vestido de maneira simples, com sua camiseta preta padrão e calça jeans. Nada parecido com um astro do rock. Nada ousado. Mas sua presença era grande demais para o seu corpo. Grande demais para o clube de natação, na verdade. Assim como a luz do Ben, ela se espalhava para fora do prédio e chegava ao gramado.

Havia um punhado de outras pessoas ali, algumas mães lendo revistas, observando os nadadores, apertando botões no celular. Samantha — a menina sabereta que eu encontrei quando cheguei ao clube de natação muitas semanas atrás — estava sentada na fileira mais baixa da arquibancada, olhando furiosa para mim e resmungando bem baixinho palavrões engraçadinhos. Eu tinha descoberto fazia pouco tempo que ela era a irmã mais nova do Teddy, o que era uma informação nem boa, nem ruim, apenas uma informação. Era óbvio que ela tinha uma queda pelo Ben. Seu olhar ficava perdido quando ela o via nadar.

A relação entre nós duas era excelente. Instantes atrás, eu tinha me encontrado com ela no banheiro do clube de natação. Eu estava em pé ao lado da pia, me preparando para lavar as mãos, quando ela entrou apressada. Ela fez uma cara feia quando me viu, e eu ignorei. Então ela se aproximou de mim com uma tromba, enfiou o dedo indicador no meu antebraço e disse:

— Eu não gosto de você.

Ri com desdém. Ela claramente não sabia o que estava enfrentando. Eu tinha praticado a fina arte da insolência por dezessete anos. Era quase uma profissional.

— Você é uma criança adorável — falei baixinho, ensaboando as mãos e as enxaguando. — Como sua mãe não largou você num posto de gasolina?

Ignorando meu comentário, Samantha se coçou de maneira indiscreta — o tipo de coceira da qual apenas as crianças pequenas e os velhos conseguem sair impunes — e falou:

— Eu não gosto de você — outra vez.

— Sim, Judy Moody, eu ouvi quando você disse na primeira vez — falei, sacudindo as mãos para respingar nela.

Seus olhos se estreitaram. A espertinha tinha tantas sardas que elas praticamente encostavam umas nas outras. Ela colocou uma das mãos no quadril e disse de maneira acusatória:

— Se você é cega, como pode estar olhando nos meus olhos agora? Hein?

Dei de ombros, cutuquei minha têmpora com o dedo indicador e falei:

— Devo ser paranormal.

— Mentirosa — Samantha resmungou baixinho.

— Olha, esse não é um jeito simpático de falar com a amiga do amigo do seu irmão — falei animada. E fiz questão de sorrir. Um sorriso enorme. Não porque eu estava "dando a outra face" ou "atraindo mais abelhas com mel do que com vinagre" ou "sendo uma pessoa melhor do que ela", mas porque eu queria irritá-la. E consegui.

Ela cruzou os braços, escondeu os punhos nas axilas, e disse:

— Vai se ferrar.

Uau. A criança tinha boca grande. Fiquei um pouco impressionada.

— Vai brincar no meio da rua — falei bem baixinho.

De dentro de uma cabine, uma mulher pigarreou. Minha deixa para sair dali. Com a cabeça erguida e os ombros empinados, saí do banheiro. E agora Samantha estava sentada na arquibancada, balançando os pés e fazendo aquela coisa fria de *estou de olho em você* pelo canto do olho, e isso era um pouco irritante. E mais irritantes eram três garotas — todas da minha faixa etária e enjoativamente lindas — que estavam em pé na entrada da área da piscina encarando Mason na maior cara de pau. Se elas o tinham reconhecido como cantor da Loose Cannons ou se apenas o achavam bonito, eu não tinha certeza. A mais alta era o tipo de garota perfeita que aparece em revistas: magra, loira e deslumbrante. As outras duas eram bonitas de maneira sutil. Tinham cabelos macios e pele macia e sorriso macio.

Era evidente que Mason estava acostumado com meninas bonitas olhando boquiabertas para ele. Ele nem olhou na direção delas quando apontou para o treinador do Ben e passou a mão no cabelo, deixando-o fascinantemente bagunçado.

— O treinador ligou para minha mãe hoje de manhã. Disse que os tempos do Ben na natação estão caindo. Perguntou se havia problemas em casa. — Seus olhos foram até o irmão, que estava balançando na água ao lado do Teddy, depois se voltaram para mim. — Você acha que isso significa alguma coisa?

— Acho que *tudo* significa alguma coisa — falei para ele, pressionando os dedos na testa. — Leve o Ben para uma segunda opinião. Os tempos dele na natação não são um sintoma, mas são um sinal de alguma coisa.

Mason balançou a cabeça.

— Eles vão dizer a mesma coisa, Maggie. Que ele está perfeitamente saudável.

Joguei as mãos para o alto, frustrada.

— Então leve ele para o hospital.

— Para quê? Um problema que ainda não apareceu? Eles vão achar que eu sou maluco. Vão nos mandar embora.

— Eu vou com vocês ao hospital e conto tudo para eles.

— E eles vão colocar você numa camisa de força.

Fechei bem os olhos e soltei uma pesada lufada de ar. Mason provavelmente estava certo. E o que aconteceria com Ben se eles me colocassem na ala psiquiátrica? Eu tinha a intuição de que, se eu me afastasse agora, deixaria Ben morrer.

De repente, Mason se contorceu no assento e murmurou baixinho:

— Merda. Aproximação.

Minha cabeça se ergueu de repente. Uma das garotas que estavam observando Mason — a loira perfeita — tinha entrado pelo portão e estava vindo na nossa direção. Ela tinha um modo de andar rígido que parecia anunciar: *Tenho uma batata chip entre as duas bandas da bunda e não quero esmagá-la.*

— Oi! Mason? — disse ela ofegante quando parou diante dele, agitando os cílios compridos o suficiente para provocar uma brisa. — Meu nome é Lacey. Eu sou, tipo, totalmente sua maior fã. — Ela girou a cabeça, como se procurasse alguma coisa que Mason tivesse escondido nas arquibancadas. — Você vai fazer um show aqui?

Ele inclinou a cabeça para o lado, pensando nas palavras dela.

— Aqui? Não é má ideia. Mas não. Hoje não. Tenho que descansar a voz para o show da próxima semana. — Eu tinha que reconhecer. Ele conseguia ficar na dele, mesmo quando a beleza estava dando um soco em sua cara.

— *Aaaaah*. Você pode me dizer onde vai ser? — perguntou Lacey. Só pelo modo como ela estava em pé dava para ver que estava flertando com ele.

— Não — disse Mason. — Você vai ter que descobrir, como todas as outras pessoas.

Ela fez um biquinho com o lábio inferior, depois disse:

— Bom, então... hum, você pode me dar um autógrafo?

— Claro. Você tem uma caneta?

Ela pegou um marcador Sharpie na bolsa brega de strass e deu a ele. Depois, se inclinou escandalosamente perto dele e ofereceu as costas da mão para ele assinar. Eu gostaria de dizer que isso não me deixou com ciúme. Mas deixou. Tamborilei os dedos no assento.

— Obrigada! — ela disse e saiu dando uma risadinha em direção às amigas, que estavam pulando como duas adolescentes de doze anos.

Depois que eu fumeguei por alguns minutos e que Lacey Bunda-DeBatataChip e suas amigas foram embora, Mason suspirou e disse:

— Às vezes eu queria ter uma agenda regular de shows e fãs normais.

— Por quê?

— Não sei — respondeu ele, dando de ombros. — Só fico pensando se as pessoas não estão esperando demais dos shows, fazendo com que sejam maiores do que são.

Balancei a cabeça.

— Não se diminua. Eu fui a um dos seus shows e foi incrível, totalmente sensacional.

Os olhos do Mason baixaram, e ele mordeu o lábio inferior. Meu elogio o tinha afetado de alguma forma, mas não consegui imaginar por quê. Ele claramente recebia esse tipo de elogio o tempo todo. Por que seria diferente vindo de mim?

Eu não sabia.

O que eu *sabia* era que o modo como ele estava mordendo o lábio me deixava louca de um milhão de maneiras diferentes.

— Obrigado — disse ele por fim. — A qual show você foi?

— Alexander Park.

Com os olhos concentrados nos meus, intensos e sem piscar, ele disse:

— Mas eu não vi você lá.

Engoli em seco. Porque engolir em seco é atraente.

— Eu estava no fundo.

Ele coçou a nuca, seu olhar desviando para as botas.

— E você encontrou o show por acaso ou...

— Hum — falei, enrolando. Eu não queria deixar Jase encrencado por dizer a Clarissa o que ele tinha escutado sem querer, mas também não queria mentir. Assim, contei a Mason apenas parte da história. — Um cara publicou um comentário num dos seus vídeos dando a entender que a pista estava na música. Foi assim que eu descobri.

Ele soltou um grande suspiro.

— Cannon Dude? — perguntou, e eu fiz que sim com a cabeça. — Aquele cara é um completo...

— Babaca — ofereci.

Mason deu risada e me lançou um sorriso.

— Perfeito. — Fiz uma pequena reverência, mexendo um braço para o lado. — Agora, sério — continuou ele —, você acha que a pista é fácil demais de encontrar?

— De jeito nenhum... É difícil pra caramba.

— Foi o Gavin que teve essa ideia — explicou Mason, passando um dedo na borda da arquibancada. — Ele é obcecado por enigmas, mistérios, esse tipo de coisa. O Carlos tem discutido com ele sobre isso desde o primeiro dia. Mas, também, o Carlos tem discutido por *tudo* desde o primeiro dia. — Lancei um olhar questionador para ele, e Mason levantou a mão e, um por um, usou os dedos para contar os motivos. — Ele não tem solos suficientes. Nossas músicas mais recentes são uma porcaria. Ele prefere não ensaiar às segundas, quintas, sextas e nos fins de semana. E ele acha que o fato do Gavin cantar a pista é "bobo e infantil".

Eu pisquei.

— Nossa.

— É. — Ele suspirou, olhou para Ben e depois olhou para baixo de novo. Com a voz subitamente suave, disse: — De qualquer maneira, isso é coisa da banda. Não tem importância neste momento.

Assenti com a cabeça, cutuquei a unha do polegar por um minuto e fiz a pergunta que estava pesando na minha mente havia dias:

— Você acha que essa coisa do Ben pode ser hereditária? Quer dizer, seu pai...?

— Meu pai morreu de uma coisa esquisita — explicou Mason. — Ele pegou um resfriado que não curava e acabou tendo uma infecção no sangue. Foi hospitalizado e morreu em uma semana. Não tem nada a ver com o Ben. Além do mais, *olha* para ele — Mason disse apontando para o irmão, que agora estava sentado na borda da piscina com as pernas balançando na água. Ele parecia saudável. Relaxado. Tranquilo. — Ele parece doente?

Mason esperava que estivéssemos errados, que houvesse algum outro motivo maluco para explicar por que eu estava vendo essas pessoas. Mas eu sentia a verdade nas minhas entranhas. Ela fazia tudo dentro de mim se revirar e fazia a náusea se contorcer no meu estômago.

Ben estava morrendo. E eu era seu único sintoma.

* * *

Quando você é muito jovem, aceita tudo que os adultos dizem como se fosse um evangelho. Toda aquela besteira sobre Papai Noel e Coelho da Páscoa. Toda aquela coisa ridícula sobre os bebês serem entregues pelas cegonhas. Quando você fica um pouco mais velho, existem discursos do tipo: *Escuta aqui, eu sei o que estou falando* que são repletos de sabedoria. E aí, normalmente perto da puberdade, algum adulto aleatório diz uma coisa tão absurdamente idiota que você enfim descobre que metade da população de adultos não tem noção de nada. E você simplesmente para de prestar atenção neles.

Nesse ponto da minha vida, eu sabia o que era certo para mim. Por acaso, eu era especialista na área da Maggie porque, afinal, eu era a Maggie. E foi exatamente por isso que eu não gostei nem um pouco quando meu pai colocou a cabeça no meu quarto do andar de cima naquela noite e perguntou:

— O que você está *fazendo*?

Eu não podia responder por causa da pilha de trabalhos de arte do primário que estava carregando com os dentes. Assim, soltei a caixa que eu estava arrastando pelo quarto, tirei os trabalhos de arte da boca e falei:

— Estou me mudando de novo para cá. Por isso estou remexendo nas minhas coisas antigas.

Quando voltei para casa naquela noite, depois da piscina, eu tinha passado os dedos sobre cada centímetro empoeirado daquele quarto. O local estava lotado de anos e anos de movimentos quase constantes: chuteiras de futebol cheias de lama, dois snowboards, um par de patins de gelo, pilhas de desenhos das aulas de arte, uma fantasia de abelha de uma peça da escola, livros, livros e mais livros.

Sentia a ansiedade do meu pai zumbindo no quarto como um cabo de alta tensão.

— Por quê? — perguntou ele.

Porque o quarto-caixote parecia me pressionar por todos os lados. Porque eu conseguia respirar aqui em cima. Porque eu tinha deixado muito de mim aqui por tempo demais.

— Porque é melhor para mim — falei, inspecionando um sutiã antigo com as mãos. Resmunguei baixinho. Jesus. Eu não tinha aumentado nem um tamanho desde os doze anos? Eu o joguei na lata de lixo ao meu lado.

— Você acha que isso é sensato, com a escada e tudo? E o sonambulismo? — perguntou ele.

— Não fico sonâmbula há meses — observei. — Então, tecnicamente, sou mais ameaçadora para mim mesma quando estou acordada.

Depois de um longo momento, meu pai falou:

— Só tenha cuidado, está bem? — Sua voz parecia leve, mas dava para sentir o estreito rio de inquietação se esgueirando pelas palavras.

Meu peito deu um nó em um reflexo.

— Pai?

— Sim?

Abri a boca para dizer que sentia falta dele, mas a fechei de imediato. Por mais irracional que fosse essa declaração, era verdade. Eu sentia falta do que costumávamos ser, do que tínhamos passado. Eu queria voltar os últimos sete meses e me tornar invencível de novo para ele, queria sair com ele nas manhãs de sábado bem cedo, uma das mãos segurando um café para viagem e a outra vasculhando uma caixa empoeirada de discos gastos. Mas, no fim, o que eu falei foi:

— Você se importa de levar os snowboards para o porão?

Levei duas horas para esvaziar o quarto no andar de cima. Mas, depois que terminei, eu tinha criado um lar para as coisas que queria trazer comigo, ou seja, meu computador, meus CDs e minhas roupas. Como todas as minhas roupas tinham código de cor, foram elas que consumiram mais tempo na mudança. Eu as carreguei em seções: azuis, depois brancas, depois verdes, depois vermelhas, depois pretas. Quando terminei de guardar tudo, hesitei no meio do espaço, muito consciente de que aquele não era mais o quarto de uma garota que enxergava, mas também não parecia o quarto de uma garota cega.

Com um suspiro alto, desabei na minha cama pensando no Ben, pensando nos meus pais, pensando na Sophie, pensando na Clarissa, pensando no Mason — sentindo-me estranhamente como se estivesse com um pé esticado à minha frente, plantado num novo mundo, e o outro atrás de mim, enraizado no passado. Dividida entre dois mundos, sem pertencer totalmente a nenhum deles.

36

Não sei como é levar um tiro de um assassino de aluguel, mas me arriscaria a dizer que não é diferente do Ben aparecer sorrateiramente atrás de você e tocar uma corneta no seu ouvido. Naquele momento, eu estava sentada na sala de estar da casa dos Milton odiando um programa de pesca enquanto repassava mentalmente a minha linha descendente do contrabaixo. Portanto, a coisa da corneta no ouvido me pegou de surpresa. Com um grito agudo, dei um pulo e levei a mão ao peito.

— Ben, que...

Ele tocou a corneta de novo e a deixou pendurada na lateral da boca como um charuto, apoiando-a com um sorriso pretensioso. Revirei os olhos. Não era aniversário do Ben, nem seu aniversário de semestre. Era seu aniversário de trimestre — o que, evidentemente, era muito importante.

Do chão, Mason sorriu para mim com um canto da boca. Ele estava sentado no carpete com as pernas cruzadas e a guitarra no colo, as sobrancelhas unidas enquanto dedilhava um acorde em ré maior repetidas vezes.

— Ben — falei —, você precisa parar de fazer isso, porque senão eu vou ter um...

Outro grito da corneta e, com um grande sorriso maníaco, Ben correu para a cozinha, onde sua mãe estava fazendo um bolo. Wally trotou atrás dele.

Observei-o sair da sala, desejando que eu não pudesse enxergar tão bem. Minha visão agora estava por toda parte, uma luz forte como a de uma geladeira se expandindo brutalmente pela casa dos Milton até o meio da rua. Algumas semanas atrás, isso teria me deixado animada. Agora me dava vontade de vomitar.

Com um suspiro alto, atravessei a sala e me larguei no banco do piano dos Milton. Ele gemeu e se ajeitou precariamente sob mim. Encarei a tampa, onde as fotos da sra. Milton estavam enfiadas numa bagunça de porta-retratos que não combinavam, rostos borrados e poeira. Encontrei Ben e Mason em dezenas delas — o sr. Milton também. As fotos eram um rolo de filme em que os meninos envelheciam a cada quadro. Eles pareciam felizes e relaxados, mesmo depois da ausência notável do pai. Eu me perguntava como eles tinham conseguido. Como tinham feito o melhor da vida depois que ela virou de cabeça para baixo. Como tinham se levantado e continuado a caminhar.

E como eu não tinha feito isso.

Encarei a foto mais recente do Ben — num encontro de natação, parecendo jovem e corajoso com o cabelo molhado penteado em um moicano. Com uma onda de emoção aumentando em mim, deixei meus olhos descerem até as teclas do piano e, lentamente, toquei a melodia Chopin-Clarissa, combinando-a com a linha descendente do contrabaixo. As três coisas agora se juntavam, conectadas por um encaixe invisível.

— O que foi isso? — Mason perguntou, se levantando.

— Uma das valsas de Chopin — murmurei.

— Não foi, não — disse ele, sentando-se ao meu lado. — Foi uma coisa... diferente.

— É. Eu juntei um monte de coisas que têm passado pela minha cabeça. Foi tão ruim assim? Meu Deus, foi ruim. Me fala que foi ruim e acaba logo com isso.

— Na verdade, eu gostei. Você é muito boa. Tipo, um talento natural.

Olhei para ele de relance. Um erro. Ele estava *bem ali*, a uma respiração de distância, me encarando com aqueles olhos profundos — o tipo de olhar que era quase doloroso de encarar e igualmente doloroso de se desviar. Meus pulmões pareciam estar entrando em colapso, desmoronando sobre si mesmos.

— Hum — falei, meio que sem fôlego —, eu fiz dez anos de aulas de piano, então passei muito tempo debruçada sobre as teclas. Não dá para desaprender uma coisa dessas, sabe? Fica grudada na gente.

— Pigarreando, apontei para as teclas. — E você? Você toca?

Ele balançou a cabeça.

— Meu pai costumava tocar. O piano nunca me interessou como a guitarra, como as letras de música.

— Quer dizer que você sempre quis fazer parte de uma banda?

Ele sacudiu um ombro.

— Minha cabeça sempre esteve repleta de músicas, então fazer parte de uma banda não era uma coisa que eu queria, e sim algo que eu tinha que fazer.

— É o seu Lance — deduzi.

Ele fez que sim com a cabeça e olhou na direção da cozinha.

— É o meu Lance — concordou baixinho. Seus olhos voltaram para mim. — A música nunca foi uma escolha para mim. Apenas *foi*.

O modo como ele falava fazia a música parecer tão simples, tão elementar, tão mágica. Eu me sentia estranhamente como se ele estivesse revelando um dos grandes mistérios da vida para mim, como se estivesse juntando o criacionismo e a teoria do Big Bang, e eu prendi a respiração quando ele continuou.

— Quando eu tinha a idade do Ben — disse ele —, cortei grama um verão inteiro para ganhar dinheiro e comprar a minha primeira guitarra. Era uma merda de guitarra elétrica vermelha espalhafatosa que veio com um amplificador que tocava alto pra caramba. Meus pais odiaram. — Sua boca se contorceu em meio sorriso, meio careta. — Mas eu era tímido, meio solitário, e a música era só um jeito de ser eu mesmo, sabe? Então eles deixaram passar. Até eu fazer catorze anos — disse ele, o pomo de adão se destacando um pouco conforme ele falava —, quando eu estava no meu quarto tocando uma progressão de acordes alternativos às sete da manhã. Meu pai entrou marchando e, sem uma palavra, arrancou a guitarra das minhas mãos e não devolveu, por mais que eu implorasse. Pensando bem, dá para entender: era fim de semana e o mundo inteiro estava dormindo. Mas na época eu fiquei puto. Disse que o odiava, depois me recusei a falar com ele. — Ele inspirou devagar e, na expiração, acrescentou baixinho: — Ele morreu alguns dias depois.

Soltei uma arfada — apenas um som baixo de inspirar. Mas Mason escutou mesmo assim e virou na minha direção com os olhos cansados e esgotados pelo mundo.

— É — disse ele. Só uma palavra: *é*. Mas eu entendi as entrelinhas. — Então — falou —, quando meu pai morreu, eu não conseguia nem pensar em música. Eu me recusava a falar com a minha família, minhas notas estavam um desastre, eu estava simplesmente... arrasado. Eu passava os dias falando grosserias para os professores, as tardes na detenção, as noites encolhido no quarto, os fins de semana jogando videogame.

— E o que tirou você disso tudo? — sussurrei.

— Meu diretor.

— Seu diretor — repeti, sem entender.

Mason fez que sim com a cabeça.

— É. O diretor Morris. Passei muito tempo na sala dele. Especialmente no fim do primeiro ano, quando me meti numa briga na escola.

— Ah. Sei — falei.

— Você ouviu falar? Na briga? — perguntou Mason.

Acenei com a palma da mão para ele.

— O Ben pode ter mencionado.

Os cantos da boca do Mason se curvaram para cima.

— Certo. Enfim, eu estava sentado em frente ao diretor Morris, e ele estava me informando que eu era um fracasso e que as minhas notas estavam uma porcaria e que eu nunca seria ninguém... — Ele parou de repente, percebendo a expressão chocada no meu rosto. — Sim, ele disse que eu nunca seria ninguém. — Mason passou o dedo indicador devagar sobre a tampa do piano. — Eu estava com tanta raiva. Com raiva da vida, raiva de mim mesmo, raiva do meu pai, raiva do diretor Morris por estar certo. Nada, *nada*, é mais enfurecedor do que um babaca que se acha superior apontar as suas merdas, sabe? Então, quando o diretor Morris estava me dizendo que eu era um fracasso, fiz um juramento para mim mesmo: eu ia me tornar tão bem-sucedido que ia obrigá-lo a engolir suas palavras.

Eu só o encarei.

Mason acenou com a cabeça como se eu tivesse falado alguma coisa, depois continuou:

— O modo como ele me olhou naquele dia, como se eu fosse inferior... Isso me deu vontade de mergulhar de cabeça, de ensaiar toda noite, de me tornar alguém.

— Imagino que você tenha conseguido — falei num sussurro.

Ele deu de ombros, com um leve sacolejo no ombro.

— Ainda não cheguei lá — disse.

Nenhum de nós falou por vários minutos. Fechei os olhos, coloquei os dedos de novo nas teclas e toquei minha música mais uma vez. Tudo na minha vida estava uma bagunça, e eu me sentia sufocada, mas, pelo menos uma vez na vida, eu estava simplesmente... ali — naquele banco de piano com Mason e em nenhum outro lugar. E, quando toquei a última nota, deixei os dedos nas teclas por vários segundos, permitindo à música pairar no ar, depois inspirei, como se estivesse inalando o momento para dentro dos meus pulmões, onde poderia guardá-lo em segurança.

* * *

Minha mãe estava jantando na bancada da cozinha quando cheguei em casa. Nós nos falamos, mas não de verdade. Quando me sentei com um prato de sobras, comecei:
— Oi, mãe. Como foi o seu dia?
E ela disse:
— Nada mal. E o seu?
E eu falei:
— Ótimo. Foi aniversário de trimestre do Ben e nós comemos bolo.
E ela disse:
— De que tipo?
E eu falei:
— Bolo mármore.
E ela disse:
— Parece gostoso. — E nós ficamos em silêncio.
Havia mil coisas que eu queria contar a ela. Coisas reais, verdadeiras. Mas aquela bola de futebol do outro dia — eu ainda conseguia senti-la entre nós. Assim, belisquei a comida até minha mãe se levantar e lavar seu prato. Enquanto se movimentava ao redor da pia, pensei em como ela ficou parada em silêncio quando aquela bola rolou e parou nos nossos pés. E pensei em como meu pai tinha mentido para mim para poder escapar sozinho para as vendas de

garagem. Meus pais mal tinham tentado se conectar comigo desde que perdi a visão.

Eu me lembrei de todas as fotos sorridentes que tinha visto sobre a tampa do piano dos Milton. A sra. Milton se envolvia na vida dos filhos; ela os amava incondicionalmente. Os três eram uma família. Meus pais e eu dormíamos sob o mesmo teto, e só.

Será que a cegueira torna você invisível para os pais?

Pisquei algumas vezes, respirei fundo e, com o prato na mão, fui para o meu quarto terminar de jantar.

37

Acordei com Mason cantando no meu ouvido. Virei para o lado e bocejei, imaginando que devia ser de manhã, porque havia pequenas frestas de luz atravessando as fendas das minhas pálpebras.

Espera. O quê?

Meus olhos se abriram e eu me sentei na cama. Uma luz forte estava entrando no meu quarto. Eu não sabia se atendia o celular — que estava gritando meu novo toque, a música "Eternal Implosion", da Loose Cannons — ou se corria para a janela, então fiz as duas coisas.

— Alô — falei, cambaleando para fora da cama.

— Thera! — disse Ben.

Olhei pela janela. O carro do Mason estava estacionado na rua e ele estava apoiado nele, parecendo quase injustamente lindo. Ele acenou de leve para mim — o tipo de aceno em que apenas seus dedos se mexem. Ao seu lado, segurando um celular e vestindo pijama de caubói e um gorro peludo com protetor de orelhas — como se estivesse desbravando a tundra do Alasca, e não em uma noite de verão na Nova Inglaterra —, estava Ben.

Olhei o meu quarto, absorvendo-o por um instante. Era uma estranha mistura de passado e presente que, de certo modo, parecia comigo. Eu me sentei no peitoril da janela e fiz um pequeno gesto no ar, tipo: *O que vocês estão fazendo aqui?* Falei apressada no celular:

— O que está acontecendo? Que horas são? Está tudo bem?

— Dã. Claro que está tudo bem. São 4h07 da manhã, e eu vou levar você para passear — disse Ben.

Ai, Jesus.

— Sério? Onde? — perguntei, agora procurando roupas limpas e passando a mão na cabeceira da cama.

— Surpresa.

— Eu não falei? Não gosto de surpresas — disse.

— Que pena. — Dava para ouvir o sorriso na voz dele sem nem olhar pela janela.

Expirei no celular.

— Tá bom. Dá um minuto para eu me vestir. E, Ben? Gostei do pijaminha. — Desliguei antes que ele pudesse me responder.

Era tão mais fácil me vestir quando eu conseguia ver o que estava fazendo. Vesti um short e uma camiseta e desci a escada na ponta dos pés, escapando pela porta da frente e correndo sem fazer barulho pela entrada da garagem. Meus problemas ainda estavam ali, revirando em algum lugar sob a superfície, mas agora eu estava pulando sobre eles — como uma pedra dançando em cima de um lago.

— *Hola!* — disse Ben ruidosamente quando parei diante dele.

Coloquei a mão sobre a sua boca.

— Shhh. Meu avô tem a audição de um morcego. E, caramba, você não está com calor nessa roupa? Está, tipo, uns vinte e cinco graus.

— Estou com muuuuito calor, Thera — disse ele contra a palma da minha mão.

Não consegui evitar um sorriso. Olhando para Mason, falei:

— É bom avisar: não sou exatamente uma pessoa matinal. E está tão cedo que pra mim é quase ontem.

Mason levantou as duas palmas da mão viradas para mim, demonstrando inocência.

— A ideia não foi minha, Maggie. Pode culpar o meu irmão.

Wally estava na parte de trás do carro. Com a cabeça pendurada para fora da janela aberta e a língua caindo da boca, ele estava com um daqueles monstruosos sorrisos de cachorro. Lancei um olhar para Wally que dizia: *Se enfiar o nariz na minha virilha, eu te mato.*

Entramos no carro do Mason e saímos do meu bairro. Ben disse do banco da frente:

— Então, Thera. O negócio é o seguinte. Tenho que vendar você.

Eu bufei.

— Sério?

— Sério como um ataque cardíaco — disse Ben.

Olhei para eles, para o perfil de um e de outro.

— Eu sou a única aqui a achar hilário vendar uma garota cega?

— Nenhum dos dois me respondeu. Eles me lançaram olhares idênticos de impaciência. — Só comentando — resmunguei. — Tá bom. Que seja. Pode me vendar.

Ben me deu uma bandana horrível laranja e me instruiu a colocá-la. Andamos de carro pelo que pareceram horas, apesar de provavelmente terem sido só uns quinze ou vinte minutos. Quando eu não aguentava mais, falei:

— Aonde...

— Paciência, Thera —disse Ben, parecendo um tipo de guru.

Depois de vários solavancos numa estrada de terra, enfim paramos. Todo mundo estava quieto. Até a manhã parecia silenciosa, como se não quisesse que soubéssemos que ela estava lá.

— Chegamos — anunciou Ben.
— Chegamos a...?
— Richardson's Cove.
Eu nunca tinha ouvido falar do lugar.
— Ah, tá, claro. Isso explica tudo — falei.
Quando Ben abriu a porta dele, um aroma me rodeou — salgado, com algas e denso. A uma distância não muito grande, ouvi ondas quebrando na praia. Saí do carro. Meus chinelos afundaram na areia.
— Certo — falei. — Estamos na praia. Posso tirar a venda agora?
— Não.
Revirei os olhos. Meus cílios roçaram na venda.
— Mason. Segura a mão dela para ela não cair — disse Ben. — Eu já vi essa menina cair, e não é bonito.
Abri a boca para cuspir uma resposta quando Mason pegou na minha mão esquerda. Minha resposta mordaz voou na brisa marítima.
Andamos sobre um percurso de montinhos de areia antes de subir uma rampa íngreme. Meus pés saíram dos chinelos, então eu os tirei e segurei enquanto subia. Dava para ouvir Ben se arrastando com as muletas. Mason me parou e soltou a minha mão. De repente, me senti livre.
— Posso tirar a...?
Ben bufou.
— Você é tão impaciente, Thera. Okay. Tudo bem. Pode tirar.
Eu a tirei.
— Tcharam! — disse ele com um floreio.
Eu estava em pé sobre uma duna de areia olhando para uma minúscula enseada. Devia estar bastante escuro, mas, graças ao Ben, eu conseguia ver a área como se houvesse um holofote sobre ela. O local era pequeno — Wally corria de um lado para o outro da enseada em cerca de quinze segundos, no máximo — e era privativo,

protegido por um exército de árvores que chegavam ao céu de um lado e pelo oceano do outro. Era perfeito.

— Uau — falei. — Este lugar é muito lindo.

Ben lançou um olhar penetrante para Mason.

— Eu falei que ela ia amar. — Para mim, ele disse: — Meu pai trazia a gente aqui quando éramos pequenos. Pescávamos naquele ponto ali. Perto das pedras. Mas, na verdade, a surpresa não é essa.

— Ele acenou para Mason.

Pela primeira vez, percebi que Mason estava carregando uma mochila de cor escura. Ele a tirou do ombro e a abriu, pegando uma manta xadrez. E a estendeu na areia.

— Deita e fecha os olhos — instruiu Ben.

Resmunguei e falei:

— Você é muito mandão logo cedo. — Quando ele franziu os lábios e apontou para a manta com a cabeça, soltei um suspiro e me deitei, fechando os olhos imediatamente. — Okay. Certo. Estão fechados.

Ouvi uns ruídos de farfalhar, o som de um zíper, o barulho metálico das muletas do Ben quando ele as tirou e se jogou à minha direita, um enorme *ufff* quando Mason se sentou do meu outro lado, Ben pigarreando, e aí...

— Okay. Abre os olhos — disse Ben.

Eu não sabia o que estava esperando. Acho que não estava esperando nada específico, por isso fiquei tão surpresa quando vi... estrelas.

Ben estava segurando um espelho diante do meu rosto. Ele o apontou para o céu no ângulo certo, de modo que os reflexos reluzentes de dezenas de estrelas estavam espalhados nele. Eu não via estrelas havia tanto tempo que, para mim, era como se elas tivessem deixado de existir. As emoções dominaram minha mente. Alegria, tristeza e espanto, tudo misturado. Levei um minuto para encontrar a minha voz.

— Ben, eu...

— Shhh. Espera. Tem mais. — Ele ainda estava sentado ao meu lado, segurando o espelho, sua expressão radiante e exultante com o que ele estava vendo no meu rosto.

Fiquei deitada ali em silêncio — com Mason de um lado e Ben do outro — e vi a alvorada se esgueirando pelo céu, apagando as estrelas uma por uma e as substituindo por nuvens delicadas e frágeis e pelos tons de magenta e laranja do sol nascente. *Oi, vó*, pensei, lembrando-me de todas as auroras na praia com a minha avó. Eu quase podia sentir sua presença silenciosa.

Semanas atrás, eu tinha dito ao Ben que sentia falta do céu. Das estrelas. Das cores do nascer do sol. Ele se lembrou. Foi tão amável, tão emocionante e tão *Ben* que eu tive que fechar os olhos por um instante. Senti que eu era grande demais para o meu corpo, como se eu pudesse me partir ao meio e me espalhar pela areia.

— Mason — sussurrou Ben. — Hum. A Thera está chorando?

Não ouvi a resposta do Mason, mas ele deve ter respondido que sim com a cabeça.

— Isso é bom ou ruim? — perguntou Ben num tom baixo e preocupado.

Com sua voz grave que provoca arrepios, Mason disse:

— Bom. Eu acho.

Senti um dedo cutucar o meu ombro. Abri os olhos. Ben estava pairando sobre mim, com cara de preocupação.

— Thera — disse ele —, você fica engraçada quando chora.

Eu ri, fazendo as lágrimas escorrerem pelo rosto, depois as sequei com as costas da mão e sorri para ele.

38

Fiquei de costas observando o céu até ele ser tomado pelos tons de amarelo. Ben tinha dormido ao meu lado. Ele parecia muito mais novo com o pijama de caubói, a boca entreaberta e braços e pernas espalhados sobre a manta. Wally — coberto de areia molhada — estava deitado obedientemente ao lado do Ben, observando-o como se estivesse de guarda, com o focinho apoiado na perna dele e as narinas se mexendo. Mason estava do meu outro lado, apoiando o cotovelo no joelho dobrado enquanto encarava um ponto desconhecido no horizonte. Parecia que ele estava numa sessão de fotos para a revista *Rolling Stone*. O que eu estava descobrindo em relação ao Mason era que ele não tentava chamar atenção, e era isso que chamava atenção nele. Ele era tão contido e simples que era grandioso.

Ao nosso redor, sinais da manhã: gritos de gaivotas, uma luz dourada reluzindo na areia e buzinas de barcos próximos dali. Mas eu me sentia indolente, tranquila, como se tivesse acabado de cair na cama depois de chegar de uma longa viagem.

— Deve ter sido difícil perder a visão — disse Mason. Havia alguma coisa no modo como as palavras deslizavam da sua boca, não com pena, mas com compreensão. O tipo de compreensão que você só recebe de pessoas que sofreram na vida.

Não tentei aliviar o momento.

— É, tem sido difícil — falei. — Tive que mudar muitas coisas na minha vida que eu nunca pensei que precisaria.

Ele se endireitou, se inclinou na minha direção e, de repente com um jeito de moleque, falou:

— E os seus outros sentidos estão, tipo, superaguçados agora?

Engoli em seco.

Jesus.

Eu deveria ter falado que a cegueira não deixa os outros sentidos mais aguçados, mas faz você usá-los mais, e deveria ter falado que minha audição ainda era um pouco questionável em comparação ao olfato, e deveria ter falado que ainda era péssima para dizer a hora do dia pelo modo como o sol tocava a minha pele, e deveria ter falado milhares e milhares de coisas. Mas havia apenas alguns centímetros entre nós nesse momento, e eu parecia ter perdido a capacidade de tirar uma frase seja lá de onde elas saem.

Quando percebi que eu estava ali sentada com o que imaginei ser uma expressão extremamente encantadora de idiotice no rosto, enfim tomei fôlego e soltei:

— Não funciona bem assim. Eu só presto mais atenção aos meus outros sentidos agora.

Nossos olhos se encontraram por um instante e depois se afastaram. Precisando fazer alguma coisa com as mãos, ajustei o espelho no meu colo. E foi aí que eu me vi pela primeira vez em sete meses. Claro que eu tinha visto meu reflexo passando aqui e ali desde que conheci Ben. Mas nunca tinha parado para me olhar de verdade.

Não desse jeito. Eu mal reconheci a garota que piscava para mim. Meu cabelo estava mais escuro e comprido desde a última vez que o vi. Ele caía em cachos brilhosos. Meu nariz estava salpicado de minúsculas sardas. Eu sempre tive sardas? Não tinha certeza. Fiquei surpresa com quanto eu me parecia com a irmã mais nova do Teddy, Samantha. Ela era uma versão mais nova de mim — teimosa, atrevida e impetuosa. Mas o que mais me chocou foram os meus olhos. Havia uma seriedade ali que eu nunca tinha visto, algo sincero e franco. Desanimada, coloquei o espelho ao meu lado.

Depois de alguns instantes, Mason apontou para o espelho e disse:

— Eu entendo por que você ama tanto o céu. Tem alguma coisa nele que me dá a impressão de que existe muito mais lá fora. Coisas que eu não consigo ver. Coisas que eu não consigo entender. É como se o universo tivesse um grande segredo e, se eu olhar para o céu por tempo suficiente, vou descobrir o que é. — Ele se virou para mim. — Você já saltou de paraquedas?

— Paraquedas? — repeti, inexpressiva. Ele estava sentado tão perto de mim que eu praticamente conseguia me misturar ao seu aroma.

Mason riu.

— É, sabe — disse ele —, pular de um avião e descer em queda livre a duzentos quilômetros por hora?

De repente, eu me lembrei dos panfletos que tinha visto no quarto dele. Na época, eles não se encaixavam na imagem do Mason que eu tinha formado na minha mente. Mas agora eu podia ver que ele gostaria da liberdade absoluta que o céu oferecia, ainda que por um ou dois minutos.

— Não. Nunca — falei, finalmente respondendo à pergunta dele. Quando ainda enxergava, talvez tivesse aproveitado a oportunidade de pular de paraquedas. Mas agora? Parecia loucura até pensar no assunto.

— Você ia adorar — disse ele. — Pessoas que amam o céu adoram pular de paraquedas.

— Qual é a sensação? — perguntei.

Seu rosto se iluminou.

— É diferente de tudo. Primeiro, seu estômago te abandona completamente. Depois, você atinge a velocidade terminal e fica sem peso. Tem um vento extremo atingindo o seu rosto e você só... está ali, sabe? Por uns quarenta e cinco segundos, você não é nada, mas é tudo.

— Uau. Isso parece...

— Perfeito — completou ele. Seus olhos desceram pelo meu rosto, indo direto para os meus lábios. De repente, tive a impressão de que ele não estava mais falando sobre pular de paraquedas.

Nós nos encaramos por mais tempo do que seria aceitável, depois eu enfiei os dedos dos pés na areia e soltei:

— Você sentiu medo? Na primeira vez que saltou de um avião?

Ele piscou. E pigarreou.

— Não. Eu fiz isso pelo meu pai — disse ele. Quando viu o ponto de interrogação no meu rosto, continuou. — Meu pai sempre quis pular de paraquedas, mas morreu antes de ter a chance.

Senti que devia dizer alguma coisa a ele, como: *Sinto muito por sua perda* ou *Meus pêsames* ou sei lá o que, mas essas respostas pareciam comuns e artificiais. Depois de uma grande pausa, falei baixinho:

— Deve ter sido muito difícil.

— É. Foi péssimo — disse Mason, com a voz falhando um pouco. — A pior parte? Ver minha mãe passar pela perda. Isso meio que me deixou louco, sabe? Eu via que ela estava sofrendo, mas não podia fazer nada. Nada. E o Ben... — Suas palavras sumiram, e ele balançou a cabeça. A dor na sua expressão era tão intensa que eu senti que devia desviar o olhar. Mas não consegui. Então fiz que sim com a cabeça.

Mason se agitou por um instante, olhou para o relógio e deu uma cutucada de leve no Ben.

— A gente precisa voltar para casa, cara.
Os olhos do Ben se abriram um pouco.
— É. Para casa — ele repetiu com a voz pegajosa de sono.
Mason o ajudou a se levantar. Ele estava bem no meio de dizer:
— Ben? Por que eu não carrego você... — quando um terrível ruído arruinou a manhã. De um jeito lento e aterrorizante, os olhos do Ben se reviraram. E ele caiu de cara na areia.

39

Eu não conseguia me mexer, nem piscar, nem processar meus pensamentos. Tudo que eu conseguia fazer era ficar em pé ali, olhando boquiaberta para Ben, cuja perna direita estava deslocada para longe do corpo num ângulo artificial.

Eu estava só parcialmente consciente de um som medonho — um som terrível e áspero que mais tarde descobri que era o latido do Wally. E havia vozes. Não. Uma voz: a do Mason.

— Richardson's Cove — disse ele ao celular. Ele estava falando rápido. Tão rápido que eu mal conseguia identificar o que ele estava dizendo. — Um quilômetro e meio ao norte de Chester Beach. É numa estrada de cascalho que sai da Ocean Drive. Nas dunas. — Houve uma pausa em que eu poderia jurar que ouvia a pulsação do Mason martelando nos meus ouvidos, mas provavelmente era a minha. — Quanto tempo? — Outra pausa. Ele passou a mão no cabelo. — Diz para se apressarem, pelo amor de Deus. Ele só tem *dez* anos — disse ele com a voz implorando. Ele acenou com a cabeça, como se a pessoa do outro lado da linha pudesse ver o movimento, depois fechou o celular.

Uma sensação forte e penetrante de pânico subiu pelo meu peito e saiu da minha boca.

— Que diabos está acontecendo? — perguntei ao Mason, minha cabeça se alternando entre ele e Ben. — Ele estava deitado aqui e estava bem. Ele estava *bem*. Como ele simplesmente... — Minha boca não estava mais funcionando. Eu estava tremendo demais para formar palavras.

— Maggie — disse Mason, me segurando pelos ombros. — Eu não sei o que tem de errado com ele. Mas me escuta: você precisa ter foco. Eu preciso da sua ajuda. Você precisa ficar de olho no Ben. Não deixa ele se mexer. Isso é muito importante. Preciso ir até a estrada e sinalizar para a ambulância. Eles vão chegar em poucos minutos.

— E aí ele sumiu, sua silhueta enorme disparando pelas dunas e desaparecendo de vista.

O pavor se instalou. Isso não podia estar acontecendo. Não com Ben. Encarei seu corpo com aparência de quebrado. Ele parecia pequeno, retorcido em todos os lugares errados. Destroçado. Tentei engolir em seco, mas foi um movimento incompleto. Sufocado. Caí de joelhos ao lado dele e limpei a areia do seu rosto.

Minhas lágrimas escorriam. Elas caíam na areia ao lado dele. Eu me abaixei até minha boca ficar ao lado do ouvido dele e falei:

— Benjamin Milton. Não sei o que está acontecendo neste momento, mas você não pode morrer. Eu ainda não ganhei de você no *Twenty-One Stones*.

Eu não sabia o que estava esperando. Que ele se levantasse num pulo e dissesse: *"Te peguei?"* Que ele se virasse e me dissesse que eu parecia idiota quando chorava? Que ele me chamasse de Thera mais uma vez?

Nada aconteceu, é claro. Nada mesmo.

Tirei seu cabelo do rosto. Contra a minha vontade, eu estava memorizando tudo que aconteceu naquela manhã — o som dos passos do Mason desaparecendo, a cor desbotando do rosto do Ben, o calor do sol sumindo por trás de uma nuvem despercebida, o ruído baixo e solitário de um barco que passava.

Tudo estava escapando de mim.

Rezei para Ben não escapar.

Sirenes se aproximaram, gritando e abrindo caminho pela manhã, seus sons alheios às ondas batendo e aos gritos das gaivotas. Eu me inclinei de novo.

— Ben? Você vai ficar bom. Eles estão vindo socorrer você.

Mas, enquanto eu falava, não acreditei.

* * *

Eles me deixaram lá. Em Richardson's Cove. Eu tinha observado os paramédicos colocarem Ben numa maca. Tinha os seguido enquanto corriam até a ambulância. Tinha escutado quando me informaram que só havia lugar para um acompanhante. Tinha visto Mason hesitar antes de entrar na ambulância, e então ele falou:

— Você consegue uma carona até o hospital?

Eu apenas fiz que sim com a cabeça.

E eles foram embora. Eles roubaram a luz do Ben enquanto se afastavam.

E eu fiquei sozinha.

Passei as mãos pelo carro do Mason até encontrar a maçaneta da porta. Estava destrancada. Com as pernas tremendo absurdamente, desabei no banco traseiro, deixando a porta escancarada.

Tirei meu celular da bolsa com a intenção de ligar para Sophie, mas não consegui me lembrar do número dela. Eu não sabia como encontrá-lo no meu celular. Não conseguia nem lembrar como usar meu celular.

Não sei por quanto tempo fiquei sentada ali até sentir uma respiração na minha perna. Uma pata no meu pé. Wally entrou no carro e se sentou ao meu lado. Eu não sabia aonde ele queria chegar, mas não me mexi. Eu queria que ele ficasse ali. Ele podia ser a única coisa que me mantinha firme. Com a respiração trêmula, usei comandos de voz para ligar para Sophie, mas desliguei antes mesmo que começasse a tocar, de repente lembrando que ela tinha se mudado.

Tentei meu avô, que atendeu quase imediatamente. Sem me dar uma chance de falar, ele disse:

— Vocês podem parar de me incomodar tão cedo? Estou na lista de bloqueados para telemarketing. — E desligou.

Merda.

Clarissa atendeu depois de um único toque, com a voz excessivamente animada e bem-disposta.

— Oi, Maggie! Uau, você acordou cedo. Eu queria te ligar e...

Meu celular fez um barulho que significava que a bateria tinha acabado.

Não não não *NÃO*.

Eu o joguei longe e gritei uma obscenidade.

Que diabos eu ia fazer? *Andar* até o hospital? Soltei uma risada sarcástica. Eu mal conseguia andar por uma calçada sozinha. Além do mais, eu não tinha ideia de onde estava. Eu tinha usado uma venda no caminho até ali, por isso não tinha visto uma placa de estrada, um jardim, muito menos o hospital.

Enterrei o rosto nas mãos e me balancei para a frente e para trás, as lágrimas escapando por entre os dedos, meu cérebro ocupado com a imagem do corpo quebrado do Ben de cara na areia. Como foi que ele passou de tão normal, tão saudável, a cair como um montinho sem vida?

O que aconteceu?

Minhas mãos caíram para os lados e eu encarei o nada desejando não ter cancelado minha última sessão com Hilda, desejando ter descoberto o que estava errado com Ben, desejando ter insistido em ir na ambulância.

Desejando
não ser
cega.

Uma gaivota grasnou, e eu sequei a umidade do rosto furiosa com as circunstâncias, com a manhã e, acima de tudo, comigo mesma. Por nunca sair da zona de conforto. Por sempre procurar a saída fácil. Por nunca *tentar*.

Isso é besteira.

Saí do carro e fiz a única coisa que me restava: peguei a bengala no bolso traseiro, procurei a coleira do Wally no banco traseiro e comecei a andar.

Deixei Wally me conduzir, me puxar por uma rua silenciosa atrás de outra, na esperança de que ele tivesse uma bússola interior que nos levasse até a família dele. Wally não era um cão-guia de jeito nenhum, e certamente não ia me proteger — ele tanto poderia lamber o próprio saco como afastar um agressor —, mas estava me puxando de maneira persistente, e isso me dava esperança em algum nível obscuro.

Porém, quando ouvi o barulho familiar das ondas da enseada, percebi que, de algum jeito, tínhamos chegado ao lugar onde começamos. Eu parei e me inclinei com as mãos nos joelhos, minha respiração saindo em suspiros. Então me levantei e gritei:

— TEM ALGUÉM AÍ?!!

Ninguém respondeu.

Fiquei perfeitamente parada, acalmando a respiração e fazendo o máximo para obter pistas dos meus arredores. Havia apenas uma onda atrás da outra. Um cheiro forte e salgado. O chão quente na sola dos meus chinelos.

Porém.

Se eu ouvisse com atenção, dava para escutar um zumbido de trânsito na direção oposta ao mar. Eu não fazia ideia se estava imaginando, mas era melhor do que qualquer coisa que eu tinha naquele momento, então comecei a andar. Dessa vez, eu conduzi.

O problema de andar com uma bengala é que você tem que andar rápido se quiser ficar em linha reta. E o outro problema de andar com uma bengala é que um passo rápido pode causar problemas em velocidade máxima. Assim, depois de mais ou menos uma dezena de passos, torci o tornozelo num buraco da rua e tropecei, minhas mãos apoiando meu peso no asfalto áspero. Eu poderia ter ficado ali no chão — meu Deus, como eu queria ficar ali —, mas me levantei num pulo e continuei, limpando a areia e o sangue e os grãos de asfalto no meu short e deixando o oceano para trás.

Eu dei cento e vinte e três passos até uma calçada se erguer sob os meus pés, trezentos e quarenta passos até um carro passar, quinhentos e onze passos até ouvir o clique de saltos altos se aproximando.

— Com licença — falei quando a mulher chegou perto. E aí eu percebi que não tinha ideia do que dizer. Por fim, abri a boca e fiz a única pergunta que importava. — Você pode me ajudar a chegar ao Hospital Memorial?

* * *

Sem dúvida, entrar num carro desconhecido com uma mulher desconhecida para ir até um endereço desconhecido foi a coisa mais idiota que eu já fiz. Mesmo assim, quando a mulher se ofereceu para me levar até o hospital, subi no seu banco traseiro com Wally sem hesitar nem por um instante. De qualquer maneira, ela tinha uma voz gentil e suave — uma voz de mãe —, então, quando ela perguntou se eu queria uma carona, meus joelhos ficaram fracos e eu pisquei algumas lágrimas. Tudo que fiz foi concordar com a cabeça.

E agora, imóvel diante do Hospital Memorial, eu tinha muita noção de que o lugar estava iluminado como uma árvore de Natal decorada por uma criança de quatro anos. Todas as luzes estavam agrupadas. Os locais onde os pacientes estavam morrendo, imaginei. A UTI, o pronto-socorro etc. Uma sirene soou ao longe, ficando cada vez mais alta conforme se aproximava. Ao meu lado, Wally choramingava.

Quanto tempo tinha se passado desde que Ben chegou ali? Duas horas? Cinco? Os médicos já sabiam o que havia de errado com ele? Ele estava vivo?

A ambulância passou rapidamente, iluminada pela tragédia que carregava, e eu a segui até a sala de emergência, prendendo a coleira do Wally num poste do lado de fora do prédio e entrando. A luz brilhante do sofrimento iluminava o local com perfeição. Mason não estava na sala de espera. Se isso era bom ou ruim, eu não sabia.

— Posso ajudar? — perguntou a recepcionista quando me aproximei da mesa.

Passei a mão trêmula na testa.

— Estou procurando Ben Milton — falei, e uma onda de emoção estourou no meu peito quando pronunciei seu nome. Minhas próximas palavras saíram tropeçando, como parte da minha respiração. — Ele chegou de ambulância e estava muito mal e eu preciso saber como ele está.

Ela piscou para mim por um instante e depois perguntou se eu era parente, e eu — estupidamente — respondi:

— Sou uma amiga.

E ela respondeu:

— Então não posso dar nenhuma informação do estado dele.

E eu falei:

— Bom, isso é uma merda.

E ela disse para eu me sentar e esperar.

E foi isso.

Eu me joguei numa cadeira de plástico ao lado de uma menininha — com uns dois anos, talvez? — que me encarava com grande choque. Com certeza, minha aparência era de ter saído de um exorcismo. Cabelo para o alto, todo arrepiado. Olhos inchados. Joelhos machucados. Palma das mãos ensanguentada. Dei um sorriso fraco para ela. A menina se encolheu no colo da mãe, lançando olhares desconfiados para mim por sobre o ombro.

Os segundos se transformaram em minutos. Os minutos viraram dias.

Por fim, quando eu não aguentava mais, fui até a recepcionista e falei em tom de desculpa:

— Hum. Será que você poderia pedir para um membro da família me dizer o que está acontecendo?

Ela fez um sinal de leve com a cabeça e pegou o telefone.

Dessa vez, não me sentei. Eu literalmente não conseguia. Meus pés eram blocos de concreto no chão comigo em pé ali encarando as portas duplas que levavam ao interior do hospital.

Minha respiração ficou presa quando Mason apareceu. Seus lábios formavam uma linha firme, a tensão em cada curva do seu corpo. Seus olhos encontraram os meus por apenas uma fração de segundo, depois miraram o chão. Ele disse:

— Tenho más notícias.

40

Mason me levou a um canto silencioso da sala de espera. Eu não sabia como consegui andar, mas andei. Ele abriu a boca e a deixou se fechar. Depois abriu de novo e disse:

— Você estava certa. O Ben está... — Ele engoliu em seco. Olhou para o chão de novo. Tateei a parede. *Você não vai vomitar*, falei para mim mesma e, como sempre fui uma excelente mentirosa, até para mim mesma, eu me segurei. Por fim, Mason falou de uma vez: — A perna do Ben se quebrou espontaneamente porque ele tem uma forma rara de câncer nos ossos.

Minha garganta estava se fechando. Sendo sugada para o meu peito.

— Câncer nos ossos? — sussurrei. — Alguém já não teria descoberto isso? Ele não estaria doente?

Mason suspirou.

— O médico disse que a maioria das pessoas saberia. Pacientes com câncer nos ossos costumam ter dor ao redor do tumor. Mas como o Ben tem espinha bífida e as pernas dele...

— Não são normais — murmurei.

Ele fez que sim com a cabeça e olhou pela janela. Seu reflexo preocupado o encarou de volta.

— É sério? — perguntei com a voz aguda. — É muito sério?

— Vão ter que amputar a perna dele — disse Mason sem olhar para mim. Ele chutou a parede com a ponta da bota algumas vezes.

— Mas a fratura fez um coágulo de gordura se deslocar até os pulmões, e eles não podem amputar a perna enquanto os pulmões não estiverem estabilizados. É arriscado demais. Minha mãe... Minha mãe não está bem. Ela está no banheiro, tentando se recompor.

— Isso não responde à minha pergunta, Mason.

Seus olhos enfim encontraram os meus. Eu encarei dentro deles, o local onde a emoção do Mason era um filme mudo. Sofrimento. Angústia. Culpa. Desespero. Ele sussurrou:

— Não parece nada bom.

Desmoronei numa cadeira, o entendimento se enrolando ao meu redor, apertando a minha garganta, tirando o meu fôlego. Eu deveria saber. Era tão absurdamente simples que eu deixei passar. Todos os sinais estavam bem diante de mim esse tempo todo, e eu estava distraída demais para vê-los.

Vasculhei minha memória até uns dois anos atrás, quando eu estava sentada com o meu avô à mesa da cozinha, com o conteúdo de uma sacola de cookies da Big Dough espalhado diante de nós. Era como se o meu corredor preferido da padaria tivesse despejado tudo que valia a pena sobre a nossa mesa: duplo chocolate, aveia e passas, canela e brownie. Todos tinham um cheiro maravilhoso. Mas, até aí, cookies são como massagem: mesmo os ruins são bons.

Meu avô tinha chegado do funeral de uma mulher e, para minha irritação, estava descrevendo todos os detalhes: a cor do caixão, o sushi ridículo no velório e o vestido marrom que a morta estava usando. E depois ele começou a falar do cachorro da mulher.

— O vira-lata sabia que ela estava com câncer — ele me disse. — Farejou.

— Por favor, vô. Isso é ridículo. Cachorros não são tão inteligentes — falei, enfiando metade de um cookie na boca.

— Não falei que são inteligentes. Disse que conseguem farejar câncer. O cachorro da Eloise a seguia para todo lado. Até ao banheiro. Ficava enfiando o nariz no cabelo dela. Ele a encarava. No fim, a velha tinha câncer no cérebro. Mas ela só foi ao médico quando já era tarde demais. — Quando dei um suspiro incrédulo, ele disse: — Vi um documentário uma vez. Canal de ciências. Até um salsichinha tem vinte e cinco vezes mais olfato que um ser humano. Se alguma coisa está errada, eles conseguem farejar.

Agora, sentada naquela cadeira de plástico fria no pronto-socorro, eu sabia que devia ter pensado nisso há muito tempo. Desde que conheci Ben, Wally o seguia para todo lado, encarando, com o nariz sempre perto da perna dele — a que agora estava quebrada. Achei o comportamento do Wally estranho, mas nunca consegui identificar o que era.

Correção: nunca *tentei* identificar o que era.

Uma culpa do tamanho de um continente esmagou o meu peito.

Mason se agachou na minha frente, preocupado.

— Maggie?

Fechei bem os olhos. Eu não podia deixar que ele visse isso em mim — todos os meus erros, todos os meus segredos, todos os meus medos.

Ele me esperou falar alguma coisa e, como não falei, se sentou ao meu lado, passou o braço sobre o meu ombro e me puxou em sua direção.

* * *

Enquanto eu caminhava pelo corredor principal do pronto-socorro, vi um enfermeiro alto debruçado sobre um computador, vi os ombros rígidos do Mason quando ele apontou para o quarto do Ben e saiu para procurar a mãe, vi a cor amarelo-esverdeada das paredes, e vi um quadro branco enorme com o nome dos pacientes e o número do leito rabiscados.

Mas eu não estava preparada para ver Ben.

Parei do lado de fora do quarto, encarando uma cortina verde-oliva fechada. O local cheirava a remédios, falsa limpeza e doenças. Atrás da cortina, uma máquina contava os batimentos cardíacos numa série de bipes. Doze deles ressoaram no quarto antes de uma enfermeira que estava passando encostar no meu cotovelo de leve e dizer:

— Moça? Você está bem? — Engoli em seco e mexi a cabeça de um jeito vago. Ela entendeu como um sim. Ela estava errada.

Inspirando e expirando devagar pelo nariz, dei um passo à frente e abri a cortina.

Eu oscilei.

O corpo magro do Ben estava espalhado de maneira imprópria sobre a cama. Ele parecia quebrado, seus membros levemente tortos, como se tivesse caído na cama lá do décimo andar.

Sua pele estava brilhante e parecia a de um manequim em contraste com a camisola azul-clara do hospital, e sua boca estava aberta de lado, revelando inconsciência absoluta. Ele inspirava ofegando de maneira longa e trêmula.

— Ben — sussurrei. Ou tentei sussurrar. A palavra foi apenas um movimento dos meus lábios, um som que nunca saiu da minha garganta.

O quarto estava perversamente claro — como se eu estivesse vendo a cena através da lente de uma câmera que enfatizava cada detalhe, cada impressão digital na cabeceira da cama, cada escorregão no chão, cada partícula de poeira na janela. Se Ben não estivesse deitado no meio daquilo tudo, parecendo tão mal, a imagem seria desesperada e dolorosamente linda.

Prendendo as mãos nas axilas para impedi-las de tremer, dei um pequeno passo à frente e falei:

— Ben? Você consegue me ouvir?

Ele não se mexeu. Não havia nenhum som além da sua respiração forçada.

— Você estava errado, sabe? — falei para ele. — Nadar não é o seu Lance. Nunca foi. Não de verdade. O seu Lance não é um único Lance, mas vários Lances: ser parte de um todo, deixar outras pessoas ganharem, provar que você é capaz e forte e inteligente.

Olhei para o teto e pisquei várias vezes, tentando clarear a visão.

— O seu Lance é passar com cuidado pela vida, recusando-se a magoar qualquer pessoa ou coisa. — Minha voz falhou terrivelmente. Afastei uma lágrima que estava descendo pelo meu rosto antes de continuar. — Em algum lugar aí dentro, você percebe que *isso é bom*. E então você nada. Você nada para mostrar a todo mundo que, apesar de nem sempre poder escolher suas circunstâncias, você sempre pode escolher o que tira delas.

Eu vinha pensando muito no meu Lance. O que Ben de fato estava me perguntando esse tempo todo não era *Qual é o seu Lance?*, mas *Como você se relaciona com este mundo?* E eu não tinha uma resposta para ele porque estava simplesmente passando pela vida, me movimentando rápido demais e indignada demais e... bom, cega demais para perceber alguma coisa de valor.

Oscilando, desabei na cadeira ao lado da cama. Os olhos do Ben se abriram e se concentraram em mim.

— Thera — sussurrou ele. Sua voz estava fraca. Áspera. Toda errada. Não consegui deixar de compará-lo à cadela que Mason e eu tínhamos resgatado no acostamento da estrada. Ambos exalavam o mesmo ar silencioso da morte.

Sequei as mãos no short.

— Oi, garoto — falei, tentando responder como se as coisas estivessem perfeitamente normais. Mas minhas palavras pareciam ter saído da boca de outra pessoa.

— Chega mais perto — disse ele. No início, achei que ele ia me pedir para beijá-lo de novo, mas depois percebi que ele estava tentando me contar um segredo. — Ouvi minha mãe conversando com o médico. Ele acha que talvez eu não sobreviva. — Tudo dentro de mim desabou, e eu me encostei na cadeira sem conseguir falar. Os olhos do Ben se fecharam. Por um instante, achei que ele tinha dormido, mas aí, com os olhos ainda fechados, ele disse: — Mas eu acho que isso é uma merda de uma bobagem.

— Você é novo demais para falar palavrão — repeti como vinha fazendo havia semanas. Só que agora parecia que eu estava sendo atropelada por um trem de carga enquanto falava.

Como sempre, ele ignorou minhas palavras. Abriu os olhos e juntou as sobrancelhas por um longo tempo.

— Eu não sinto que estou morrendo — sussurrou ele finalmente. — Só sinto que estou enfraquecendo.

Comecei a desmoronar. Meu queixo estava fazendo aquele movimento de tremer que sempre faz antes de eu perder o controle.

— Ben, eu...

Ele soltou uma respiração quente e úmida que se enroscou no meu nariz e me deixou paralisada na cadeira. Com uma voz baixinha que beirava o sono, disse:

— Se eu morrer, aceito que você e o Mason saiam juntos. Dá para ver que ele gosta de você. Os olhos dele sorriem quando você está por perto.

Sequei uma lágrima solitária do rosto e falei:

— Bom, isso é muito generoso da sua parte. — Mas ele não me escutou. Já estava ficando inconsciente.

* * *

Nunca fui uma pessoa especialmente religiosa, mas, se havia um momento para me tornar uma espiritualista de meia tigela, era aquele. Eu estava meio desesperada. Assim, fui determinada até a recepção e pedi instruções para chegar à capela do hospital.

Eu conseguia ver cada passo no caminho até lá, fato que tentei ignorar enquanto subia um lance de escada e me arrastava pelo corredor de azulejos brancos até a capela. Durante os últimos sete meses e meio, tudo que eu queria era recuperar a visão. Era uma comichão que eu cocei e cocei até sangrar por toda a minha vida. Mas agora ter minha visão não passava de um lembrete constante de perda, sofrimento e decisões ruins. Agora, parecia uma maldição.

Apoiei a palma da mão na porta da capela e fechei os olhos. Em pé, com a familiar ausência de luz, inspirei devagar tentando me recompor. Com os olhos ainda fechados, abri a porta e entrei. Eu só sentia cheiro de limpador de carpete, de cera de velas e de sonhos destruídos. Esfreguei as costas da mão sobre os olhos e os abri. O lugar parecia uma igreja em miniatura, quase pequena demais para ser real.

Ainda assim, eu me senti estranhamente abatida quando a porta se fechou atrás de mim e eu fiquei em pé ali em silêncio. Mordendo a lateral do lábio, mudei o peso do corpo várias vezes, sem saber o que fazer. Será que eu pertencia àquele lugar? Sério? Com certeza, eu não estava enganando o Cara Lá de Cima. Àquela altura, Ele já devia estar de olho em mim. Na verdade, fiquei meio surpresa por não entrar em chamas no instante em que entrei.

Dando alguns passos, me joguei no banco mais atrás e deixei a cabeça cair nas minhas mãos. Minha respiração entrecortada ecoava nas paredes. Eu me sentia como se meu passado estivesse me perseguindo, me perseguindo e enfim tivesse me alcançado.

"Thera, acho que a igreja não é o seu Lance", era o que Ben diria se estivesse sentado ao meu lado agora.

Uma única lágrima escorreu pelo meu rosto, descendo até o queixo. Secando-a com as costas da mão, engoli um soluço. Eu já tinha sentido dor na vida. Muita. Mas nunca assim.

Meses atrás, quando meu avô me levou para o pronto-socorro com a cabeça explodindo de dor da meningite, a enfermeira me perguntou se eu precisava de remédio. Eu não sabia como responder. Eu era durona, caramba. Uma Sanders. As mulheres da família Sanders levavam rasteiras, quebravam os ossos, ganhavam jogos a todo custo e riam na cara da dor. E minha resposta foi não, uma mentira descarada.

Mas o que eu senti ali não era nada. Um corte de papel. Uma dor de estômago depois de comer demais. Uma topada com o dedão do pé.

Agora eu estava em agonia.

Agora eu era uma ferida aberta.

Eu não conseguia parar de ver o rosto do Ben. Não conseguia parar de pensar que a culpa do que estava acontecendo com ele era minha. Eu não conseguia me mexer. Não conseguia respirar. Eu me sentia apavorada, como se tivesse sido arrastada para um beco escuro com uma faca no pescoço.

Fechando os olhos apertados, comecei a rezar. A implorar, na verdade. Eu estava ali devia fazer meia hora quando a porta se abriu rangendo e os passos barulhentos e pesados das botas do Mason vieram na minha direção. Nenhum de nós olhou para o outro quando ele se sentou ao meu lado em silêncio.

41

Era quase meia-noite e a condição do Ben não tinha mudado, então Mason me levou para casa para eu dormir algumas horas. Quando me arrastei porta adentro, onde meus pais estavam me esperando, minha mãe ofegou e meu pai, com a raiva falando mais alto que as palavras, disse:

— Maggie, estávamos quase chamando a polícia. Por onde você andou?

Passei a mão exausta pelo cabelo. Eu não tinha me lembrado dos meus pais o dia todo, não tinha nem pensado em ligar para eles antes de o meu celular morrer.

— Desculpa — falei. — Um amigo meu veio aqui hoje cedo e...

— Você sabe como seu pai passou o dia? — disse minha mãe com a voz instável. — Dirigindo pelas ruas procurando por você. Você podia ao menos ter *ligado*, Maggie.

Eu estava cansada demais para isso.

— Meu celular morreu de novo, e...

— Certo. Seu celular morreu — disse minha mãe, sem me dar a chance de explicar.

O calor e a indignação se acenderam dentro de mim.

— Vocês querem saber o que eu estava fazendo hoje? — gritei com a voz aguda. — Eu estava no hospital! Ben Milton está morrendo. *Morrendo*. Então, sim, eu sumi o dia todo. E, sim, eu esqueci de avisar onde estava. — Eu sabia que devia parar aí, que estava entrando numa área que ia me manter refém, mas continuei mesmo assim, com a voz alta e acusadora. — Estou surpresa por vocês dois terem percebido que eu sumi.

— *Claro* que percebemos que você sumiu — cuspiu minha mãe. — Estamos sempre de olho em você.

— Você está mesmo, mãe? — perguntei com a voz aguda. — *Mesmo?* — Senti meus olhos começando a marejar. Eu não queria chorar, mas havia muita dor e ressentimento dentro de mim, e eu não consegui mais conter. Então, deixei as lágrimas virem e falei. Falei a coisa que estava me devorando havia meses. — E quando eu estava naquela cama de hospital? Você estava de olho em mim? — gritei. Minha respiração estava áspera, entrecortada. Eu me esforcei para as palavras seguintes soarem raivosas, altas e acusadoras, mas elas saíram apenas como um soluço sussurrado e digno de pena. — Que tipo de mãe faz isso? Que tipo de mãe vai embora enquanto a filha está quase morta no hospital?

Durante vários instantes, não houve nenhum som além do zumbido do ar-condicionado. Depois, ouvi a voz da minha mãe, quase um sussurro chocado:

— Como você sabe disso?

— Meu Deus, mãe, isso realmente importa? — falei, afastando as lágrimas do rosto com um tapa. Tateei na parede para me equilibrar enquanto tirava os chinelos, um de cada vez, arremessando-os no chão. Depois, dei meia-volta e fui em direção à escada.

Meu pai berrou em protesto e minha mãe segurou o meu braço. Dava para sentir a indignação dela subindo até o teto.

— Você não vai sair desta sala, mocinha — ela explodiu, e pelo tom de voz dava para perceber que eu tinha ido longe demais, que tinha ultrapassado uma linha invisível e agora ela estava furiosa. Severa, com uma declaração concisa, ela disse: — Na verdade, você não vai sair desta casa. Nem amanhã, nem no dia seguinte, nem depois de depois de amanhã.

Soltei meu braço com um giro.

— Você só pode estar brincando comigo — falei, balançando a cabeça. — Você está me colocando *de castigo* porque eu estava no hospital hoje com um menino de dez anos que está morrendo? — Ri sem humor. — Maravilha. Vocês finalmente encontraram uma coisa que eu não quero perder, uma coisa que podem tirar de mim.

— Ah, para com isso — zombou meu pai.

Girei na direção dele.

— Não, eu não vou *parar com isso*. É verdade, e vocês sabem disso. Até agora vocês não tinham como me colocar de castigo.

— Como pais — interrompeu minha mãe com a voz ainda penetrante —, nosso dever é proteger você de si mesma. E é isso que estamos fazendo. Você precisa cuidar de você mesma. Precisa começar a seguir com a *sua* vida. Você precisa lidar com os seus próprios problemas em vez de ficar obcecada com um garoto doente.

Soltei uma risada sarcástica.

— *Você* está me dando um sermão sobre seguir em frente? — Joguei as mãos para o alto como se estivesse desistindo, e de certo modo eu estava. E talvez eles também estivessem, porque não falaram nada enquanto eu subia a escada pisando com força e batia a porta do meu quarto.

* * *

Quando deitei na cama naquela noite, eu me senti suja, como se tivesse cometido vários crimes terríveis. Tudo que eu queria era engatinhar até o chuveiro e me esfregar até a pele ficar esfolada, lavar do meu corpo as lembranças e a dor e a perda. Mas eu estava exausta demais para ficar em pé, exausta demais para me mexer, então entrei cambaleante num sono profundo e vazio — o tipo de sono que você tem quando precisa se proteger dos seus próprios pensamentos. Quando acordei na manhã seguinte, eu estava vestida e sentada numa banheira cheia de água. Aparentemente, eu tinha voltado a ser sonâmbula.

Eu me sequei e desci até a lavanderia. Apoiada na secadora enquanto minhas pesadas roupas molhadas giravam lá dentro, analisei se deveria voltar para a cama. Eu não ia voltar a dormir, então de que adiantava? Eu me sentia como se tivesse chegado duas horas antes para uma consulta com o dentista e não tivesse nada para fazer a não ser plantar a bunda numa cadeira desconfortável de couro falso e esperar o tratamento de canal.

Voltei para o meu quarto antes que meus pais acordassem. Eu não queria encontrar com eles, não queria ouvir a voz deles e não queria pensar nas coisas que tinha falado para eles.

Passei os três dias seguintes no meu quarto ou no porão, evitando os meus pais, tocando minha música várias vezes seguidas, até meus dedos ficarem irritados e doloridos, e grudada no celular esperando Mason me ligar para me atualizar sobre a situação do Ben.

Primeiro dia: o médico do Ben amputou a perna dele.

Segundo dia: Ben teve febre.

Terceiro dia: eles ainda estavam esperando os resultados dos exames para saber até que ponto o câncer tinha se espalhado.

Quarto dia: Ben ia ser transferido para outro hospital.

— Por que ele vai ser transferido? — perguntei ao Mason quando ele me contou, de repente sentando reta na beira da minha cama.

— Não tenho certeza — respondeu Mason, e ouvi a porta do seu carro bater. — Estou entrando agora, ou seja, se a ligação cair é porque o sinal aqui é uma porcaria. — Ele suspirou pesado, sem falar durante longos instantes. Dava para ouvir sua bota batendo num piso de cerâmica. — Ele parece estar muito mal para ser transferido agora. Quer dizer, ele está tão fraco e doente, não se aguenta, e agora eles o colocaram...

A linha estalou.

— Mason? Você está aí?

Nada.

O sinal tinha caído.

Minha mão tremeu quando apertei o botão de terminar a ligação no meu celular. Eu só conseguia pensar nas últimas palavras que ele dissera. Ben estava muito mal. Ele estava fraco. Doente. Mal se aguentando.

E era minha culpa.

Desabei na cama e me encolhi num rolinho apertado deixando a culpa me dominar. Semanas dela, furacões dela, me atingiam em enormes ondas de náusea e remorso e vergonha. A verdade é que eu sabia o tempo todo que alguma coisa estava errada, sabia que havia um motivo para eu estar vendo Ben, e não tinha me preocupado em descobrir o que era.

Eu não tinha nem *tentado*.

Era a mesma coisa que eu tinha feito com as minhas amizades, a mesma coisa que tinha feito com as minhas aulas de piano, a mesma coisa que tinha feito com praticamente tudo que me deu trabalho na vida. Isso era displicente e preguiçoso, e perceber isso me prendeu na cama até eu mal conseguir respirar.

Tudo que eu conseguia ver era Ben, com a pele pálida parecendo plástico, fazendo uma única pergunta: *Eu não valia o esforço?*

Ofegando em busca de ar, eu me levantei cambaleando e atravessei o quarto. Com as mãos trêmulas, agarrei a tela de proteção da janela e a joguei para fora, deixando-a cair no chão. Depois, coloquei a cabeça para fora e inspirei o ar. A noite estava fresca e ventilada.

Em algum lugar lá em cima havia bilhões de estrelas, girando num carrossel celestial. Se eu conseguisse vê-las agora, talvez não me sentisse tão abandonada, tão sozinha. Fechei os olhos tentando reproduzir a sensação de pertencimento absoluto que tive na praia quando vi as estrelas, mas sabia que não conseguiria. Momentos perfeitos como aquele não podiam ser reproduzidos. Só podiam ser lembrados. Então me sentei com força no peitoril da janela enquanto minha respiração se acalmava.

Eu precisava de uma amiga.

Tirando o celular do bolso, fiz a única coisa que não havia feito desde que perdi a visão: pedi ajuda.

42

Ben estava lutando pela própria vida, eu estava evitando meus pais havia dias, tinha dormido cerca de quinze horas ao longo da semana e, apesar disso, aqui estava eu com Clarissa, na bancada da minha cozinha, diante de algumas dezenas de cupcakes. Do lado de fora dessas paredes, o céu estava escuro e agitado, chegando à força de um furacão de categoria cinco, mas naquele momento eu estava protegida por cobertura, manteiga e chocolate.

Eu nunca tinha ligado para Clarissa por algum motivo além de discutir o trabalho da escola ou a Loose Cannons, e foi estranho fazer isso. Quase desliguei quando o celular dela começou a tocar. Mas então eu percebi: recuar de situações desconfortáveis e difíceis era exatamente o motivo de a minha vida estar uma catástrofe total. Por isso, respirei fundo e a convidei para vir em casa.

— Claro — gritou ela ao telefone. — Estou livre. Cupcakes! Vou levar cupcakes para alimentar o cérebro. — Ela fez uma pausa por um instante. — Hum. Vamos terminar nosso trabalho de pesquisa, certo?

— Não. Na verdade, não. Quer dizer, é isso que eu vou falar para os meus pais, já que estou de castigo.

— Oh-oh — sussurrou ela. — O que aconteceu?

Contar a Clarissa me pareceu certo. Deixei tudo sair de mim numa confusão enrolada e trêmula. Não tudo. Meu Deus, não tudo. Se eu contasse que conseguia ver quem estava morrendo, ela ia pensar que eu estava louca. Contei as partes que importavam: a doença do Ben, meu péssimo relacionamento com meus pais, minhas amizades destruídas.

E agora, com um mar de cupcakes na minha frente, me surpreendi quando percebi que me sentia um pouquinho melhor, que eu tinha falado a ponto de conseguir respirar de novo. Eu quase conseguia ignorar a cutucada persistente do meu celular no bolso traseiro esperando notícias do Mason.

Quase.

Mesmo assim, Clarissa estava fazendo um ótimo trabalho ao me distrair.

— Aqui, experimenta este — disse ela com a boca cheia, colocando um cupcake na minha mão. — Brownie tartaruga com creme de cheesecake: o vento sob as asas de muitas garotas de castigo.

— Clarissa — falei, passando a mão na lateral do cupcake —, você deu uma mordida antes de me dar?

— Dizem que a primeira mordida é a melhor — disse Clarissa como resposta. — Que noventa e nove vírgula alguma coisa por cento do prazer vem dessa mordida, e que tudo que vem depois disso é apenas *comer*, não *prazer*. Não é? É muito verdadeiro! — Ela bateu a palma das mãos na bancada. — Portanto, sim. Vou dar uma mordida em cada cupcake desta mesa e depois entregar a você. Vou passar esse tempo todo saboreando, enquanto você...

— Eu como os seus restos — completei.
Ela bufou e me empurrou com o ombro.
— Mas você tem que admitir: são os melhores restos *do mundo*.
Eu ri. Ela tinha razão.
Comemos em silêncio por um ou dois minutos. Havia alguma coisa tranquila nisso, nesse silêncio — só nós duas mergulhando num mar de açúcar, com um mundo incerto girando lá fora.
Clarissa me deu outro cupcake mordido.
— Então — disse ela. — Mason Milton, é?
O famoso disco arranhado.
Pigarreei, tentando manter a voz calma.
— É. Quer dizer, como eu falei, ele é irmão do Ben. Então é isso. — Enfiei quase o cupcake inteiro na boca para não ter que falar mais nada.
— Hum — ela disse depois de um ou dois segundos, e eu me contorci como se alguém tivesse acabado de colocar uma pinha na parte de trás do meu short. — Pelo jeito como você fala do Mason, dá para notar que você gosta mesmo dele.
Engoli em seco, abri a boca para mentir para ela, mas parei.
— É. Eu gosto — falei, me surpreendendo um pouco. Essa era a primeira vez que eu admitia isso em voz alta, e o alívio foi imediato, com um peso saindo do meu peito.
— Talvez você precise pegar um pouco mais pesado — disse Clarissa.
Eu bufei, passei o dedo indicador no topo de um cupcake e experimentei a cobertura.
— Ele tem namorada — falei com o dedo na boca.
Uma modelo.
De Nova York.
Que eu desprezava por princípio.
— Mais um motivo — gorjeou Clarissa. — Deixa ele saber que está perdendo tempo com essa prostituta.

Soltei uma risada. Eu estava realmente começando a gostar dessa garota.

— Talvez eu faça isso — falei. — E você? Algum progresso com o Cara do Café Gelado?

Ela fez uma pausa e depois disse:

— Bom, eu falei com ele. Tipo, falei de verdade com ele.

— *E?*

Com a voz muito alta e uma animação forçada, ela disse:

— Ele tem vinte e nove anos. E é casado.

— Ah, meu Deus.

Ela pigarreou.

— É. Isso... é. Quer dizer, tudo bem. Não foi a primeira vez que eu tomei uma decisão idiota baseada numa informação errática.

Dei um sorriso presunçoso.

— Errada. Informação errada.

— Certo. Foi isso que eu disse, não foi? Enfim. É só que... às vezes seria muito mais fácil se eu pudesse enxergar, sabe? Pelo menos um pouquinho. Ou talvez... — Ela puxou a respiração e expirou alto. — Talvez ver tudo, só uma vez, para sempre lembrar como é lindo. Para entender *o que* é. Sabe?

Esse tempo todo, eu achava que a vida fosse mais fácil para ela. Mas a verdade é que ela nunca tinha visto uma cor, uma árvore, nem mesmo o próprio rosto. Ainda assim, ela era feliz. Meio maluca, sim, mas feliz.

— Sei — sussurrei. — Entendo o que você quer dizer. Você quer a sua mordida no cupcake.

Ela suspirou.

— Exatamente.

Nessa hora, meu celular vibrou no bolso traseiro, trepidando no banco como uma metralhadora.

— Maggie — disse Clarissa —, isso é o seu celular?

Engoli em seco.

— É — falei, tirando-o do bolso. Ele tremeu na palma da minha mão, insistente.

— Hum. Você não vai atender?

Percebi que estava prendendo a respiração e expirei.

— Certo. Claro. — Tateei em busca do botão de atender e gritei um alô.

Uma voz feminina, desconhecida e imparcial:

— Estou falando com Maggie Sanders?

O pavor se acumulou no meu peito, escuro, denso e infinito.

— Sim? — sussurrei.

— Estou falando do Hospital Saint Jude's, em nome da família Milton. Eles precisam de você aqui o mais rápido possível.

43

Meu mundo inteiro ficou preso na garganta.

— Tem... alguma coisa errada? — sussurrei através de lábios imóveis.

O silêncio ocupou a linha. Por fim, a mulher disse:

— Sinto muito, mas, como você não é parente, não tenho permissão para dar essa informação. Vou avisar à família que você recebeu a mensagem. Até logo.

— Espera! — gritei. — Ben Milton... ele está bem?

Nenhuma resposta.

— Alô?

A mulher tinha sumido. Não havia ninguém na linha.

Meus dedos ficaram gelados. Eu não conseguia soltar o celular. Os segundos se passavam. Eu sabia que tinha que pensar, sabia que tinha que fazer alguma coisa, mas as palavras da mulher ainda estavam soando estridentes no meu crânio com um eco apavorante. Por fim, obriguei meus dedos a se dobrarem para encontrar o número do Mason no meu celular. Minha ligação caiu direto na caixa postal.

Devagar, pronunciando com clareza, falei para Clarissa:

— Temos que ir até o Saint Jude's.

E depois, devagar, pronunciando com clareza, pensei: *O Ben está morrendo.*

— Saint Jude's — repetiu Clarissa com firmeza.

Caí de joelhos e passei as mãos no chão, procurando freneticamente os meus sapatos.

— Sim, é um hospital.

Ela pigarreou.

— Certo. Foi o que eu pensei. Tenho quase certeza de que já ouvi meu pai falar dele. E toda vez que ando de ônibus, eu...

— Você pode ligar para ele? Pro seu pai? E ver se ele pode nos dar uma carona?

— Ele está em cirurgia hoje à tarde — disse Clarissa. A cadência e o tom dela estavam errados. Monótonos e uniformes. — Você não pode ligar para os seus pais?

— Não — falei rápido, finalmente encontrando um sapato. Engatinhei para a frente procurando o outro e bati a cabeça no armário da cozinha. — Não. Estou de castigo, lembra?

— Seu avô?

— Fora da cidade. Na corrida de cavalos.

— Tudo bem — disse Clarissa no mesmo tom desconhecido. — Então vamos pegar o ônibus. Você mora em Bedford Estates, certo? Você sabe chegar até o ponto de ônibus na Sycamore? O ônibus 7 passa lá a cada vinte minutos.

Eu costumava jogar futebol na Sycamore quando era pequena. Eu tinha visto esse ponto de ônibus umas mil vezes na vida. Ficava a dois quarteirões da minha casa.

— É. Eu consigo encontrar — falei enquanto achava o outro sapato. Levantei de maneira brusca e o enfiei no pé.

— Okay, tenho quase certeza de que o ônibus 7 para no Saint Jude's.

— Você tem *quase certeza*? — guinchei.

Ouvi Clarissa engolir em seco.

— É. Quer dizer, já ouvi o motorista gritar o nome do ponto, e não pode haver dois Saint Jude's, certo?

— Certo. Vamos. — Afastando ao máximo minha ansiedade, eu me concentrei em cada passo: saindo de casa, descendo a entrada da garagem, encontrando a calçada, atravessando o primeiro cruzamento, virando a esquina até a Sycamore.

O ponto de ônibus estava estranhamente silencioso. Em pé no meio-fio, escutei desesperada em busca de um ônibus se aproximando e digitei o número do Mason várias vezes seguidas.

Caixa postal. Caixa postal. Caixa postal. Caixa postal.

Guardei o celular de novo no short e apertei o botão redondo no meu relógio de pulso. Duas e quinze.

Fique vivo, Ben.

— Como você sabe que o ônibus 7 passa por aqui? — soltei, começando a entrar em pânico.

— Orientação e mobilidade — disse Clarissa, e eu quis sacudi-la e dizer para ela falar do jeito normal. — Tive muitas sessões aqui. Espera, acho que o ônibus está chegando.

O freio do ônibus guinchou quando ele parou no meio-fio. Clarissa pegou a minha mão e me arrastou por toda a extensão do veículo, provavelmente procurando a porta. Parando de repente, ela disse:

— Com licença, este é o ônibus 7, certo? — Quando uma voz rouca masculina fez um barulho afirmativo, ela me puxou para embarcar, pagou ao motorista e se movimentou com habilidade pelo corredor, de vez em quando pedindo desculpas aos outros passageiros enquanto tateava o caminho e encontrava dois assentos vazios.

Pode falar o que quiser sobre a Clarissa, mas ela sabia o que estava fazendo.

— Como você aprendeu a fazer tudo isso? — perguntei quando nos sentamos.

Sua perna balançava ao lado da minha.

— As aulas de orientação e mobilidade me ensinaram o básico. Mas isso não leva você muito longe. Então, quando saí sozinha, aprendi a maior parte fazendo besteiras. — Seu tom animado e maníaco estava levemente de volta, e eu suspirei ao ouvi-lo. — Quer dizer, você pega o ônibus errado, vai na direção errada algumas vezes, parece idiota de vez em quando, mas acaba aprendendo. Que nem a vida, sabe?

É. Que nem a vida.

Expirei fazendo barulho. Eu também poderia estar andando sozinha agora, se tivesse me esforçado um pouco. Eu tinha passado tanto tempo brigando com Hilda, brigando com o fato de ser cega.

Como se fossem as piores coisas do mundo.

Massageei a testa com o punho. Eu não podia mais ficar parada e deixar tudo me atropelar. Havia pessoas precisando de mim naquele momento, coisas que eu precisava fazer, uma vida que eu precisava viver.

O ônibus parou de repente e as portas se abriram.

— Merriweather Mall — disse o motorista de maneira arrastada. No corredor, passageiros esbarravam lentamente passando por mim. Disquei de novo para Mason. Caixa postal. Secando o suor da testa, verifiquei o relógio de pulso. Duas e quarenta e cinco.

O tempo parecia estar acelerado.

— A gente deve chegar daqui a pouco — disse Clarissa.

— Certo — falei, retorcendo as mãos no colo e as deixando assim. Não havia música na minha cabeça no momento, nada para manter as minhas mãos ocupadas.

— Civic Center — falou com preguiça o motorista do ônibus conforme diminuíamos a velocidade até parar. Alguém que usava uma colônia floral passou por mim. Ouvi a porta chiando até se fechar, mas ficamos parados ali durante um tempo dolorosamente longo antes de continuarmos, ao que parecia, no ritmo de um carro de cada vez. Apertei minha bengala com força.

Fique vivo, Ben.

O pensamento agora estava fraco, um sussurro de culpa, e eu coloquei a mão no bolso e desliguei o celular, de repente apavorada de Mason me ligar e falar o contrário.

— Saint Jude's — disse o motorista, e as palavras mal tinham saído da sua boca quando me levantei num salto e cambaleei pelo corredor. Clarissa gritou atrás de mim enquanto eu descia os degraus de um jeito brusco e saía em disparada, deixando-a para trás.

* * *

Eu não conseguia ver o Saint Jude's, mas cambaleei para a frente mesmo assim, segurando um transeunte e implorando ajuda para encontrar o saguão. Quando eu estava lá dentro, girei em círculos vacilantes rezando por uma fresta de visão.

Eu não via nada.

— Bem-vinda ao Saint Jude's. Posso ajudar? — disse uma voz feminina agradável vinda de algum lugar na minha frente.

Cambaleei para a frente, batendo com força num balcão.

— EstouprocurandooquartodoBenMilton — falei, as palavras saindo todas numa respiração só.

— Como é?

Coloquei as palmas sobre o balcão. E me inclinei para a frente.

— Estou procurando... — fiz uma pausa, tentando controlar a respiração, tentando me acalmar — ... o quarto do Ben Milton.

— Vou verificar — disse ela, hesitante. Por um instante, o único som foi a digitação de teclas no computador. E depois: — Primeiro andar. Quarto um zero dois, passando direto por esse balcão, segunda porta à esquerda. Quer alguma...

Eu me afastei de maneira brusca. Meus pés pareciam lentos, como se eu estivesse tentando caminhar pela areia profunda e úmida. Parecia que as pessoas estavam por todo lado andando devagar pelo corredor. Esbarrando nelas, eu pedia desculpas e as contornava para passar. Encontrei a parede com a mão esquerda e continuei andando enquanto imagens do Ben apareciam borradas na minha mente.

Fique vivo, Ben.

Não era mais um pensamento. Era uma oração.

Meus dedos passaram pela primeira porta. Parei de repente. Dei um passo trôpego para trás. Deslizei a palma da mão na parede até encontrar a placa do número do quarto. Meus dedos deslizaram sobre o braille. Quarto 101.

O quarto do Ben era a porta ao lado. E eu ainda não conseguia enxergar.

Alguma coisa estava rasgando meu estômago, meu peito, meu coração. Eu não conseguia respirar. Lágrimas escorriam pelo meu rosto. Segui em frente, passando a mão pela parede até encontrar a porta seguinte, a placa de número seguinte.

Quarto 102.

Congelei. Alguém estava chorando no quarto. Era a sra. Milton, seus soluços abafados saindo do quarto e flutuando ao meu redor.

O momento era desesperadamente aflitivo, e me atingiu com tanta rapidez, com tanta gravidade, tão diferente de qualquer coisa que eu já tinha vivido, que eu me senti achatada sob o peso dele. Minha bengala caiu no chão. Ela rolou para longe, com um som metálico prolongado, se afastando atrás de mim. Fiquei parada, enraizada no vazio, sentindo como se alguma coisa estivesse me esmagando, espremendo o ar dos meus pulmões. Uma coisa enorme e inflexível.

Ben estava morto.

44

Meus joelhos cederam e eu caí no chão.
Não.
Pensei nisso com toda a força que consegui para tornar realidade. Ben não podia ter morrido, porque eu ainda conseguia sentir sua gentileza, e ainda conseguia sentir seu sorriso, ainda conseguia sentir todas as coisas lindas que ele tinha feito por mim. Eu ainda conseguia *senti-lo*.

Eu não estava num hospital incapaz de ver. Eu estava presa num sonho terrível. Eu ia acordar a qualquer momento, rolar para fora da cama, tomar um banho, o café da manhã e pedir para o meu avô me deixar na casa do Ben. Ele estaria em casa e eu o veria, porque ele estaria vivo.

Um alto-falante soou no alto chamando um técnico de radiologia.

— Não — sussurrei. Senti meu queixo tremer, senti meus pulmões se fechando, senti o desespero me tomando. Coloquei os braços ao redor do meu estômago e me balancei para a frente e para trás no chão do corredor. Se eu tivesse alguma consciência de mim mesma, saberia que estava em choque. Eu não conseguia pensar. Meus pensamentos eram todos escorregadios, sombrios, transitórios, deslizando pelos dedos antes que eu conseguisse agarrá-los.

Minha cabeça se ergueu de repente quando ouvi passos vindo pelo corredor. As rodas de uma maca no chão de ladrilho. Conversas. Brincadeiras. Risadas. Titubeando um pouco, eu me levantei num salto, secando a umidade do rosto e encarando o vazio. Eu só tinha três fichas no meu arquivo mental naquele momento, e todas elas tinham palavrões impressos.

Foi aí que ouvi uma voz.

Uma voz familiar, que me trouxe lembranças de risadas e videogame e Doritos e estrelas.

— Thera?

A voz estava terrivelmente fraca e arrastada, mas era do Ben.

Inspirei como quando você está nadando e vem à superfície precisando desesperadamente tomar ar. Ben estava *vivo*?

A maca passou por mim e entrou no quarto. Agarrando o batente da porta, cambaleei ali durante vários instantes, confusa. Tonta. Dentro do quarto havia tumulto e grunhidos. Mais conversas. Mais risadas. As enfermeiras estavam fazendo alguma coisa. Transferindo Ben para a cama? Depois, elas passaram por mim num mar de tagarelice, indo para o fim do corredor. A sra. Milton me prendeu num abraço rápido.

— Não é maravilhoso? — ela disse aos prantos.

Mas ela ainda estava chorando.

Nada fazia sentido.

A sra. Milton me soltou, assoou o nariz como uma buzina barulhenta, depois anunciou que, como Ben estava muito grogue, ela iria à cafeteria para comer alguma coisa rapidinho.

Quando o corredor engoliu os seus passos, entrei no quarto esbarrando no Mason, que gemeu surpreso. Agarrando um pedaço da sua camiseta para me equilibrar, sibilei:

— Mason, que diabo está acontecendo?

— A enfermeira não contou quando ligou para você? — perguntou Mason, parecendo confuso.

Minhas palavras começaram a sair rapidamente, separadas por respirações entrecortadas.

— Tudo que ela me disse era que eu tinha que vir ao hospital... e ela não podia me dizer o motivo porque não sou da família... e eu não conseguia ligar para você porque a cobertura do seu celular é péssima aqui... e eu tive que encontrar o ponto de ônibus... e quando cheguei aqui os corredores estavam lotados e eu não conseguia ver nada... Mason, *eu não consigo ver nada...*

— Ai, meu Deus — sussurrou ele. — Você pensou... — Agora ele estava segurando o meu peso. Murmurando um palavrão, ele continuou. — Eu *sabia* que devia ter ido lá fora e ligado para você em vez de pedir à enfermeira para fazer isso. Minha mãe me convenceu a pedir para a enfermeira ligar, disse que seria a maneira mais simples e rápida de fazer você vir até aqui para comemorar com a gente.

Comemorar?

— Mason, eu não consigo *ver.*

— É porque o Saint Jude's é um hospital de reabilitação.

Era como se ele estivesse falando outra língua.

— Um hospital de reabilitação?

— É — disse ele. — Eu também não sabia disso quando o Ben foi transferido. — Ele expirou fazendo barulho. — Então, ele descansou bastante de ontem para hoje. Entre isso e a boa notícia, ele está começando a melhorar.

— Boa notícia? — murmurei.

A voz do Mason parecia um sonho, quase hipnótica, quando ele disse:

— Os resultados dos exames do Ben chegaram hoje. A cirurgia removeu praticamente todo o câncer. Eles ainda estão fazendo exames, quer dizer, ele acabou de voltar de um tipo de ressonância. Então acho que vamos ter que esperar esses resultados também, mas neste momento as coisas estão parecendo ótimas. Muito melhores do que o médico esperava. Ele ainda vai precisar de quimioterapia e radioterapia, mas as chances são boas.

Eu não conseguia acreditar. Ainda não. Sussurrei:

— Mas a sua mãe estava *chorando*, Mason.

— Ela é chorona — explicou ele. — Lágrimas felizes, lágrimas tristes. Não importa. Maggie — ouvi Mason dizer no meu ouvido, e de repente fiquei sentida e estranhamente consciente de que estava esmagada contra ele. — O médico disse que as chances de sobrevivência do Ben são de setenta por cento.

— E eu não consigo vê-lo — murmurei. Eu só conseguia pensar em uma teoria para essas duas coisas estarem acontecendo ao mesmo tempo. Uma teoria tão perfeita que eu mal podia considerá-la.

Alguma coisa quente estava crescendo no meu coração. Alguma coisa parecida com esperança.

— Thera — Ben falou arrastado do outro lado do quarto. — Você vai ficar parada aí babando no meu irmão ou vai vir aqui dizer oi?

Mason e eu nos afastamos, cheios de culpa. Dei um passo para a frente e esbarrei na proteção da cama do Ben.

— Oi, Ben — falei, tentando parecer o mais natural possível, mas fracassando miseravelmente. Meu cérebro ficava repetindo três palavras várias vezes. *Setenta por cento.*

Mas eu sabia que estava errado. As chances dele eram de cem por cento, porque
eu
não
conseguia
vê-lo.

— Thera — disse Ben. — Você está com uma aparência horrível.

Ri alto, uma combinação da risada de ponto de exclamação do Ben e da minha própria risada. Gostei do som.

— Você também deve estar — falei —, mas eu não consigo ver.

Ele ficou calado enquanto processava essa informação.

— Não consegue? — disse finalmente.

Balancei a cabeça.

— Então eu preciso informar — disse ele com a voz enrolada, mas séria — que sou o cara mais bonito deste quarto.

45

Clarissa me alcançou depois de alguns minutos, depois que Ben tinha caído no sono. Mason nos deu carona para casa, deixando-a primeiro. Ele cobriu a minha mão com a dele quando saímos da entrada da garagem da Clarissa, sua pele me enviando várias mensagens: *Sinto muito pelo que você passou hoje* e *Você é importante para mim* e *Eu me preocupo com você*.

— Como você está? — perguntou ele com suavidade, seu polegar fazendo círculos minúsculos na minha palma.

— Bem — eu basicamente gritei. Pigarreei. — Quer dizer... o Ben está recuperado, então eu estou melhor do que já estive em muito tempo. — Eufemismo do milênio. A sensação da pele dele se movendo sobre a minha era intensa, diferente de tudo que eu já tinha sentido. Será que ele só estava me apoiando e sendo gentil? Provavelmente.

Não importava. Meu corpo inteiro estava explodindo.

— Acontece — explicou Mason — que você não vai mais conseguir enxergar.

Comecei a negar, mas depois parei de repente. Ele estava certo. A menos que eu ficasse deliberadamente perto de prontos-socorros e hospitais — um pensamento tão desagradável quanto tentador —, minha visão era só uma lembrança.

O fato é que eu estava cega.

O polegar do Mason parou.

— Eu não queria chatear você — sussurrou ele.

Eu não tinha notado as lágrimas surgindo, mas agora elas estavam ali, escorrendo lentamente pelo meu rosto.

— Tudo bem — falei, secando-as. Apoiei a cabeça na janela e suspirei.

Uma das coisas que eu gostava no Mason era que ele sabia quando me deixar sozinha com os meus pensamentos. Ele ligou o rádio num volume baixo e nós passamos o resto do trajeto em silêncio. Só havia eu, apoiada no vidro gelado com uma percepção enorme e arrasadora começando a me invadir, a mão do Mason na minha e música. Quando Mason parou na minha casa, ele disse:

— Hum. Tem um carro de polícia na frente da sua casa.

O nervosismo fez meu estômago tremer.

— Eu não disse aos meus pais que ia sair de casa hoje — falei, minha voz oscilando. — Eles devem ter chamado a cavalaria.

Eu estava muito ferrada.

— É culpa minha você ter saído correndo para o Saint Jude's — disse Mason, expirando. — Quer que eu entre com você? Que eu ajude a explicar?

Apertei a mão dele uma vez e depois me afastei.

— Obrigada por oferecer, mas não. Essa coisa com os meus pais vai muito além de hoje... e não é culpa sua. — Abri a porta e saí com um pé trêmulo. — Só me mantém informada sobre o Ben, okay? Tenho a sensação de que não vou sair dessa casa por muito tempo.

Ouvi o carro do Mason dando ré enquanto subia os degraus da varanda até a porta da frente. Parando por um instante, respirei fundo, virei a maçaneta e entrei. Fechei a porta em silêncio com as mãos espalmadas e fiquei perfeitamente parada, esperando os gritos.

Eles não vieram.

Em vez disso, veio uma respiração profunda e meu pai desabando:

— Graças a Deus.

E minha mãe falando entrecortado:

— Ela está aqui.

De repente, minha mãe estava me envolvendo com os ossos pontudos e o cabelo despenteado, me abraçando com força e murmurando, apesar de não parecer falar comigo. Ela estava soluçando ou rindo:

— Ela está bem — várias vezes. Em certo momento, ela recuou, mas sua mão segurou meu antebraço com firmeza, como se eu fosse um balão que pudesse sair voando.

Eu queria que ela gritasse comigo. Eu estava preparada para ela gritar comigo. Mas as únicas palavras que vieram foram de um policial com voz agitada. Ele só me fez perguntas superficiais: Onde eu estava? Fui levada contra a minha vontade? Eu estava bem? E depois ele saiu da casa num rastro de pegadas estridentes.

E então sobramos nós três.

E minha mãe segurando o meu braço.

Aquele aperto estava me apavorando.

Ouvi meu pai andando na minha direção e parando bem na minha frente.

— Maggie — sussurrou ele —, ficamos tão preocupados com você. Achamos que... — Ele pigarreou. Começou de novo. — Ficamos tentando te ligar, e você não atendia. Tivemos muito medo de que, depois de tudo... — Ele pigarreou mais uma vez. — Ficamos apavorados de você ter fugido. De você ter feito alguma coisa perigosa e se machucado.

A voz atormentada do meu pai, o modo como minha mãe estava agarrando o meu braço — tudo isso me agitou, e de repente eu senti minha garganta se fechar.

— Eu achei que o Ben estava prestes a morrer, pai — expliquei. — Então a Clarissa e eu pegamos um ônibus até o Saint Jude's.

— Vocês pegaram um *ônibus*? — meu pai se precipitou.

— Pai — falei. Minha voz estava baixa. Suave. Nós nunca tínhamos nos falado desse jeito, meu pai e eu. Sempre fomos mestres em evitar confrontos. — Sou perfeitamente capaz de andar por dois quarteirões da minha casa e pegar um ônibus para o Saint Jude's. Se você não acredita em mim, na minha capacidade de me movimentar, de viver... — tentei me soltar da minha mãe, mas não consegui — como espera que eu acredite? Você tem que me deixar descobrir as coisas sozinha.

Eu o ouvi engolir em seco.

— Eu não sei fazer isso — disse ele. Ele não se parecia muito com meu pai. Sua voz estava velha e silenciosa e encolhida. — Não sei ficar de lado assistindo a você se machucar.

— Mas, pai, sua preocupação de eu me machucar... é *isso* que está me machucando. — Senti meus olhos ficando marejados. Eu sabia que já tinha chorado demais hoje, sabia que era inútil começar de novo. Mas também percebi que minhas próximas frases não sairiam sem lágrimas. — Eu ainda sou a Maggie. Ainda quero sair com você. Ainda quero procurar músicas com você nas manhãs de sábado.

Ele soltou um suspiro pesado.

— Depois que você... — Ele parou e recomeçou. — De vez em quando eu te convidava para ir comigo, e você sempre dizia não. Achei que era doloroso demais para você, por isso parei de chamar. Desculpa, Mags. Eu devia ter continuado a convidar. — Ele colocou a mão pesada nas minhas costas, deixou que deslizasse pelo meu ombro e me abraçou. Estava com cheiro de loção pós-barba, sabão em pó e suor. Sequei as lágrimas do rosto, surpresa por me sentir tão pequena e criança no seu abraço, como se eu tivesse a idade do Ben, talvez menos. Ele me apertou mais uma vez antes de se afastar.

Minha mãe segurou com mais força o meu braço, e eu me virei na direção dela.

— Mãe. — Foi só uma palavra, mas parecia um apelo. A verdade é que ela estava me assustando.

Segundos se passaram.

— Maggie — ela começou finalmente, quase histérica. Então inspirou antes de continuar com as palavras cortadas, apressadas. — Você estava certa sobre eu ter deixado você... quando você estava... — Ela parou e puxou a respiração. Eu não me mexi, apenas esperei. — Você sempre foi a forte. A pessoa mais forte que eu conhecia. Tão mais forte do que eu poderia ser. Era apavorante ver você naquele hospital, tão doente e fraca.

Concordei com a cabeça, apesar de não saber por quê. Talvez eu só quisesse encorajá-la a continuar falando para eu não ter que falar. Eu estava com medo de abrir a boca. Eu sentia um soluço tão forte subindo pelo meu peito que parecia que ia me cortar ao meio.

— Eu me senti absurdamente culpada — continuou minha mãe, agora com a voz mais alta, inflexível. — Eu sabia que, se tivesse levado você ao médico naquela manhã, se não tivesse ido trabalhar, você provavelmente não estaria deitada naquela cama, lutando pela vida. E a verdade é que eu não sabia como lidar com tudo aquilo, então fiquei com a minha irmã por alguns dias, tentando me recompor. — Ela fez uma pausa e eu a ouvi respirar fundo. — Foi uma coisa horrível de se fazer, querida. Você precisava de mim, e o que eu fiz? Abandonei você.

— Você podia simplesmente ter me contado tudo isso, mãe — falei, com as palavras suaves, trêmulas. — Eu teria perdoado você.

— Eu sei — ela sussurrou. — Eu não sabia que você estava lúcida o suficiente para notar que eu não estava lá. Isso parece uma desculpa... e acho que é. — Ela expirou, cansada, e ficou em silêncio durante vários instantes. Por fim, disse: — Eu estava esperando você se levantar e sacudir a poeira, mais forte do que nunca. Afinal você é a Maggie. Forte como o diabo. — Escutei-a engolir em seco. Puxar a respiração. — E você *começou* a seguir em frente, descobriu novas maneiras de fazer as coisas. Fez novos amigos. Estou orgulhosa de você, Maggie.

— Mas *você* está seguindo em frente? — devolvi.

— Claro que estou. O que você... — Ela se interrompeu, soltou a respiração e começou de novo. — Ah, querida, é por causa do futebol? Você acha que estou decepcionada por você não poder jogar como antes? Claro que foi difícil ver você perder tudo isso, difícil ver você perder a sua... difícil ver você...

Fiquei ali, sem me mexer, esperando ela dizer. Mas ela não disse, e eu falei por ela:

— Cega, mãe. Eu sou cega.

E, quando falei, eu sabia que era verdade.

Que isso sempre seria verdade.

Eu não podia me agarrar a partes do meu passado enquanto o presente continuava sem mim. Eu tinha enxergado. Minha visão foi transitória, linda e impressionante, e eu adorei cada instante.

E agora ela havia desaparecido.

Essa verdade me atingiu em cheio, e eu me encolhi com o peso dela.

Graças a Deus minha mãe ainda estava segurando o meu braço, porque ela me pegou quando eu caí, e nós fomos juntas para o chão.

— Eu sei que você é — disse minha mãe, me embalando —, e tudo bem. Você tem que saber que está tudo bem. Que todos nós estamos bem.

Senti que ela estava me dando permissão para me livrar de toda a dor e a culpa e o medo — todo o ressentimento e o sofrimento que eu estava carregando. Com o peito arfando, eu me aninhei nela e solucei, subitamente consciente de que vinha me segurando fazia mais de sete meses, e agora estava exausta demais para fazer isso sozinha. Depois que minhas lágrimas se acalmaram, eu me soltei e me sentei, secando o rosto com as costas da mão. Inspirei fundo e prendi a respiração por um instante. E depois expirei, deixando tudo ir embora.

46

Ben começou a quimioterapia depois que recebeu alta do Saint Jude's. Ele passava a maior parte do tempo deitado na cama ou debruçado numa lata de lixo, dormindo ou vomitando.

Era domingo, algumas semanas depois do início do tratamento, quando entrei no quarto dele e, cheia de cerimônia, depositei um pacote pesado na cama.

— Trouxe um presente para você — falei.

Ben ficou calado por um instante enquanto processava a informação. Depois, com um bocejo que não conseguiu disfarçar o prazer na sua voz, ele disse:

— Sério?

Eu me sentei no canto da cama e bati na parte de cima do presente com o dedo indicador.

— É. Sério. Abre.

Ouvi a cama gemer quando ele se sentou, e o ouvi rasgando o papel de embrulho com selvageria. E depois o ouvi engolir em seco. Por um instante, achei que ele estava vomitando. O que me deixou um pouco em pânico, porque eu não sabia se devia trazer uma lata de lixo, cobrir a minha boca ou sair correndo antes de vomitar em solidariedade. Mas aí ele falou num sussurro engasgado:

— Os Qs.

Meu coração desabou e se inchou ao mesmo tempo.

Ontem eu tinha acordado repulsivamente cedo, tomado banho e passado uma hora vasculhando os classificados locais online. Depois, entrei de repente no quarto dos meus pais e acordei meu pai, berrando:

— Tem quinze vendas de garagem hoje, pai! Quinze!

Porque, às vezes, você precisa ser a pessoa que dá o primeiro passo.

Com copos de café para viagem nas mãos, passeamos de uma venda de garagem a outra durante a maior parte da manhã, conversando, divagando e brincando. Não tinha sido exatamente como antes — *nós* não éramos exatamente como antes —, mas foi um começo. E, naquele momento, isso era tudo de que precisávamos. Eu tinha encontrado a enciclopédia dos Qs na nossa décima quarta parada. Era parte de um conjunto escondido embaixo de uma mesa. Talvez eu nunca a tivesse descoberto se minha bengala não tivesse ficado presa num cabide de arame.

Ben pigarreou.

— Thera — ele disse por fim, todo casual, como se me conhecesse havia séculos e eu tivesse passado a maior parte desse tempo o surpreendendo com presentes significativos —, quer que eu leia algumas entradas para você?

Uma risada explodiu de algum lugar dentro de mim, uma bolha estourando por todo o quarto. Eu não tinha percebido, até aquele momento, quanto eu queria ouvir os Qs.

— Quero, sim.

* * *

Eu quase derrubei Mason quando saí do quarto do Ben. Evidentemente, por causa de um problema de coordenação no meu guarda-roupa, estávamos vestindo exatamente a mesma coisa — calça jeans e camiseta preta lisa —, porque ele parou no corredor por um instante e falou com a voz baixa:

— Você fica muito melhor nessa roupa do que eu. — Suas palavras desceram pelas minhas costas e pousaram com dificuldade na parte de trás dos meus joelhos. E eu não conseguia me recuperar. Mesmo uma hora depois, enquanto estávamos deitados no chão da sala de estar conversando sobre música, minhas pernas pareciam esponjosas e ineptas.

— Como é que alguém chega aos dezessete anos sem ouvir uma única música da Operation Scarce? — perguntei. — Isso não é coisa de americano.

— Já falei — disse Mason. — Eu estava refugiado.

Revirei os olhos.

— Por favor. Tenho uma música deles no meu celular, se você quiser ouvir.

— O que eu quero ouvir — disse ele, e eu o senti virar de lado para me encarar — é a música que você tocou aquele dia no piano.

— Ah, não. Não, não, não, não — falei, rindo. — É só algo que anda circulando na minha cabeça ultimamente, só isso.

— Só para me agradar, Maggie. Por favor? — disse ele, me atingindo em cheio com aquela voz melosa.

Eu pisquei.

— Hum. Okay.

Rolei e me levantei, demorando mais que o necessário para chegar até o banco do piano. Eu provavelmente tinha tocado essa música mil vezes nas últimas semanas. Eu a conhecia de trás para a frente e de frente para trás. Mas, mesmo assim, Mason era um músico brilhante de verdade, e eu era só uma garota que tirava notas do ar e as colava do jeito que achava que se encaixavam. Eu me sentei desajeitada no banco com as mãos no colo. Mason veio atrás de mim, parando perto o suficiente para eu sentir o calor emanando do seu corpo.

Não me mexi.

Estendendo a mão sobre o meu ombro, ele pegou as minhas mãos com delicadeza, uma de cada vez, e as colocou sobre as teclas.

Esse ato foi estranhamente íntimo.

Fechando os olhos, respirei fundo, tentei me esquecer de tudo que não fosse a música e comecei a tocar. A música parecia alta por algum motivo, como se estivesse chegando a mim através de um par de fones de ouvido, como se eu estivesse parada na fileira da frente de um show ao lado de uma gigantesca caixa de som. Tanto que eu quase não ouvi quando Mason começou a cantar a letra que eu tinha lido aquele dia no quarto dele, a letra de "November".

Parei de tocar.

— Você está cantando com a minha melodia — falei brilhantemente.

Ele se sentou no banco ao meu lado. Com a voz tão perto de mim que eu podia sentir um sorriso, disse:

— Estou. Continua tocando.

— Certo. Claro. Continua tocando. Como eu sou boba. — Sua não resposta disse que ele estava me esperando. Pigarreei e obriguei minhas mãos a se mexerem. Ele estava cantando de novo quando toquei o terceiro acorde, começando bem no meio do segundo verso. Parei de novo. — Isso é estranho.

Soando um pouco envergonhado, Mason disse:

— Desculpa. Eu deveria ter contado que não consigo tirar a sua melodia da cabeça desde que a ouvi. Ela parece certa para essa letra, sabe? Você pode... pode continuar tocando?

A *minha* melodia. Grudada na cabeça *dele*.

Respirei, posicionei as mãos e nós cambaleamos pelo resto da música — eu tentando encontrar o tempo dele e ele tentando encontrar o meu. Quando terminamos, Mason soltou um pequeno suspiro autodepreciativo.

— Essa música me parece errada, mas não consigo identificar o motivo.

— É o ritmo — falei.

Eu o senti se contrair, surpreso.

— Você acha?

— Sim. Quer dizer, tenta transformar em três por quatro, em vez de seis por oito. A sua letra... ela é tão apaixonante. Mas o ritmo? Nem tanto.

— Então você acha que se nos combinarmos num três por quatro seria... apaixonante? — disse ele baixinho.

Engoli em seco. Ainda estávamos falando da música?

— Hum. Acho.

— Posso fazer isso — disse Mason.

O silêncio flutuou ao nosso redor por um instante.

— Certo — falei um pouco alto. Coloquei as mãos em posição. Soltei uma leve tosse. — Então, em três por quatro, certo?

Meu plano original era ir um pouco mais devagar e deixar Mason me encontrar com a letra, mas, assim que toquei a primeira nota, percebi que queria colocar todo o meu mundo naquela música. Mason entrou no início da segunda escala, envolvendo ardentemente cada nota minha com sua voz. E a música saiu de nós tão devagar, com tanta perfeição, tão sinuosa, que eu não tinha certeza se estávamos criando a música ou se ela estava nos criando. Nela estavam nossas lutas, comemorações e perdas combinadas. Nela estava tudo pelo que passamos e todas as verdades que viemos a conhecer.

Nela estávamos nós.

E, quando a última nota sumiu, quando viramos para nos encarar, a respiração chocada do Mason se misturou com a minha. De repente, o ar entre nós estava frágil, incerto, mas impossivelmente sólido.

— Uau — sussurrei —, isso foi...
— Apaixonante — murmurou ele.

Eu não tinha certeza de como chegamos a isso — se eu me aproximei ou se ele se esticou na minha direção —, mas de repente não havia mais espaço entre nós e estávamos nos beijando. Seus lábios tinham gosto de mar e absoluta submissão, e eu fiquei preocupada de a sra. Milton entrar e nos ver, mas tudo que eu conseguia cheirar e sentir e saborear era ele, ele, ele. E foi como se um tipo de lunática enlouquecida dentro de mim tivesse se libertado, porque eu estava morrendo de vontade de passar as mãos no cabelo dele, sobre seu peito, por baixo da camisa, ao redor dos seus ombros, e aí — ai, meu Deus — seus lábios se abriram, e eu me derreti no nada. Depois que minha mente explodiu e voltou ao lugar, e depois explodiu e voltou ao lugar, nós nos separamos.

— Uau — sussurrou ele.

— Uau — falei. Ou achei que falei. Eu tinha quase certeza de que a minha boca tinha feito esse movimento específico. Minha mente estava inquieta, reconstruindo e desconstruindo o beijo, o que me fez pensar na minha capacidade de beijar, o que me deixou extremamente nervosa, o que me fez soltar de repente: — Você ainda está saindo com a Hannah Jorgensen? A modelo? De Nova York? — Em algum lugar no fundo da minha mente, eu estava gritando comigo para calar a boca, mas as palavras continuavam saindo, tropeçando para fora da minha boca antes que eu pudesse capturá-las. E o pior é que eu me sentia ficando com raiva, meus olhos se enchendo de lágrimas só de pensar nele com outra garota. Pisquei várias vezes. — Porque eu ouvi falar que você estava saindo com ela e, sinceramente, não sou do tipo de pessoa que simplesmente... beija um cara que tem namorada.

Finalmente, selei os lábios para impedir que as *idiotices* saíssem da minha boca.

Um pouco de ar divertido saiu pelo nariz dele.

— Boato. Eu nem conheço Hannah Jorgensen.
— É?
— É — disse ele e deu uma risadinha suave.
— O que foi? — perguntei.
— Você é mole por dentro, Maggie Sanders — ele me acusou, passando a ponta do dedo no canto do meu olho para afastar a umidade.
— Não sou *nada*.
Ele riu.
— É, sim. Você tenta parecer toda durona e sarcástica, mas por dentro? — Ele se aproximou e me beijou de novo. Senti que ele estava sorrindo nos meus lábios enquanto dizia: — Você é um marshmallow.
Uma batida na porta da frente nos fez pular para longe um do outro, culpados.
— Toc, toc — disse uma mulher, então a porta se abriu rangendo e o som de saltos altos ecoou na entrada. — O Teddy e a Samantha quiseram passar aqui para deixar uns balões para o Ben. É um momento ruim?
Mason pigarreou, parecendo adoravelmente envergonhado.
— Não, não. Entrem. Oi, Teddy. Samantha. O Ben está no quarto dele. Venham comigo.
Eu os ouvi entrar fazendo barulho e ouvi alguns passos parando do meu lado.
— Você — resmungou Samantha.
— Você.
— Acho que você não vai sumir, né? — disse ela de maneira teimosa, mas consegui detectar um toque de tolerância escondido em sua voz.
— Sem chance — respondi.

* * *

Quando cheguei em casa naquela noite, liguei para Hilda e perguntei se ela arrumaria um horário para mim no dia seguinte para uma aula sobre transporte público. Depois, subindo a escada e fechando a porta do meu quarto, tirei o DVD de uma faculdade do envelope e o coloquei no computador, entrando embaixo da coberta da minha avó para escutar.

47

Assim como tantas outras garotas do último ano naquela tarde fria de outono, eu me vi parada num campo de futebol com o gramado batendo nos meus tornozelos e o vento no cabelo, uma multidão de espectadores observando. Eu nunca me imaginei aqui sem uniforme, nunca achei que ficaria tão perto de um gol sem uma bola entre os pés.

Nunca pensei que faria uma coisa assim.

Engoli em seco. Sequei as mãos na calça jeans. A multidão era enorme — muito maior que a do Alexander Park. Mas também, a Loose Cannons não poderia simplesmente aparecer no campus da UConn sem chamar muita atenção.

Eu quase conseguia sentir o sorriso do Ben quando mudei o peso do corpo, os dedos flutuando sobre o teclado enquanto esperava David abrir o show. Ultimamente, Ben andava dizendo que os instantes pouco antes de um grande ato eram mais incríveis do que o que vinha a seguir. Eu estava começando a acreditar nele.

Apesar do coquetel de quimioterapia que continuava a se arrastar pelas suas veias, Ben estava seguindo. Sim, ele ainda estava vomitando. E, sim, ele tinha perdido todo o cabelo, inclusive as sobrancelhas. E, sim, eu estava mergulhada numa quantidade inédita de piadas sobre sobrancelhas carecas. E, sim, eu ainda não conseguia vê-lo, e me sentia infinitamente grata por isso.

Senti o cheiro do Mason antes de ouvi-lo — aquele cheiro almiscarado no qual eu tropeçava sempre desde o dia em que o conheci.

— A Clarissa acabou de chegar — ele sussurrou no meu ouvido. — Ela pediu para eu entregar isso a você. Para dar sorte. — Eu sabia exatamente o que era quando ele colocou na minha mão. Rasguei a embalagem, dei uma mordida sem pressa e depois, mastigando devagar e deliberadamente, devolvi a ele. — Você não vai comer tudo? — perguntou ele.

— A primeira mordida é a melhor. O resto é desnecessário — falei, e ele soltou uma risada baixa, sussurrou "boa sorte" e me deu um beijo na testa.

Mason e eu estávamos namorando havia aproximadamente um mês, catorze dias, doze horas e trinta e dois minutos. Mais ou menos. Eu gostaria de dizer que tinha me acostumado com essa persona que atrai todas as atenções, mas nem eu conseguiria contar essa mentira. Na noite passada, ele me perguntou se eu achava que tinha mudado ao longo dos últimos meses. Balancei a cabeça dizendo que não. Eu não tinha mudado. Não de verdade. Eu ainda era uma grande sabe-tudo. Ainda achava que cookies pertenciam aos grupos alimentares básicos. Ainda ignorava desconhecidos quando eles falavam comigo. Ainda acreditava que chinelos eram minha maior expressão da moda. Ainda me irritava quando meu professor de inglês falava sobre seu saco. O que estava diferente em mim não era eu: era o que eu percebia. As coisas às quais eu prestava atenção. Afinal circunstâncias não nos fazem mudar. Elas mostram como somos.

Se você me dissesse, semanas atrás, que Carlos ia sair definitivamente da banda, deixando à Loose Cannons poucas opções além da garota que conhecia seus teclados de cor — a garota que andava ensaiando as músicas deles nas pernas durante meses a fio —, eu diria que você estava alucinando.

Mas isso estava acontecendo.

Naquele momento.

David bateu nos pratos. Meus dedos se espalharam pelas teclas e eu toquei as primeiras notas de "Transcendence". Eu estava nervosa pra caramba, e minhas mãos tremiam nas teclas resfriadas pelo vento, mas a música me encontrou mesmo assim.

Como se estivesse dentro de mim a vida toda, ela me encontrou.

A voz do Mason ecoou pelo estádio, impressionando a multidão. Não só porque era lindamente atraente — *caramba*, ela era lindamente atraente —, mas também porque saía de todos os alto-falantes do estádio. Ontem, minha mãe e eu tínhamos vindo ao campus e acertado o show com o reitor, sr. Marinho. Eu gostava dele, e não só porque ele tinha um sobrenome hilário — o tipo de nome que eu não conseguia falar sem sorrir. O fato é que ele adorou a ideia da filha da treinadora Sanders no campo de futebol da UConn. Ele até deixou a banda usar o sistema de alto-falantes do estádio.

E tudo isso tornava a situação ainda mais surreal.

Quando seguimos para a próxima música, ouvi minha mãe gritar o meu nome. Eu sorri. Alguma coisa tinha cedido entre nós ao longo das últimas semanas, deixando um grande espaço que eu não sabia muito bem como preencher. Ainda não éramos perfeitas, mas éramos mais *nós* do que tínhamos sido em meses.

Conforme ensaiado, a banda fez uma pausa dramática antes de "November". E a música se desdobrou como naquele dia na sala de estar com Mason — o teclado conduzindo a canção. Deixei a melodia se revelar através dos meus dedos, sinuosa e complicada e intensa. Segundos depois, Mason se juntou a mim, fazendo sua parte e revelando uma melodia sofrida, e a música saiu de nós: misteriosa, impressionante, nostálgica, sombria, linda.

Nossa.

Em pé no campo naquele dia, com uma brisa penetrante no rosto e o gramado envolvendo os meus pés, eu me perguntei como tinha desistido do meu Lance com tanta facilidade tantos anos atrás. Eu não tinha apenas desistido de tocar música. Tinha desistido de tudo que ela significava para mim: emoção, expressão, sinergia, vida, amor.

Quando a canção terminou, a última nota de "November" ficou suspensa no ar sobre o estádio. Sem o peso dela me pressionando, tão enorme e eterna, tive certeza de que eu tinha levantado voo e me afastado deste mundo. Enquanto a música desvanecia, houve apenas silêncio se retorcendo ao meu redor como um saca-rolhas. Fiquei parada ali um instante, apenas mexendo os pés.

E aí ficou barulhento.

A multidão irrompeu ao nosso redor, gritando, batendo os pés e assoviando. Fiquei chocada, surpresa, sem saber o que fazer.

Mas aí aconteceu.

Ouvi a voz entusiasmada da minha mãe no meu ouvido, senti seus braços ao meu redor, senti seu rosto molhado de lágrimas pressionando o meu. Era o abraço da vitória pelo qual eu esperava havia tanto tempo. Não era nem um pouco parecido com o que imaginei todos esses anos. Nem um pouco. Era melhor.

Agradecimentos

Alerta sincero: estes agradecimentos serão inadequados. Agradecer todo mundo que ajudou a levar este livro às prateleiras seria quase impossível, então, por favor, considerem os parágrafos a seguir como a cobertura de um cupcake bem pequeno.

Em primeiro lugar, um agradecimento infinito à minha família. Aos meus pais, Janet e Merle, e à minha irmã, Cari, não posso agradecer o suficiente por seu apoio e estímulo infinitos. Seu amor incessante é um dos maiores motivos para vocês terem este livro em mãos, e eu nunca, nunca serei capaz de pagar esse tipo de dívida. Ao meu filho mais velho, Talon, sou eternamente grata por sua gentileza e tolerância, por me manter com os pés no chão durante todo esse processo; e ao meu filho mais novo, Blaise, obrigada por seu inesgotável entusiasmo, por assumir o papel de meu segundo assessor de imprensa, meu maior promotor e meu principal defensor. Sou uma pessoa melhor por causa de vocês dois. Vocês são, e sempre serão, minha maior realização. E, por último, a Paul, meu marido e melhor amigo. Obrigada por sua paciência. Obrigada por acompanhar minhas comemorações e minhas lágrimas. Obrigada por deixar que todos os meus dias comecem e terminem com você. Obrigada, obrigada, obrigada. Tenho muita sorte de ter você na minha vida.

Também tenho gratidão tremenda à equipe da Hyperion. À minha notável editora, Laura Schreiber, não consigo agradecer o suficiente por sua sabedoria, seu senso de humor e seu amor pelos meus personagens. Você me levou bem além do que achei que poderia fazer, algo pelo qual serei eternamente grata. Sua genialidade pode ser encontrada escondida em cada frase, cada parágrafo, cada palavra. E com Emily Meehan, Kate Hurley, Whitney Manger e o restante da equipe da Hyperion — alguns que conheço pelo nome e outros que nunca vou conhecer —, tenho uma dívida eterna pelo apoio, dedicação e seriedade. Tenho muita sorte de trabalhar com um grupo de pessoas tão apaixonado.

Meu eterno reconhecimento vai para Kathleen Rushall, por ser a agente mais entusiasmada e dedicada do planeta. Obrigada por acreditar em mim e ter paciência comigo, pelas respostas rápidas como um raio aos meus e-mails, por tornar cada parte desta jornada uma comemoração e por me orientar de maneira gentil e persistente. Confio em você até a Via Láctea. Falando em agentes, um agradecimento enorme também à minha agente internacional, Taryn Fagerness, pelo seu empenho e compromisso com o meu trabalho. Por sua causa, minha história foi lançada de um canhão para chegar mais longe do que eu jamais sonhei ser possível.

Um agradecimento gigantesco às pessoas maravilhosas que o mundo editorial trouxe para a minha vida. Às minhas leitoras críticas: Lindsay Currie, Karen Rock e Courtney Barrett, gratidão infinita por seu apoio moral, olhos de laser e exuberância eterna; e a Lola Sharp, não existem agradecimentos suficientes por seus textos e e-mails hilariamente inadequados, suas sacadas e seu otimismo. Vocês são meu colete salva-vidas, e eu devo a vocês um Everest de queijo. Por fim, agradecimentos imensos à alucinadamente talentosa Equipe KRush, aos agentes e escritores associados à MLLA, aos Fearless Fifteeners, à Diversity League e aos Fall Fifteeners. Todos vocês sempre me inspiram e me surpreendem. Tenho uma dívida eterna pelos conselhos e encorajamento que me deram. Vocês todos são deuses e deusas.

Baldes de agradecimentos à minha família estendida e aos meus amigos, que me estimularam e me animaram ao longo de todo esse processo. São pessoas demais para eu mencionar aqui, mas, por favor, saibam que vocês são o máximo. As amizades desta história foram inspiradas em vocês. Sou muito abençoada por ter esse tipo de amor na minha vida.

Sou infinitamente grata aos bibliotecários, blogueiros, livreiros e professores que promoveram este livro. Vocês espalharam seu entusiasmo com coração, empolgação e charme. Suas palavras gentis e seu apoio me encantaram e me tornaram humilde.

E, por fim, agradeço muito a você, querido leitor, por abrir seu coração para a minha história. Eu me sinto honrada por ter sido convidada a entrar na sua vida, mesmo que por pouco tempo.

Impresso no Brasil pelo Sistema Cameron da Divisão Gráfica da
DISTRIBUIDORA RECORD DE SERVIÇOS DE IMPRENSA S.A.